「十四五」国家重点图书出版规划项目

国家社会科学基金重大项目『中国近代日记文献叙录、整理与研究』（项目编号：18ZDA259）阶段性研究成果

安徽省高校古籍整理研究项目『张蓉镜日记』（gxgj2021014）

中国近现代稀见史料丛刊
【第十辑】

张蓉镜日记

张剑 徐雁平 彭国忠 主编

（清）张蓉镜 著

韩宁平 整理

本辑执行主编 张剑

凤凰出版社

图书在版编目（ＣＩＰ）数据

张蓉镜日记 / （清）张蓉镜著 ； 韩宁平整理. -- 南京 ： 凤凰出版社，2023.10
（中国近现代稀见史料丛刊. 第十辑）
ISBN 978-7-5506-3995-9

Ⅰ．①张… Ⅱ．①张… ②韩… Ⅲ．①日记－作品集－中国－清代 Ⅳ．①I264.9

中国国家版本馆CIP数据核字(2023)第183984号

书　　　名	张蓉镜日记	
著　　　者	(清)张蓉镜 著　韩宁平 整理	
责 任 编 辑	黄如嘉	
装 帧 设 计	姜　嵩	
责 任 监 制	程明娇	
出 版 发 行	凤凰出版社(原江苏古籍出版社)	
	发行部电话025-83223462	
出版社地址	江苏省南京市中央路165号,邮编:210009	
照　　　排	南京凯建文化发展有限公司	
印　　　刷	江苏凤凰通达印刷有限公司	
	江苏省南京市六合区冶山镇,邮编:211523	
开　　　本	880毫米×1230毫米　1/32	
印　　　张	9.125	
字　　　数	237千字	
版　　　次	2023年10月第1版	
印　　　次	2023年10月第1次印刷	
标 准 书 号	ISBN 978-7-5506-3995-9	
定　　　价	88.00元	

(本书凡印装错误可向承印厂调换,电话:025-57572508)

存史鑑今

袁行霈題

袁行霈先生題辭

「音实难知，知实难逢，逢其知音，千载其一乎！」（《文心雕龙·知音》）今读新编稀见史料丛刊，真有恰举知音之感矣。

傅璇琮谨书

二〇一二年

傅璇琮先生题辞

殚精竭虑旁搜远绍

重新打造中华文史资

料库

王水照 二〇一三年一月

王水照先生题辞

甲午日記 萹生署簽

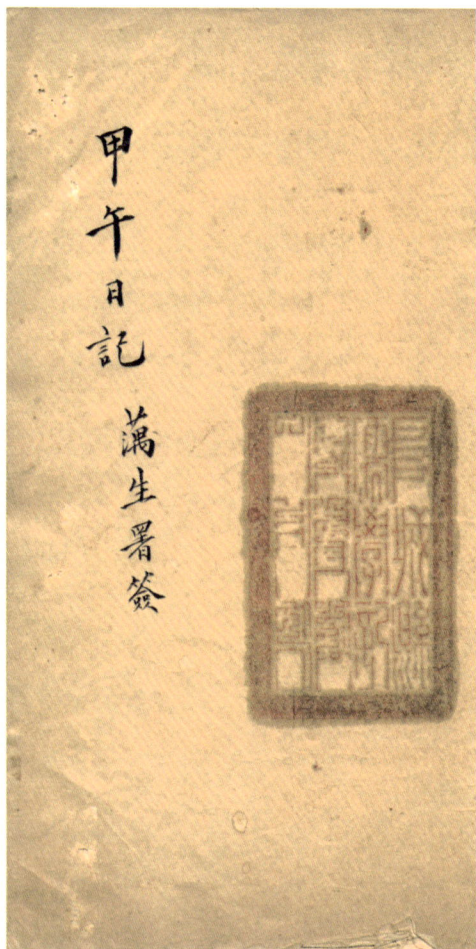

《张蓉镜日记》书影一

夫日吴兆奇大令请晚饭张少畇泄事

午□社钱□又国题李廉来详其将送文笔去

准住直隶新馆内县为市大街□□雨天元泄事

铺后知集为□有午勾此上子如请午钱戴礼学

是宗市手重改二十两有信一函□□臺泰代领支

资深高□□ 姪年言明价十二千笔饭费单支付二千

□□妊宗森 姪年言明价十二千笔饭费单支付二千

毒泰售来十千

□一日陈少金钱行孙子为送行滕世所送来□□

前□四分辛年银八两與高□方多送菜叶一□

李嗳□□
莊为蒋家
胡月□□□
□来张硕
做房院内有
资深至□□
□乃姪森
不为此□□
三□□□□
李撑牵写
各□

接鸿序冬，李弟第一二号信皆有俯示

仵渠穉葶弟二十四日赴奎润毛家塾路送

饭

二十七日得凤仪鸿序信

鸿序信告以年前不得欲二月必来

寻得蔼妙信为以李娥姒入塾不肘寻

稍廷信告以年前後送颖弟凤仪信去

以采香过迁不必来只须迟一必到

冬月十三日得鸿序信兴前信同多诸赖

徼送集雅斋

圭峰悯询方

万安桥庄居

寻寻每信

甚六金诈

稍廷又霞

湲文耀慶

《张蓉镜日记》书影三

《张蓉镜日记》书影四

春竹病
送女来阜

湘藝犯方小察紧四针己捐来平一百四十文環
覽之件之件
覽之件己捐来平一百四十文環覽己敦八以内□帯列

坐後賴君此
二百十言王酒店率鴻居信示以目覽而得目録
石病現授菩除偏乾無稽現聴栅解作古
家想政列鴻厚二首九日信木旺火薪用心列不
蘇又改列率鴻沉貿跌盃賴臣二首二首信后交
集與義和沈貿爱件未霞
十七日鴻沉完春青淡敦日降雨麦日情霄茄
揭之時月明如畫子時辞率平問来風塵

《中国近现代稀见史料丛刊》总序

在世界所有的文明中,中华文明也许可说是"唯一从古代存留至今的文明"(罗素《中国问题》)。她绵延不绝、永葆生机的秘诀何在?袁行霈先生做过很好的总结:"和平、和谐、包容、开明、革新、开放,就是回顾中华文明史所得到的主要启示。凡是大体上处于这种状况的时候,文明就繁荣发展,而当与之背离的时候,文明就会减慢发展的速度甚至停滞不前。"(《中华文明的历史启示》,《北京大学学报》2007年第 1 期)

但我们也要清醒看到,数千年的中华文明带给我们的并不全是积极遗产,其长时段积累而成的生活方式与价值观具有强大的稳定性,使她在应对挑战时所做的必要革新与转变,相比他者往往显得迟缓和沉重。即使是面对佛教这种柔性的文化进入,也是历经数百年之久才使之彻底完成中国化,成为中华文明的一部分;更不用说遭逢"数千年来未有之变局""数千年未有之强敌"(李鸿章《筹议海防折》),"数千年未有之巨劫奇变"(陈寅恪《王观堂先生挽词序》)的中国近现代。晚清至今虽历一百六十余年,但是,足以应对当今世界全方位挑战的新型中华文明还没能最终形成,变动和融合仍在进行。1998 年 6 月 17 日,美国三位前总统(布什、卡特、福特)和二十四位前国务卿、前财政部长、前国防部长、前国家安全顾问致信国会称:"中国注定要在 21 世纪中成为一个伟大的经济和政治强国。"(徐中约《中国近代史》上册第六版英文版序,香港中文大学 2002 年版)即便如此,我们也不能盲目乐观,认为中华文明已经转型成功,相反,中华文明今天面对的挑战更为复杂和严峻。新型的中华文明到底会怎样呈现，又怎样具体表现或作用于政治、经济、文化等层面，人们还在不断探索。这个问题，我们这一代恐怕无法给出答案。但我们坚信，在历史上曾经灿烂辉煌的中华文明必将凤凰浴火，涅槃重生。这既是数千年已经存在的中华文明发展史告诉我们的经验事实，也是所有为中国文化所化之人应有的信念和责任。

不过，对于近现代这一涉及当代中国合法性的重要历史阶段，我们了解得还过于粗线条。她所遗存下来的史料范围广阔，内容复杂，且有数量庞大且富有价值的稀见史料未被发掘和利用，这不仅会影响到我们对这段历史的全面了解和规律性认识，也会影响到今天中国新型文明和现代化建设对其的科学借鉴。有一则印度谚语如是说："骑在树枝上锯树枝的时候，千万不要锯自己骑着的那一根。"那么，就让我们用自己的专业知识与能力，为承载和养育我们的中华文明做一点有益的事情——这是我们编纂这套《中国近现代稀见史料丛刊》的初衷。

书名中的"近现代"，主要指 1840—1949 年这一时段，但上限并非以一标志性的事件一刀切割，可以适当向前延展，然与所指较为宽泛的包含整个清朝的"近代中国""晚期中华帝国"又有所区分。将近现代连为一体，并有意淡化起始的界限，是想表达一种历史的整体观。我们观看社会发展变革的波澜，当然要回看波澜如何生，风从何处来；也要看波澜如何扩散，或为涟漪，或为浪涛。个人的生活记录，与大历史相比，更多地显现出生活的连续。变局中的个体，经历的可能是渐变。《丛刊》期望通过整合多种稀见史料，以个体陈述的方式，从生活、文化、风习、人情等多个层面，重现具有连续性的近现代中国社会。

书名中的"稀见"，只是相对而言。因为随着时代与科技的进步，越来越多的珍本秘籍经影印或数字化方式处理后，真身虽仍"稀见"，化身却成为"可见"。但是，高昂的定价、难辨的字迹、未经标点的文本，仍使其处于专业研究的小众阅读状态。况且尚有大量未被影印或数字化的文献，或流传较少，或未被整合，也造成阅读和利用的不便。因此，《丛刊》侧重选择未被纳入电子数据库的文献，尤欢迎整理那些辨识困难、断句费力、裒合不易或是其他具有难度和挑战性的文献，也欢迎整理那些确有价值但被人们习见思维与眼光所遮蔽的文献，在我们看来，这些文献都可属于"稀见"。

书名中的"史料"，不局限于严格意义上的历史学范畴，举凡日记、书信、奏牍、笔记、诗文集、诗话、词话乃至序跋汇编等，只要是某方面能够反映时代政治、经济、文化特色以及人物生平、思想、性情的文献，都在考虑之列。我们的目的，是想以切实的工作，促进处于秘藏、边缘、零散等状态的史料转化为新型的文献，通过一辑、二辑、三辑……这样的累积性整理，自然地呈现出一种规模与气象，与其他已经整理出版的文献相互关联，形成一个丰茂的文献群，从而揭示在宏大的中国近现代叙事背后，还有很多未被打量过的局部、日常与细节；在主流周边或更远处，还有富于变化的细小溪流；甚至在主流中，还有漩涡，在边缘，还有静止之水。近现代中国是大变革、大痛苦的时代，身处变局中的个体接物处事的伸屈、所思所想的起落，借纸墨得以留存，这是一个时代的个人记录。此中有文学、文化、生活；也时有动乱、战争、革命。我们整理史料，是提供一种俯首细看的方式，或者一种贴近近现代社会和文化的文本。当然，对这些个人印记明显的史料，也要客观地看待其价值，需要与其他史料联系和比照阅读，减少因个人视角、立场或叙述体裁带来的偏差。

知识皆有其价值和魅力，知识分子也应具有价值关怀和理想追求。清人舒位诗云"名士十年无赖贼"（《金谷园故址》），我们警惕袖手空谈，傲慢指点江山；鲁迅先生诗云"我以我血荐轩辕"（《自题小像》），我们愿意埋头苦干，逐步趋近理想。我们没有奢望这套《丛刊》产生宏大的效果，只是盼望所做的一切，能融合于前贤时彦所做的贡献之中，共同为中华文明的成功转型，适当"缩短和减轻分娩的痛苦"（马克思《资本论》第一卷第一版序言）。

　　《丛刊》的编纂,得到了诸多前辈、时贤和出版社的大力扶植。袁行霈先生、傅璇琮先生、王水照先生题辞勖勉,周勋初先生来信鼓励,凤凰出版社姜小青总编辑赋予信任,刘跃进先生还慷慨同意将其列入"中华文学史史料学会"重大规划项目,学界其他友好也多有不同形式的帮助……这些,都增添了我们做好这套《丛刊》的信心。必须一提的是,《丛刊》原拟主编四人(张剑、张晖、徐雁平、彭国忠),每位主编负责一辑,周而复始,滚动发展,原计划由张晖负责第四辑,但他尚未正式投入工作即于 2013 年 3 月 15 日赍志而殁,令人抱恨终天,我们将以兢兢业业的工作表达对他的怀念。

　　《丛刊》的基本整理方式为简体横排和标点(鼓励必要的校释),以期更广泛地传播知识、更好地服务社会。希望我们的工作,得到更多朋友的理解和支持。

2013 年 4 月 15 日

目　录

前　言

一、《张蓉镜日记》及作者简介

张蓉镜(1848—?),号潪生,直隶顺天府宝坻县人。同治癸酉(1873)拔贡,光绪辛卯(1891)举人,光绪十七年(1891)至光绪二十五年(1899),任直隶省河间府阜城县教谕。

张蓉镜日记系手稿本,藏于清华大学图书馆,原稿未著撰者姓名,因第一分册、第二分册封面中钤有"戴恩溥印""瞻原"两方朱文印章,①编目人员将其定名为《戴恩溥日记》,后入选《清华大学图书馆藏稿钞本日记丛刊》影印出版时,冯立升先生等根据日记内容以及"阜城县儒学记"满汉朱文方印,始确定作者为张蓉镜,戴恩溥当为收藏者。② 笔者网上购得一份张蓉镜残缺试卷的复印件,以此得知张蓉镜号曰"潪生",日记除第一、第七分册外,其余各册均有"潪生署签"或"潪生氏署"字样,可资旁证。

现存张蓉镜日记记载时间自光绪十七年(1891)十一月始,至光绪二十四年(1898)止,最初一个月在赴任途中,其余均系直隶省河间府阜城县教谕任上所作,可视为教谕日记。日记合订一册,实际由7

---

① 戴恩溥(1826—1911),字瞻原,山东平度人,同治进士,曾任兵部主事、陕甘道监察御史、工科掌印给事中、广西右江兵备道等。

② 冯立升:《清华大学图书馆藏稿钞本日记丛刊的文献价值与特点》,图书馆研究与工作,2019年第9期,第82—83页。

分册组成,其版式及具体起止时间简介如下:

第一分册(辛卯—壬辰日记),朱丝栏,四周双边,白口,上单鱼尾,半页九行,行约二十字,版心下方镌"懿文斋"。封页有"日记,起辛卯子月十二日,讫丙申除夕"字样,此字样当是丙申(1896)岁末补记;另,右侧下方有印章二,一为"戴恩溥印",一为"瞻原"。正文始页右下方,有"国立清华大学图书馆藏"印章。本册日记自辛卯年十一月十二日始,一直到壬辰年底,即自光绪十七年(1891)十一月十二日至光绪十八年(1892)年底。主要内容有自京动身,赴任直隶省河间府阜城县教谕;兼差海运;参加壬辰会试;回续宅馆;海运差竣返阜城;学宪按临等。

第二分册(癸巳日记),版式同第一册。封面有"癸巳日记,满生署签"字样,右侧下方亦有"戴恩溥印""瞻原"二方印章。记载时间自光绪十九年(1893)正月初一日始,至十二月二十一日封印止。主要内容有调办海运差使;两归老家宝坻;为次子鸿沉求亲;长子鸿辰中癸巳顺天府乡试举人等。

第三分册(甲午日记),版式同第一册。封面书有"甲午日记,满生署签"字样,右方有"阜城县儒学记"满汉朱文印章。记载时间自光绪二十年(1894)正月初一始,至年底止。记载内容除阜城教谕日常履职外,主要有鸿辰乡试复试;父子同参加甲午恩科会试;鸿辰就崇宅书启席,随崇礼往热河;为鸿沉定亲;甲午辽东战事等。

第四分册(乙未日记),版式同上。封面书有"乙未日记,满生署签"字样,右上方有"阜城县儒学记"满汉朱文印章。记载时间自光绪二十一年(1895)正月初一始,至十二月十九日封印止。主要内容有参加乙未会试,赴京途中作绝句七首;辽东战事不利,愤然不欲下场会试;以众人劝,勉强考试;闻和议已成,杞忧未已;因焦元凤事,与训导谷念斋生隙;闻台北失守,刘永福退居台南,叹时事不可为;修缮学署;父亲来署;盘仓;学宪按临等。

第五分册(丙申日记),版式同上。封面有"丙申日记,满生署签"

字样,记载时间为光绪二十二年(1896)正月十九日开印至除夕止。本册日记非排日记载,每月择要记之,极为简略。主要内容有鸿沅完婚;入不敷出,力图节俭;赴河间送考;重修明伦堂等。

第六分册(丁酉日记),版式同上。封面有"日记,丁酉陬月中旬蒲生氏署"字样,右侧"阜城县儒学记"满汉朱文印章。记载时间自光绪二十三年(1897)正月初一始,至岁末止。主要内容有新妇归宁;约绅士捐修节孝祠;内人多病健忘,自任米盐等事;学宪按临考试;因口角,内人服烟又救活;为县令晋羲之太夫人祝寿;为鸿辰谋职;父亲旋里;因入不敷出焦愁抑郁,不得已改革家庭财政,量入为出;察学委员陈乃庵到阜城等。

第七分册(戊戌日记),版式同上。时间自光绪二十四年(1898)正月初一始,至岁末止。主要内容有设经济特科事;县试;遣柳书太送甲格旋里;鸿辰会试未中;上谕废时文考策论;阅英人哲米生《中国度支论》,为之慨然;府试;学宪按临考试;求保送卓异等。

根据日记以及《清代缙绅录集成》《清实录》等相关资料,目前所知张蓉镜履历,大体如下:

1. 阜城县教谕。从光绪十七年(1891)到光绪二十五年(1899),任直隶省河间府阜城县复设教谕,历时九年。

2. 任阜城教谕期间,曾于光绪十八、十九年,两度兼差海运,谋求海运保举。

3. 从日记所载的蛛丝马迹中,大约可判断:任阜城教谕之前甚至任教谕初期,曾在户部侍郎续昌家坐馆。

4. 光绪三十三年(1907),任吉林省吉林府教授,时间短暂,不到一年。

5. 宣统元年(1909)六月,在署山东黄县知县任内被劾革职,可判断此前曾署理黄县知县。

其子张鸿辰,字农苏,光绪十九年(1893)癸巳举人,曾任热河都统崇礼书启;光绪二十七年(1901)至光绪三十年(1904),任直隶省大名府元城县教谕;宣统年间,以科员拣选山东知县。

《张蓉镜日记》并非严格的排日记载,偶有空缺,或择要而记,日记笔墨亦较简略,加之作者知名度不高,相关的直接史料比较缺乏,更增添了整理与研究的困难。然而,在已出版的近代日记文献中,基层儒学教官的视角颇为缺乏,在这个意义上,《张蓉镜日记》弥足珍贵。通过与其他史料的对读研究,有助于发现其丰富又独特的价值。

二、教谕本职:训课与教化

张蓉镜的本职为阜城县复设教谕。清制,教谕分经制教谕与复设教谕,二者品级与职掌相同,唯人员任用有细微之别。[①] 因康熙三年(1664)"小县裁训导,大县裁教谕",十五年又复设,故有"复设"之称及由此而来的两者之别。遵循惯例,为方便起见,通称教谕,不再区别经制与复设。

《清史稿·职官志》记载:教谕"掌训迪学校生徒,课艺业勤惰,评品行优劣,以听于学政",[②]结合日记看,张蓉镜的本职工作有以下几方面。

1. 训课文武生员

儒学教官每月、每季出题考试生员,定其第等,曰月课、季考。日记中"阅课卷八本""出阅课题,限五日缴卷""阅课卷"[③]等,即指此类例行考试。

---

① 李新芳:《清前期儒学教谕的探究》,内蒙古大学硕士学位论文,2015年,第6页。

② 赵尔巽等:《清史稿》第12册,中华书局1977年版,第3358页。

③ 1893年11月5日、1894年6月23日、1894年6月29日日记。

　　不仅文生员,清代武生员自雍正四年(1726)开始,全部纳入儒学体系,由儒学教官管理,"文武同庠",是清代学校教育的一个重要特征。① 这种"文武同庠"特征在日记中清晰可见,如"看武童马射"②"看步射"③"看技勇"④等;学政案临考试,文场之后,就是武场的"马射""步射""劲弓刀石"⑤。其中,当奉到兵部奏改武科章程,令"各州县武童,派就近武职官考课、弹压"之时,张蓉镜叹曰:"如此,则进款去三分之一矣,奈何!"⑥更是武童原由儒学教官管理的明证。

　　日记所载七整年的教谕生涯中,张蓉镜并不始终在阜城履职,曾二度兼海运差使,三次参加会试。因此,七年中,有四年是数月在外,最长的一年整整七个月在外,仅五个月在阜城。那么,在外期间如何履职? 主要有以下二种方式:

　　(1)事先安排

　　　　捡行李。写课程,并留阅课诗文题:必得其名,必得其寿;赋得"碧草含情春花喜",得花字,五言八韵。订于三月初一日开课。⑦

　　这是他光绪十九年(1893)因兼差海运,离开阜城前所做的课业安排。由此可见,这种事先安排是其履职的一种方式。

---

① 参见李林:《清代武生的管理、训练与考课》,《史学月刊》,2015 年第
12 期。
② 1898 年 4 月 21 日日记。
③ 1898 年 4 月 23 日日记。
④ 1898 年 4 月 24 日日记。
⑤ 1892 年 11 月 30 日—12 月 11 日日记。
⑥ 1898 年 7 月 23 日日记。
⑦ 1893 年 3 月 5 日日记。

(2) 信函阅卷、交流

> 收到月课卷五分、子如信二纸。①
> 阅阜城课卷五本。②
> 交班。批阜城课卷。③
> 发阜城信，并课卷四本。④
> 接子如及书办信，并课卷六本。⑤

日记所提及的"子如"，是阜城县署理训导，张蓉镜的副手。以上几则日记，反映了张蓉镜不在阜城期间，仍通过信函方式阅卷，并与训导、书办等相关工作人员保持沟通，履行一定职责。

如何判断其履职程度？首先，参看《钦定大清会典事例》二则，来帮助我们大体了解清中后期的教风：

> 嘉庆十七年，御史辛从益奏，各省设立学官，月课久不举行，有师生之名，而无训诲之实，文风难望整饬，所关匪浅，请敕下各省学政，实心董率，以昭风厉而崇教化等语。奉旨：著通谕直省学政，各率所属，实心整顿。⑥
> （同治）二年议准：各省教官有督饬士子之责，向例：每月齐集诸生，严加考课，按季汇送学政。近来各教官视为具文，并不认真训课。嗣后各省学政，严饬各教官力加整顿，照例月课，仍

---

① 1893 年 5 月 11 日日记。
② 1893 年 5 月 15 日日记。
③ 1893 年 6 月 22 日日记。
④ 1893 年 6 月 24 日日记。
⑤ 1893 年 8 月 11 日日记。
⑥ 昆冈、李鸿章等纂：《钦定大清会典事例》卷 382，《礼部·学校》，《续修四库全书》第 804 册，上海古籍出版社 2002 年版，第 112 页。

由学政不时查核。如有奉行故事,苟且因循者,即行分别惩办。①

由上可见,清中期以后,月课"久不举行,有师生之名,无训诲之实",实为常态,虽屡加整顿,效果并不理想,同治时期各教官仍"视为具文,并不认真训课"。

其次,以张蓉镜为例来看。在外期间,虽有所履职,但未免大打折扣,即使人在阜城之时,其本职工作在日记中着墨亦不多,不居中心位置。而且,从日记中我们看到,教职兼差海运者并非个别,应属当时普遍现象②。那么,教职异地兼差,在制度及现实中是被允许的。从以上情况可以判断,到张蓉镜做教谕的光绪中后期,教官的训课,至少仍与同治时期相似,并未有较大改观,以敷衍本职为基本形态。好在县级教职通常既有教谕,又设训导,二者可互相补位,以保"奉行故事"而不致出大差错。

2. 送考送学

清制,童生要成为府州县学的生员,须经过县试、府试、院试三级考试。县试和府试各由知县、知府主持,而院试则由各省学政主持。除县试在本县外,府试和院试均在府城。因院试由学政主持,故必须于学政按临之时进行。

除院试外,学政还"掌学校政令、岁科两试,巡历所到,察师儒优劣,生员勤惰"。③ 在三年任期内,巡回各府,按临考试。因生员的岁、科试及童生的院试均由学政主持,故均于学政按临时一并进行。

---

① 昆冈、李鸿章等纂:《钦定大清会典事例》卷 382《礼部·学校》,《续修四库全书》第 804 册,上海古籍出版社 2000 年版,第 113 页。
② 见下文"光绪十九年(1893)海运正调人员教职情况表"。
③ 赵尔巽等:《清史稿》第 12 册,中华书局 1977 年版,第 3345 页。

作为阜城县教谕,张蓉镜要按时去河间府送童生参加府试、院试,以及生员的岁试和科试,是谓送考。

> 赴河间送考,十月初六日回署,承太尊赏识,共留场七次。①

光绪二十四年(1898)日记中,有比较完整的府试、院试并岁科试记录。府试文场自八月初二正式开始,到二十一日结束,前后共二十天。十天后,提督直隶学政张英麟出巡到河间府,马不停蹄,次日即开始按临考试。正场之前是古场,生古、童古各一日。接下来是正场,先童生,次生员。文场结束后,即行武场考试。俟童生录取、生员定等,按临任务全部完成,学政即起马,或继续按临别处,或回驻地。从日记判断,张蓉镜除送考外,也要协助主考官,参与考试的部分管理工作。

送学指送学礼。学政按临考试后,童生得以最终确定是否入学。能入学者成为府州县学学生,即为“生员”,俗称“秀才”。生员名额皆有限制,如阜城县学名额为十八名②,故考取秀才并非易事,乃“进身之始”③,地方隆重其事,例有送学礼仪。送学礼包括簪花、谒圣、拜师等仪式,新生“齐集官署大堂,设宴簪花”,州县官率新生往孔庙谒圣,然后至学宫明伦堂谒教谕、训导等学官,行师生礼,是为拜师④。可参见民国贵州《开阳县志稿》:

> 如凡新进生员,发红案后,传集州署,簪花挂红,鼓乐导引,

---

① 1896 年 10 月 12 日日记。

② 昆冈等纂:光绪《钦定大清会典》卷 31,《续修四库全书》第 794 册,上海古籍出版社 2002 年版,第 284 页。

③ 昆冈等纂:光绪《钦定大清会典》卷 27,《续修四库全书》第 794 册,上海古籍出版社 2002 年版,第 371 页。

④ 李世愉、胡平:《中国科举制度通史》,清代卷,上海人民出版社 2015 年版,第 57 页。

州官率领新生谒文庙行礼,诣明伦堂见学官,谓之送学礼。①

日记数次提及送学,有时仅简单"送学"二字,其中有两条记载,颇有助于准确理解其语义。

<blockquote>
九月二十六日　访吉斋,订于十月十一日送学。②
十月十一日　新生送学。③
</blockquote>

二相对照,毫无疑问,"送学"即"新生送学"。日记中的"吉斋"时为阜城县令,可见新生送学礼晚清时仍比较正规,地方正印官出席参与。

3. 祭祀宣讲

学校不仅传授知识,更习礼育人,寓教化于礼仪祭祀中。学宫祭祀,最重先师孔子,自唐代以来,地方州县学校均设孔庙④,丁祭释奠。清代一仍其旧,明文规定:"各府州县,建先师孔子庙,每岁以春秋仲月上丁日释奠"⑤,清代的释奠,除丁祭外,还包括朔日释菜、望日上香等名目⑥。

---

①　转引自毛晓阳:《清代送学礼刍议》,《石家庄学院学报》,2016 年第 2 期。

②　1894 年 10 月 24 日日记。

③　1894 年 11 月 8 日日记。

④　马端临《文献通考》卷 43《学校四》:"古者入学,则释奠于先圣先师,明圣贤当祠于学也。自唐以来,州县莫不有学,则凡学莫不有先圣之庙也。"中华书局,1986 年,第 411 页。

⑤　昆冈等纂:光绪《钦定大清会典》卷 35,《续修四库全书》第 794 册,上海古籍出版社 2002 年版,第 338 页。

⑥　陈彤、贾洪波:《清代天津文庙祭孔释奠》,《天津师范大学学报》,2021年第 6 期,第 123 页。

　　张蓉镜初任阜城教谕，上任仪式除"接印""谢恩"外，还有"拜庙"，"均三跪九叩礼"①，以示郑重。每年正月初一必"拜牌""拜庙"。

> **元旦**　辰刻拜牌，谒先圣。②
> **正月初一日**　拜牌、拜庙毕，为吴勉吾大令贺年，书斗以次来叩。③
> **正月初一日**　拜牌、拜庙，走帖贺节。④

　　这里拜牌指拜龙牌⑤，拜庙指拜孔庙。对于学官来说，拜孔庙是最重要的迎新年礼仪。

> **初一日**（1893 年 12 月 8 日）　拜庙。
> **十五日**（1893 年 12 月 22 日）　拜庙。
> **二月初十日**（1894 年 3 月 16 日）　丁祭。
> **八月初三日**（1894 年 9 月 2 日）　祭丁，起跪仍吃力。

　　这是学校例行的祭孔仪式，丁祭更为隆重，自不待言，即每月朔望的释菜上香，张蓉镜亦不忘拜庙行礼。除祭孔之外，学校还于"春秋仲月诹吉"及"二月初三日文昌圣诞、五月十三日关帝圣诞"致祭文

---

①　1892 年 1 月 6 日日记。
②　1892 年 1 月 30 日日记。
③　1893 年 2 月 17 日日记。
④　1894 年 2 月 6 日日记。
⑤　昆冈等纂：光绪《钦定大清会典》卷 32："恭遇万寿、元旦、冬至三大节拜龙牌。"《续修四库全书》第 794 册，上海古籍出版社 2002 年版，第 294 页。

昌、关帝①。

　　十六日(1892 年 10 月 6 日)　祭关庙,分牛、羊、猪肉各一种。

　　初三日(1894 年 3 月 9 日)　祭文昌。

　　初三日(1895 年 2 月 27 日)　祭文昌,去得太早,风寒逼人,归来筋作痛,饮酒半碗,取汗,稍愈。

　　张蓉镜于祭祀之事比较认真。因伤足,"起跪吃力",无法行礼,一俟稍有好转,即"勉强拜庙"。有时"感冒,头微痛,鼻流清涕,胸中发热",仍坚持"祭先师"②。曾有一次"以纵欲误祭",颇觉"愧歉之至"③。

　　宣讲圣谕也是教化的重要方式。清代宣讲内容包括顺治卧碑、康熙圣谕十六条及雍正广训阐释等,"每月朔望,及督抚等到任、学臣按临,祗谒先师之日,教官率诸生谒明伦堂,望阙行三跪九叩礼毕,教官恭奉宣读,令诸生拱听"。④

　　派礼生于每月初二、十四日宣讲。⑤

　　邀绅董商办节孝祠开工事。眉:此日宣讲圣谕起,每月准于初二日、十四日。⑥

------

　　①　昆冈等纂:光绪《钦定大清会典》卷 36,《续修四库全书》第 794 册,上海古籍出版社 2002 年版,第 338 页。

　　②　1897 年 3 月 10 日日记。

　　③　1895 年 3 月 2 日日记。

　　④　昆冈等纂:光绪《钦定大清会典》卷 32,《续修四库全书》第 794 册,上海古籍出版社 2002 年版,第 295 页。

　　⑤　1897 年 4 月 27 日日记。

　　⑥　1897 年 5 月 3 日日记。

> 宣讲圣谕,而听者寥寥,"从善如登",信然。①

　　以上数则宣讲记载,均在光绪二十三年(1897),日记中也只有这一年有宣讲记载。结合"此日宣讲起"及"听者寥寥"来看,宣讲恐怕已经中断多时,故而缺少听众,因为需要重新培养民众听讲习惯。尽管张蓉镜归因于"从善如登",然我们大体仍可推测,晚清宣讲不仅流于形式,甚至连形式都难以维持,时断时续。

　　4. 维修学宫

　　学宫是以文庙为核心的建筑群,也是儒学教官工作与生活的场所。阜城学宫包括哪些部分? 雍正年间《阜城县志》可资参考:

> 　　阜城县学在县治东南,中为文庙,庙两翼为东西庑,前为戟门,门前左为名宦祠,右为乡贤祠。前为泮池、为棂星门。庙之后为明伦堂,两翼为东斋、西斋。斋前为仪门。堂之后为教谕宅。庙之东为崇圣祠,祠南有文昌阁,祠北为训导宅,堂之西为敬一亭,亭南为忠义孝悌祠、节孝祠。②

　　阜城学宫的主体是文庙,明伦堂是讲学弘道的正式场所,崇圣祠、名宦祠、乡贤祠、忠义孝悌祠、节孝祠、文昌阁、敬一亭及师生教室宿舍分布其间,教谕宅在明伦堂后,训导宅在崇圣祠北。
　　学宫的管理与修缮,也是儒学教官的本职工作。朝廷有明确规定:"凡府州县文庙学宫,有应行修理之处,该地方官据实确估,详明督抚、学政,于学租银内动支修理。俟工竣日,委员验明,责令该教官

敬谨守护。遇有残缺，即合同地方官查验详明，酌量修补。地方官及教官，遇有升迁事故，离任时将文庙学宫，照社稷各坛例，造入交盘项内。接任官验明并无倾圮，出结接受。如有损坏失修之处，即行揭报参处。"①参看日记的相关记载：

> 文阁失竖柱六根、长檩三根、短檩四根、插三根、插椽四根、檩牵大小六根，嘱晋羲缉捕。据象九云，系朱柱盗去。②

这里的"晋羲"，是王伯鹅，当时阜城县令。这一则日记反映了文昌阁梁柱失盗，张蓉镜会同县令共同设法处理情形，缉盗非教官本职，但事出学宫，教官有报告上级并提供信息协助处理之责。此事虽无下文，但可以推测，无论追赃成功与否，修补则由教官主持。事实上，从张蓉镜上任之始，即开始补筑西墙，以后屡次修理学宫。

> 吉斋来商修补文昌宫，其二世兄来拜。③
> 闰生与乃祖来，为看学署，择于初二日动工，令上房略高，中层略低，彻前小院，影壁略南、略高大，废西角门，于巽方另开角门。④
> 动工修署上房、中层，工竣。⑤
> 彻小院，修影壁。⑥

---

①　素尔纳等纂修：《钦定学政全书》卷 27《学宫》，《近代中国史料丛刊》第一编第 293 册，台湾文海出版社 1968 年版，第 30—31 页。
②　1897 年 3 月 22 日记。
③　1895 年 5 月 20 日记。
④　1895 年 8 月 18 日记。
⑤　1895 年 8 月 21 日记。
⑥　1895 年 8 月 22 日记。

　　　　修补门房,开角门。①
　　　　请绅董商修文庙。②

　　综合来看,维修有大有小,其中 1895 年的维修规模较大,既修学署上中二层,又修影壁,彻小院,开角门。关于这一次修缮,日记未涉及经费来源,但从另外几次修缮,阜城县令"吉斋来商修补文昌宫",和"请绅董商修文庙"以及"约绅士捐修节孝祠"的记载,可推知,修缮学宫经费,主要仰仗县政府拨款,以及地方绅董筹捐支持。

　　5. 督查义学

　　清代义学与古代传统义学不同,有较强的官方色彩。康熙五十二年(1713)议准:"令各省府州县多立义学,延请名师,聚集孤寒生童立志读书。"③乾隆元年(1736),又下令扩充顺天府大兴、宛平两县义学,对于"奋志读书而贫乏无力者",令顺天府尹"酌给薪水",至于义学"建修房屋、师生膏火等费,应于存公银两内酌量奏请"④。可见自清初官方就大力提倡,并给予资金支持。

　　张蓉镜日记有多次督查义学的记载:

　　　　义学学生因麦秋告假,未查。⑤
　　　　晋羲嘱察义学。⑥

────────

① 1895 年 8 月 25 日日记。
② 1897 年 3 月 21 日日记。
③ 素尔纳等纂修:《钦定学政全书》卷 74,《近代中国史料丛刊》第一编第 293 册,台湾文海出版社 1968 年版,第 1532 页。
④ 素尔纳等纂修:《钦定学政全书》卷 74,《近代中国史料丛刊》第一编第 293 册,台湾文海出版社 1968 年版,第 1541 页。
⑤ 1895 年 6 月 7 日日记。
⑥ 1897 年 5 月 4 日日记。

察义学,学生有太不自爱者,极力成全而不得。①

作为一县主管教育官员,张蓉镜督察义学,不仅察看学生学风,而且督查教师,且看一例:

> 与念斋同请客。察学委员陈乃庵印庆夔,持道宪札来,有"阜城祖仁,再不整顿,将官绅记过"之语,乃庵与晋义商定明讲:沧州张蓝田(名玉臣)教读,照章每年由上发束脩二百千,发茶水、煤炭等费二十千,不准勒索学生;学生以寒苦而聪秀者为主,宁缺勿滥,不拘拘于二十之数。②

根据日记,可知张蓝田系"义学先生","祖仁"当为阜城义学的名称,这一则日记信息比较丰富。

首先,义学先生张蓝田有"勒索学生"之事,且影响恶劣,已惊动上级。其次,张蓝田的合法收入应为"束脩二百千",外加"茶水、煤炭等费二十千",合计 220 千,以 15 千为一两银子计算③,约为 14.67 两银子;此银"照章"是由上级发给,换言之,义学"束脩"等项属官费开支。再其次,义学学生应为"苦寒而聪秀"者,正符合朝廷"奋志读书而贫乏无力"之要求。阜城义学亦有学额,学额为二十名。最后,整顿方式是自上而下,上下结合。由上级所派察学委员前来,指出问题,要求阜城地方进行整顿。阜城教谕张蓉镜、训导谷念斋共同做

---

① 1897 年 11 月 4 日日记。

② 1897 年 11 月 16 日日记。

③ 据张蓉镜 1893 年 10 月 31 日日记,"还义德馆二十七千四百二十文,合银一两八钱三分",以此计算一两银子为 14.98 千,约等于 15 千。另,王雁《晚清中下层京官的日常生活》一文,引何刚德《话梦集》曰"一两白银,可换京钱 1500—1600 文",可资参考印证,参见华东师范大学博士论文,2017 年,第 146 页。

东,请察学委员并县令晋羲等人吃饭,既表达接风欢迎之意,又借此缓和矛盾。此事的处理结果,日记未见直接记载,但有二则相关记载值得注意:

> 义学先生张蓝田(名玉成)茂才来,携有察学委员陈乃庵信,嘱为安置住处。姑留署内,徐为图之。[①]
> 张蓝田茂才以诗见赠,奖誉太过,未免汗颜耳。[②]

从不久后察学委员致函张蓉镜,托其为张蓝田安排住处,以及后来张蓝田赠诗"奖誉"看,当时对张蓝田非法"勒索"的处分应该是比较体恤宽松的。或许此前张蓝田的"束脩"无法保证,或许教读收入实在太低,难以维持家计,总之,各方在实际处理时,对张蓝田存在一定程度的同情与维护。

阜城义学是否有民间资金支持,日记中无从判断。但无论教师配给及束脩,还是学生学额,以及各项管理,均已纳入官学教育体系。

6. 旌表节孝

旌表节孝与州县儒学之关系,鲜少研究者涉及[③]。张蓉镜日记独具贡献,提示我们认识二者之间的关系,主要有以下两点:

（1）旌表"事由学校"

如众所知,凡孝义忠节,"各省应旌表者,由督抚、学政会题,取具

---

①　1898 年 2 月 8 日日记。

②　1898 年 5 月 25 日日记。

③　以笔者管见,瞿同祖《清代地方政府》一书提到烈女节妇、孝子顺孙"由州县官和教谕向朝廷上报";张学强《教学内外:明清地方儒学教师功能探析》《河北师范大学学报》,2008 年第 7 期,第 35 页)对此稍有涉及;蔡东洲等人《清代南部县衙档案研究》(中华书局 2012 年版)对此有更加清晰明确之论述。

册结,送部核题"①。然而,督抚、学政所管,是一省旌表的汇总审核,并上报礼部。事实上,申报者不可能一一直接向督抚、学政申报,一定有更基层的运作程序。那么,基层由谁主管?如何申报?如何核实?来看日记:

> 为李子深写信,托其代办景州胡文盛之妻章氏、阎廷基之妻袁氏、阎开基之妻胡氏,阜城高锷之妻刘氏(警臣交)、史式斌之妻丁氏(世卿交)、张金铨之妻王氏(凤洲交)、林秀廷之妻祁氏(祁丕绪交)、砺云峰之妻傅氏、李春芳之妻单氏旌表,共九分。②

> 高象九送来旌表节略四分。眉:何钧之妻孙氏、常言诚之妻孙氏、陶春芳之妻崔氏、高秀琼之妻张氏。③

> 买卷。接蔼如信。与礼部印信科直隶股京承卢峻峰讲定,旌表节孝出结、出名在内,每名三金。④

从上引以及更多的日记记载看,张蓉镜经手旌表之事毫无疑问。那么,儒学教官掌管节孝旌表的制度依据何在?笔者引两条资料加以说明:

其一,根据《光绪大清会典·礼部》,凡孝义忠节的旌表,"在各省呈请者,限四月,儒学州县详府司、督抚、学政汇题"。⑤这里,明确地方孝义忠节的旌表程序是由基层的"儒学州县",而府司,而督抚、学政,一级级上报汇总。

其二,根据《大清会典事例》所载雍正三年(1725)上谕。此条较

①⑤　昆冈等纂:光绪《钦定大清会典》卷30,《续修四库全书》第794册,上海古籍出版社2002年版,第276页。
②　1892年12月27日日记。
③　1893年1月5日日记。
④　1894年4月7日日记。

长,但颇重要,兹录如下:

> (雍正)三年谕:治道莫尚于风化,而节行实为风首,故旌扬盛典,历代崇之,凡以阐幽光而彰至教也。朕即位以来,拳拳以敦教化、励风俗为务。恩诏中敕命旌表节义,使苦寒守节之家,均沾恩泽。嗣又颁发谕旨,至再至三,诚欲地方有司,加意采访,俾深山穷谷之中,侧微幽隐,无一不大显于斯世也。但每见直省举节,俱系民间妇女,而营伍中绝少。夫海内营伍中,矢志励操,坚苦备尝,以完节行者,断不乏人,而向来罕闻举报,岂以旌典例由生员具呈,教官具结,而教官、生员与兵丁声气渺不相通,无由真知灼见,故举报寥寥耶?朕与兵丁一视同仁,而兵之与民,其秉彝好德之心,濯磨激劝之道,又未尝有二。营伍中节烈,或竟湮没不彰,朕甚悯焉。夫儒生与戎伍,既恐声气不接,而风化之原,要未有不起于学校者,必何如而使之兵民一体。凡营伍中节行贞烈之妇女,尽得举报,不致冒滥,亦不致隐漏。举向来湮郁未著之孤芳,并邀国家旌扬之盛典,著九卿等详议具奏,以副朕广励风节至意。钦此。
>
> 遵旨议定:兵民节烈,原宜一例旌表。因事由学校,以致营伍未经举报。行令直省督抚提镇学臣,宣谕该地方文武官弁,详察营伍中,有三十岁以内守节,至五十岁以后;及守节十五载以上、年逾四十身故者,出具印结,移该学教官,照民间取结之例,加具印结,申报州县转详督抚学臣具题。由部汇请旌表,永为定例。如有隐漏不报,及冒滥妄举等弊,察出,将该管官题参处分。[①]

这是雍正三年(1725)朝廷鼓励行伍兵营中贞烈妇女申报旌表的

---

① 昆冈、李鸿章等纂:《钦定大清会典事例》卷403,《续修四库全书》第804册,上海古籍出版社2002年版,第396—397页。

上谕。上谕中,分析行伍贞烈妇女较少申报旌表的原因,是由于地方旌表,例由"生员具呈、教官具结",而"教官、生员与兵丁声气渺不相通"。而后续的"遵旨议定",明确兵民节烈"宜一例旌表",具体程序是由地方文武官弁"出具印结,移该学教官",然后由学官"加具印结",申报州县,再上报"督抚学臣具题",由礼部汇总旌表。

这里,我们可以清晰看到,清代民妇旌表程序,在最基层州县一级,是归学校管理,所谓"事由学校"。具体而言,即由生员"具呈"申请,交给教官,由教官核实"加具印结",再转详督抚学臣具题,报到礼部。其中,州县儒学教官"印结",无疑是最重要的一环,因为相对于督抚、学政例行公事的汇总上报,它所承担的是旌表程序中更关键的部分。事实上,张蓉镜通常直接与礼部联系办理旌表①,似乎根本省却了督抚学政这一道程序,是否因为直隶省州县离京师较近缘故,抑或其他,尚待考证,总之,就旌表而言,州县教官作用比督抚、学政等人更为直接、重要。

旌表是"举行教化,鼓舞风气"②的举措,与学校职能正相吻合,所以节孝旌表"事由学校",实属合情合理。与此相关,各州县为祭祀"本地忠臣义士、孝子悌弟顺孙"而建的忠义孝弟祠,以及为祭祀"节孝妇女"而建的节孝祠,均在学宫内③。

（2）旌表申请需要交费

付子深仪部节妇节略七分,呈费八十四千,□费二十八千,

① 张蓉镜办理旌表大多通过李子深。从日记中"子深仪部"的称呼,可知他是礼部官员。据《光绪顺天府志》,李子深,名李浚,癸未进士,宝坻人,与张蓉镜正是同乡。

② 昆冈、李鸿章等纂:《钦定大清会典事例》卷403,《续修四库全书》第804册,上海古籍出版社2002年版,第395页。

③ 昆冈等纂:光绪《钦定大清会典》卷36,《续修四库全书》第794册,上海古籍出版社2002年版,第338页。

钞回文底稿费六千,求其代办旌表。①

　　收景州周茂才名作霖、号云山旌表节略三分,景平松银四两五钱七分。②

　　景州城东史庄史祥甫茂才(书云),托办旌表二分,先交银三两,其半明年带来,或交景之学书。眉:刘玉振之女嫁赵庄孙锡龄为妻,同治七年锡龄身故,氏矢志守节,现年五十八岁,计守节三十年。王文章之女嫁史庄增生史书麟为妻,同治九年书麟身故,氏矢志守节,光绪二十一年氏卒,计守节二十六年。二节妇均景州人。③

　　上引这几则日记足以说明,旌表节孝,教官核实后,向礼部报备申办时,是要交费的。日记中的周茂才、史茂才,均为"具呈"的生员,他们将所办贞烈妇女节略事实并所需费用上交儒学教官,然后由张蓉镜交给主办部门。

　　对于节妇孝女而言,仅有事迹未必能够获得旌表。首先申报到部即要交费,核实批准后,树碑建坊更是需要钱财,虽则政府有三十两的建坊银发给,但远远不够,必须有其他的经济支持,或家庭,或宗族,或地方,始能完成。关于申报费由谁出,日记虽未明言,但揆之常情,当由申报者家庭承担,至于申报成功后,其后续费用,或有可能争取宗族、地方的支持。总之,旌表节孝需要一定的经济基础,这也是穷乡僻壤较少节孝旌表的一个原因。

---

① 1892 年 3 月 3 日日记。
② 1892 年 11 月 15 日日记。
③ 1898 年 1 月 6 日日记。

三、上进途径：科举与保举

张蓉镜对位卑俸薄的教谕一职并不满意，一直努力谋求上进，其上进途径主要有两种，即科举与保举。

张蓉镜于辛卯年（1891）得中顺天乡试①，而就任阜城县教谕就在本年②。由此可以推断，其就任阜城教谕并非以举人身份，而是以此前的拔贡功名，这也是《缙绅录》涉及张蓉镜时多书"拔贡"之原因。为获得进一步的仕途发展机会，任职以后，他依然继续参加科举考试，从日记看，先后参加了壬辰（1892）、甲午（1894）、乙未（1895）三科会试。

壬辰科会试是张蓉镜中举后第一次会试机会。他早早来京，为会试做准备。"至礼部""填亲供"③，办妥各种手续。并谒"周老师""带见翁叔屏太夫子、孙莱山太夫子、祁子禾太夫子、曾怡庄太夫子"，公请"许星叔、廖仲山、徐寿蘅、霍慎斋四座师"，④利用同乡、师生、亲友等各种关系，进行社交，积累人脉。

三月初八日至十六日，是会试三场考试时期。第一场，初八日"卯刻入场，系第三牌，坐腾字十八号"，次日正式考试，"夜间将诗文

---

①　可由日记考证：（1）1892 年 3 月 29 日日记："公请许星叔、廖仲山、徐寿蘅、霍慎斋四座师，财盛馆演戏设席。"据《德宗实录》卷 300，此四人为光绪十七年（1891）即辛卯年顺天乡试正、副主考。（2）1894 年 3 月 14 日日记："自壬辰戟北，虚度岁月，未能实力用工。"可断壬辰为是其第一次参加会试，故乡试得中当在壬辰前一年，即辛卯年。

②　据《清代缙绅录集成》，他于光绪十七年（1891）八月选任阜城县教谕，从日记看，就任履职已是年底。由于手续及路途等原因，古代的任职与真正到任有一定的时间差。

③　1892 年 2 月 29 日、3 月 5 日日记。

④　1892 年 3 月 10 日、3 月 28 日、3 月 29 日日记。

作毕"，初十下午"申刻出场"。第二场，十一日"卯刻入场"，十二日"夜间将经文作毕"，十三日"午刻出场"。第三场，十四日"卯刻入场"，十五日"将策对毕"，十六日"巳刻出场"。

　　日记关于会试的记载，非常简略，既未载考试题目，亦不见任何心情，甚至至关重要的发榜，亦仅书"看红录"①三字而已。揆之常情，更联系他新年伊始曾特意为会试占卜之事，这种简略，或许可视为失望的另一种隐性表达。不过，张蓉镜此时已任教谕，又忙于海运兼差事宜，会试对于他是锦上添花，且第一次参加会试，落榜实属正常，故这种简略，也包含波澜不惊的真实意味，即使失望，也在正常幅度内，并不强烈。

　　科举三年一次，但幸逢甲午恩科，故张蓉镜四年中得与三次会试。甲午恩科是其人生中第二次会试，与上一次相比，有两点明显不同。（1）比较重视。场前既有"振刷精神"②的意愿，又有所行动，正月初"写试策起"，并"选制艺读本，移至东间以习静"③，努力用功。到发榜前，则"望榜甚切"。④（2）父子同科。长子张鸿辰前一年亦已中举，故父子得以同科会试，不无鼓舞。然而，临时抱佛脚的用功，并不能助其所愿，首场即感觉"不易着手"，"仅以古注敷衍完篇"，⑤结果父子双双落榜。不仅如此，甚至家乡宝坻竟至"脱科"，全军覆没，无一中者。

　　第三次乙未科会试，张蓉镜颇为犹豫退缩，"如已老秋娘重整嫁衣，愧甚懒甚"⑥。一来年纪大了，已近五十，缺少斗志；二来家累重，

---

①　1892 年 5 月 7 日日记。
②　1894 年 2 月 8 日日记。
③　1894 年 2 月 9 日日记。
④　1894 年 5 月 14 日日记。
⑤　1894 年 4 月 14 日日记。
⑥　1895 年 3 月 30 日日记。

手头紧,倘若不参加会试,可省大约百两银子,"家中、任上均可从容";三来正值甲午战后,对时事颇觉失望。这种犹豫退缩贯穿乙未科整个会试过程。始而不愿北上参加会试,在亲友劝勉之下,尤其"内人力劝""斗役柳书泰代为措资"之下①,终于北上;及至入京,正是马关条约谈判期间,日本和议条件之苛刻,实属空前,"闻倭人有每日给渠四百万元始停战议和之信,为之愤然! 闻诸大老有迁都之议,为之慨然!"张蓉镜愤慨不已,"时事如此,科名何为?"再度决定放弃考试,"拟住三五日,候鸿辰到,一询家事,即行回任"②;又在众人劝勉下,终于下场考试,并留京"候晓",等待发榜结果。

综观张蓉镜三次会试,既少背水一战、志在必得之决心,亦乏持之以恒的努力,"未能实力用工","只侥幸于命运气色"③。究其原因之一,是科举并非其上进的唯一途径。相对于难度甚大的会试,他更热心保举,希望通过保举获得上进。

清朝后期,保举名目花样繁多,有例保,有案保,各种差使性事务多有保举,且保举数量颇大,成为官绅出仕、升迁的捷径④。胡思敬对此有形象具体说明:

> 始时河工安澜有保(永定河、东明黄河、南河、漕河两年各保二十员,山东黄河两年保四十员),漕运有保(江浙海运、本省津通每岁各保六十员),边防有保,五城水会有保。已而洋务大兴,使馆随员有保,出洋肄业有保,机器局、船政局、洋务局、水师学堂、武备学堂莫不有保。各定年限,分别等次,开巧宦倖进之门,谓之例保。

---

① 1895 年 3 月 9 日日记。
② 1895 年 3 月 25 日日记。
③ 1894 年 3 月 14 日日记。
④ 参见肖宗志:《论晚清文官保举的基本特征》,《湖北大学学报》,2014 年第 5 期。

始而剿匪获盗有保，河工合龙有保，各馆修书有保（会典馆、方略馆、国史馆、玉牒馆），庆典有保。已而海防有保，劝捐有保，招垦有保，筹办电报、铁路有保，救护商船有保，督销缉私有保，厘金溢额有保。一岁保数十百案，一案保数十百员。刁绅、劣幕、纨绔皆窜名其中，谓之案保。①

张蓉镜在阜城教谕任上，于光绪十八年（1892）、十九年（1893）连续两次谋得海运差使，在仓场衙门下协助海运漕粮事务。请看其日记所载调办海运文书：

兹蒙△△恩，调办海运差使，遵即来△辕听候差遣，须至履历者，见仓宪用，蒙恩，见粮厅用，蒙宪恩。②

这是他第一次调办海运差使，距其到任阜城教谕仅两个多月。所谓海运，指由海道的漕粮运输，以区别河运③。"仓宪"即仓场总督，"粮厅"指仓场衙门下属机构坐粮厅。仓场总督"掌仓谷委积，北河运务"，坐粮厅"掌转运输仓，及通济库出纳"，编制均"满汉各一人"④。清代仓场衙门负责的是漕粮的最后阶段，即自天津到通州及北京各仓的漕运和仓务。而天津以前的漕粮运输事务则由漕运总督衙门及相关地方州县官员负责⑤。到同治末年，江浙海运漕粮改由

① 胡思敬：《国闻备乘》卷2，《保案之滥》，荣孟源、章伯锋《近代稗海》第1辑，四川人民出版社1985年版，第256页。
② 1892年1月18日日记。
③ 清朝自道光六年（1826）始对江浙漕粮试行海运，曾中断一时，以后逐渐扩大规模，海运遂成为清代漕运最重要、最基本的方式。参见倪玉平：《清代的漕粮海运与社会变迁》，上海书店出版社2005年版。
④ 赵尔巽等：《清史稿》第12册，中华书局1977年版，第3278页。
⑤ 于德源：《北京的漕运与仓场》，同心出版社2004年版，第289页。

各省粮道官员直接到通州交纳,免去在天津验收手续,[①]故日记所见的海运差使活动均在通州和北京。各地漕粮陆续到达,有一定的时期和期限,而转运、验收、稽查、交仓等各项事务繁重紧迫,朝廷为节省行政成本,大量委派临时性差遣人员,一旦任务完成即销差。张蓉镜所兼的海运差使,就属于这种临时性差使,按照胡思敬上述所说,海运每岁可保六十员,保举规模很大。

第一次海运差使,张蓉镜被"派在大棚稽察偷漏"[②]。或许因为大棚差使是在京城履职,方便公私兼顾,次年他托人设法,仍谋"大棚差使"[③]。故其二次兼差海运,均在北京。兼差期间,他不止一次托人打听查询保案情况,一俟差竣,立即交保条。

> 托义亭查保案,并至砚华、集雅、理庭等处。[④]
>
> 大棚消差。携赞之、佑斌至监督处递保条,均回宅交程先生(号子文)。[⑤]
>
> 访陈理庭昆仲,托其求张翼亭代查:海运再保何项为合式?[⑥]
>
> 理庭复信,可保六品衔;或保俟选应升之缺后加同知衔,加五品衔。[⑦]

显而易见,他兼差海运的目的,是为了保举。除了加衔等奖励,其保举的具体实职目标有二,一为府教授,一为知县。

---

① 于德源:《北京的漕运与仓场》,同心出版社 2004 年版,第 296 页。
② 1892 年 4 月 21 日日记。
③ 1893 年 4 月 28 日日记。
④ 1892 年 5 月 21 日日记。
⑤ 1892 年 7 月 23 日日记。
⑥ 1893 年 3 月 13 日日记
⑦ 1893 年 3 月 17 日日记。

　　查现任教谕由海运保举,若保以应升之缺升用,专归各项双月升班之后选用;如指一项保不论双、单月选用,归双、单升班后,然各项轮选到班,先尽"双""单"字样选用。现在查应升各项,惟教授一项选期似觉稍速,如保时即保以教授不论双单月选用,归教授升班后,"在任"字样用否,均可保后无庸取结注册。①

　　县教谕是正八品官,府教授是正七品。光绪《大清会典》有关升班,明确规定:"京府汉教授、府厅教授,以州学正、县教谕升。州学正、县教谕,以府州县训导升。"②县教谕升任府厅教授正是常例,中规中矩,既然教授选期"稍速",他自然热衷教授一职。

　　奉天教授三:奉天府、锦州府、昌图府。
　　吉林教授二:吉林府、长春府。
　　直隶教授十一:顺天府、保定府、承德府、永平府、河间府、天津府、正定府、顺德府、广平府、大名府、宣化府。
　　除顺天、承德扣选外,计缺十四。乙未四月查六缺到班,六月见吉林、宣化二缺后,又见顺天一缺。③

　　以上是他在1897年年末补充追记片段,显然,这是他特别关注的教授学缺,也是他有望升迁的可能职位。

---

①　1892年岁末补充日记。
②　昆冈等纂:光绪《钦定大清会典》卷7,《续修四库全书》第794册,上海古籍出版社2002年版,第87页。
③　1897年岁末补充日记。

与教授相比,同为正七品,但"掌一县治理"的知县重要得多①,对官员行政能力的要求更高,显性及隐性的好处当然也更多,张蓉镜对知县亦颇有垂涎之意。

> 吉斋请晚饭,席间鱼片甚佳,归来颇动州县想,是谓务外。②
> 又托张翼亭查来保案,要同知衔,则开"在任以应升之缺选用阜城县教谕某人,请以知县选用,并赏加同知衔";若要五品衔,则不必"知县"字样即合例。③

阜城知县孔吉斋饭桌上"甚佳"的鱼片,令张蓉镜艳羡不已,这背后是教官与州县地方官实际利益的巨大差异,可以想见,孔吉斋的请客档次,是穷教官张蓉镜望尘莫及的。从官员"油水"而言,知县远过于教授,正因如此,知县竞争不免更加激烈,责任以及风险也更高。对于张蓉镜,教授、知县何者为先,须通盘考虑,尤其需要考虑现实的可能性。总之,尽可能谋求目标的实现,或教授,或知县,即使僧多粥少,实缺一时不得,也务必做好自身准备,尽量加衔、升级或班次优先,以保证机会到来时处于优势地位。张蓉镜这种心态,大概也是当时谋求保举者的共同心态。

值得注意的是,类似张蓉镜这样的教职,以海运谋取保举者不在少数。根据日记所载海运正调人员名单,将全部六十人按教职人员

---

① 《清史稿》第 116 卷《职官三》:"知县掌一县治理,决讼断辟,劝农赈贫,讨猾除奸,兴养立教。凡贡士、读法、养老、祀神,靡所不综。"瞿同祖将地方官员分为治事之官和治官之官,知州、知县等州县官是治事之官,而其各级上司为治官之官。惟州县官真正治事亲民,虽然品秩较低,但在地方行政中扮演极其重要的角色。瞿氏引谢金銮语,认为州县官的重要性,可与内阁大学士相提并论。参见瞿同祖:《清代地方政府》,法律出版社 2003 年版,第 29 页。

② 1895 年 2 月 26 日日记。

③ 1893 年 7 月 11 日日记。

与非教职人员分类,列表如下:

光绪十九年(1893)海运正调人员教职情况表

(资料来源:1893 年 5 月 4 日日记)

教　职			非教职			不　详		
序号	姓名	职务或出身	序号	姓名	职务或出身	序号	姓名	职务或出身
1	张学鹄	康平训	1	麟　趾	举	1	华　鋆	不详
2	郑　杰	候训	2	郭念清	吏目	2	韩应趾	不详
3	严秉桢	举谕	3	恩　顺	举	3	孙寿恩	不详
4	靳宝忠	举谕	4	殷　选	候丞	4	王　桂	不详
5	魏树棹	武清谕	5	李　洪	恩	5	迟肇修	不详
6	王玉麒	廪训	6	周文升	举县	6	解延庆	不详
7	唐俊贤	延庆教	7	颖　诚	举	7	刘绍传	不详
8	祝华春	候训	8	陈叶桐	恩贡	8	刘　芝	不详
9	傅抡秀	唐山谕	9	古铭猷	挑县	9	吴福麟	不详
10	赵凤章	恩谕	10	郭锦城	恩贡	10	丁延龄	不详
11	程　垕	磁州谕	11	张联笏	吏目	11	张敬熙	不详
12	张蓉镜	阜城谕	12	李　瀚	拔判	12	张振奎	不详
13	鹿学尊	青县谕	13	何其敬	岁贡	13	邵景春	不详
14	李崇瑞	挑谕	14	张兆钧	廪贡	14	梁宇安	不详
15	刘鸿文	挑谕	15	吴绍孙	候县	15	李德钧	不详
16	钟　英	挑谕	16	萧士麟	岁贡	16	戴凤池	不详
17	周凤标	挑谕	17	臧良圻	广平府经	17	王凤翔	不详
18	孙世芬	恩谕	18	刘永修	恩贡	18	周之德	不详

（续表）

教 职			非教职			不 详		
序号	姓名	职务或出身	序号	姓名	职务或出身	序号	姓名	职务或出身
19	牛绣儒	岁训	19	王玉珂	即县	19	施元泰	不详
20	祁彭年	教习谕						
21	周星隽	挑谕						
22	林万涛	举谕						

根据上表，即使日记未注的"不详"者全部为非教职，教职人员亦达 22 人。换言之，无论现任或候补，教职人员至少占海运保举总数的 36.67%。如此高的教职比例，究竟是何原因？限于水平和资料，笔者无法作出进一步的说明，唯期待方家。

科举与保举是张蓉镜迈向仕进的两条腿，中举以前，"居京二十年，未尝不振刷精神"[①]，更致力于科举；当已入仕，具备基本地位时，"渐就委靡"[②]，更倾向于保举，其中功利色彩较浓。

四、末世情怀：忧国与谋家

晚清时期，"时艰"或"时事艰难"是一个高频词汇，无论正式的章奏上谕，抑或私人的函牍日记，这样的字眼随处可见。与这种时代氛围正相对应，张蓉镜论及时事，最常用的词汇是"杞忧"或"杞人之忧"。

身为士大夫，又曾在京师生活长达二十年，张蓉镜并不闭塞，他有关心时事的习惯，到阜城后，曾因阜城"鄙陋"，特意让京城"聚升"

---

①② 1897 年 6 月 30 日日记。

报房每月给他汇寄报纸。他对时事的关注主要集中在两个方面,一是对重大事件的关注,二是对政治变革及政策动向的关注。

1. 对甲午战争及后续《马关条约》的关注

甲午战争以及后续《马关条约》的签订,是当时最为重大的历史事件,震动之大,影响之深,实属空前,张蓉镜在日记中也对此事着墨最多,分述如下:

(1) 关于战事

> 津报冬月初九:倭兵犯沈,易、程二军门设伏,毙其万六七千人。渠又袭海城,又被伤亡数千。十四等日,聂、吕两军门在大孤山、凤凰城,宋、马两军门在海城,徐、高两军门在盖、金、复三州,共六十余营,均大获胜仗,毙其千余人,由岫岩州牵马岭直追,退至旅木桥,旅顺船坞有英兵船八只,倭不敢问,已退出。聂军门连战于大高岭,夺回连山关,因该处雪深数尺,倭不能为。嘉平十四,吴清帅由渝关来,张星使由京来,即日赴东议和。①

这是他日记中第一次集中的时事记载,可能因为报纸汇寄而来,故甲午年底这一则日记综合了此前一个多月的消息,均为胜利消息,颇形乐观。事实上,此时,中日甲午战争已开始五个月之久,中国军队失平壤,败黄海,不得已从朝鲜战场撤离,退守鸭绿江,鸭绿江防线旋即告破,再退辽东,而辽东战略要地凤凰城、金州、大连湾、旅顺、复州等亦相继失守。其中旅顺口门严实,山列屏障,"经营凡十有六年,靡巨金数千万,船坞、炮台、军储冠北洋",号称"铁打的旅顺"②,谁知竟"不能一日守",以至"门户洞开","自是畿甸震惊,陪都撼扰,而复、

---

① 1895 年 1 月 24 日日记。
② 戚其章:《甲午战争史》,上海人民出版社 2014 年版,第 209 页。

盖以南遂遍罹锋镝已"，①情形十分危急。

为什么日记中自十一月初九以来的战事消息，尽是我方有利？这与当时朝野心态及社会舆情有关。经过三十年的洋务运动，中国海军号称亚洲第一，陆军的现代化也有了长足的进步，"同光中兴"局面已然呈现，对于"同文同种"的"蕞尔小国"日本，人们普遍存在着轻视心理。当日本挑衅中国对朝鲜的宗主权，蓄意侵略时，多数人主张必须予以教训，并认为中国实力超出日本，一定能战胜日本。下面看清廷的宣战诏书：

> 朝鲜为我大清藩属二百余年，岁修职贡，为中外所共知。乃倭人无故派兵，突入汉城，嗣又增兵万余，迫令朝鲜更改国政，种种要挟，难以理喻。各国公论，皆以日本师出无名，不合情理，劝令撤兵，和平商办，乃竟悍然不顾，反更陆续添兵，乘我不备，在牙山口外海面，开炮轰击，伤我运船。变诈情形，实非意料所及。该国不遵条约，不守公法，任意鸱张，专行诡计，衅自彼开，公理昭然，用特布告天下，俾晓然于朝廷办理此事，实已仁至义尽，而倭人渝盟肇衅，无理已极，势难再予姑容。著李鸿章严饬派出各军，迅速进剿，厚集雄师，陆续进发，以拯韩民于涂炭，并著沿江沿海各将军督抚及统兵大臣，整饬戎行，遇有倭人轮船驶入各口，即行迎头痛击，悉数歼除，毋得稍有退缩，致干罪戾。②

宣战诏书陈述理由，揭示正义，于义正辞严之外，诸如"迎头痛击，悉数歼除"等语，流露出一种未能知己知彼的自大。

---

①　姚锡光：《东方兵事纪略》，沈云龙《近代中国史料丛刊》，第一编第44册，台湾文海出版社1968年版，第128页。

②　林铁钧、史松主编：《清史编年》第11卷（光绪朝　上），中国人民大学出版社2000年版，第687页。

　　民间舆论更是乐观,"以我堂堂天朝,幅员之广,人民之多,财赋之厚,兵卒之精,十倍于尔,尔乃不自量力,轻启兵端是不明乎大小之势矣。"①即使开战后,我方已经节节败退,为鼓舞士气,报纸于纷纭万变的战事信息中,仍倾向于夸大各种虚虚实实的"胜利"②。

　　日记中提及的聂、吕、宋、马等各位军门,确实是在甲午战争中有上佳表现的优秀将领。聂即聂士成,吕即吕本元,宋即宋庆,马即马玉昆。聂士成是以谋略见长的将领,在辽东防御战中,"率部及盛军吕本元、孙显寅等营由大高岭突袭连山关,一举收复连山关要隘,并追击敌军至分水岭"③,取得了如日记中所言"夺回连山关"的宝贵胜利。宋庆是清军前期的主将,节制各军,他与马玉昆率领的毅军在甲午战争中英勇卓绝,"无坚甲利炮,无策应救援,大战七次,而感王寨、大平山、田庄台三战尤力",其中田庄台战役,"迄三昼夜,纵横荡决,前者既死,后者继进"④,连日军也不得不佩服,称赞毅军"不愧为闻名的白发将军宋庆部下,不轻露屈挠之色"⑤。然而,局部的胜利,将士的英勇,无法改变中日战事的总体趋势。日记中这些来自报纸的"胜利",与其说反映战场的真实,毋宁说更反映舆情的真实,心态的真实:朝野上下对胜利的期待,对优秀将领的厚望。

———————————

　　①　刊于《申报》1894 年 7 月 28 日,转引自谭皓:《甲午战争后晚清国民心态研究》,云南大学 2010 届硕士论文,第 13 页。

　　②　参见姚颖冲:《甲午战争时期的〈新闻报〉》,"清政府对日宣战后,战场频传虚假捷报,使得《新闻报》一些主笔轻日之心更加高涨,以为'日本不顾大局轻启兵端,其败其亡可翘足待'"。华东师范大学 2006 届硕士论文,第 19 页。

　　③　林铁钧、史松主编:《清史编年》第 11 卷(光绪朝 上),甲午年十月二十九日(1894 年 11 月 26 日),中国人民大学出版社 2000 年版,第 749 页。

　　④　《大清敕建锦州毅军昭忠祠碑》,中国人民政治协商会议辽宁省鞍山市委员会学习宣传和文史委员会编印,《鞍山文史资料选辑·中日甲午陆战辽海战事纪》(第 10 辑),1997 年版,第 289 页。

　　⑤　戚其章:《甲午战争史》,上海人民出版社 2014 年版,第 246 页。

　　从心理学角度,人们接受信息时,潜意识中会倾向于接受其愿意接受的信息。换言之,信息接受有自觉或不自觉的选择性,主观意愿愈强,愈容易过滤掉于己不利的因素。日记的战事记载,典型地反映了当时集体无意识的偏盲状态:报纸倾向于报喜不报忧,张蓉镜本人亦倾向于见喜不见忧。

　　此后,张蓉镜一直关心着中日战事,在饭桌上"又闻烟台未失",不禁"为之忻然。"①然而,随着威海卫失守,北洋海军全军覆没,中国败势难以挽回,他愈来愈忧心。

　　　　闻廿一日有倭船二只,在津沽窥探,因冰冻,不及岸而去;又闻东边道,倭已改为东洋府,设官安民。杞人之忧,正未有已。②

　　"津沽"是直隶重镇,实为北京之咽喉,日本对"津沽"的窥探,对首都深具威胁。东边道,全称为分巡奉天东边兵备道,管辖区域主要包括今吉林省的通化、白山两市及辽宁省的丹东、宽甸、桓仁等地,因其与朝鲜隔江相望,是日本扩张中国的首要目标,日本占领东边道后设官安民,暴露其长期侵略的野心。这二则消息包含的日本侵略意图,令张蓉镜深为不安,"杞人之忧,正未有已。"

　　(2) 关于和议及《马关条约》

　　甲午战争期间,和战之争持续而激烈。上引张蓉镜甲午年末日记,即有"嘉平十四,吴清帅由渝关来,张星使由京来,即日赴东议和"的记载。

　　"吴清帅"是吴大澂,字清卿,他主动请缨,以湖南巡抚率湘军北上,帮办东征军务,此时驻渝关,即山海关;而"张星使"则是张荫桓,曾派充出使美、日、俄三国大臣。吴、张赴日议和的消息不够准确,属

①　1895 年 2 月 26 日日记。
②　1895 年 3 月 22 日日记。

于报纸传闻,事实上,甲午年十二月十日(1895 年 1 月 5 日),朝廷派往赴日的全权大使是张荫桓与邵友濂。张蓉镜在这个记载中,未见态度。

张荫桓、邵友濂到达日本后,日本借口声称"中方无代表全权",拒绝与"张、邵二使谈判"①。据戚其章先生的研究,其真实原因有二,一是日本正在进攻威海卫,并将占领北岸炮台,欲等待最终占领刘公岛并最后消灭北洋舰队,以获取更优越的谈判地位;二是迫使清政府改派地位更高奕䜣或李鸿章,以便获取更大利益②。很快,刘公岛失守,北洋海军全军覆灭,清政府被迫派李鸿章赴日议和。张蓉镜以后的日记,可以明显看出其主战倾向。

> 读安侍御维峻弹李合肥奏稿,深服其敢言。闻东省之将帅,有避敌者、纵敌者、通敌者,为之愤然!③

安维峻,字晓峰,甘肃秦安人,光绪六年(1880)进士,著名谏官。他坚决主战,曾上《力阻和议疏》,随着战事不利,议和愈亟,他"感愤填膺,痛不可忍",又上《请诛李鸿章疏》。此疏言辞激烈大胆,直指李鸿章"挟外洋以自重","不但误国,而且卖国"之罪,更进而并有"皇太后既归政皇上矣,若犹遇事牵制,将何以上对祖宗,下对天下臣民"之语④。朝廷以其"肆口妄言,毫无忌惮","严行惩办","即行革职,发往军台效力赎罪"⑤。安维峻虽因上疏获罪流放,但他说出了许多人

---

① 林铁钧、史松主编:《清史编年》第 11 卷(光绪朝 上),中国人民大学出版社 2000 年版,第 779—780 页。

② 戚其章:《甲午战争史》,上海人民出版社 2014 年版,第 396 页。

③ 1895 年 3 月 24 日日记。

④ 安维峻:《力阻和议疏》,《谏垣存稿》卷 4,甘肃人民出版社 1991 年版,第 118—119 页。

⑤ 《德宗实录》卷 355,《清实录》第 56 册,中华书局 1987 年版,第 616 页。

想说而不敢说的话,代表了相当广泛的民意和情绪。《清史稿》本传:"维峻以言获罪,直声震天下,人多荣之。访问者萃于门,饯送者塞于道,或赠以言,或资以赆,车马饮食,众皆为供应。抵戍所,都统以下皆敬以客礼,聘主讲抡才书院。"①张蓉镜"深服其敢言",钦佩之情,溢于言表。显然,日记反映了张蓉镜对时局的愤慨及主战倾向。

李鸿章到日本后,和议异常艰难,日本凭借战场优势,对中国全力施压,提出苛刻的停战条件,包括(1)日本军队应占守大沽、天津、山海关,并所有该处之城池堡垒,驻上开各处之中国军队,须将一切军器、军需交与日本国军队暂管;(2)天津山海关间之铁路当由日本国军务官管理;(3)停战限期内日本国军队之军需军费,应由中国支补。② 如此"要挟已甚",引起中国朝野的强烈愤慨。③

> 闻倭人有每日给渠四百万员[元]始停战议和之信,为之愤然! 闻诸大老有迁都之议,为之慨然! 时事如此,科名何为? 酌之冯伯言,亦以不下场为是。拟住三五日,候鸿辰到,一询家事,即行回任。④

此时正是张蓉镜来京参加乙未科会试之时,他原本考试意愿就不强,闻此更是"为之愤然",甚至打算放弃会试。

---

① 赵尔巽等:《清史稿》,第41册,中华书局1977年版,12467页。

② 参见戚其章《甲午战争史》,上海人民出版社2014年版,第402页。

③ 光绪二十一年二月二十七日(1895年3月23日),朝廷旨寄刘坤一、王文韶:"李鸿章电到,甫议停战,要挟已甚,万难允许。战事既难停罢,恐将窜扰畿疆,自津沽以至山海关一带,彼久垂涎,若其乘虚登岸占据一处,全局即行震动,极为可虑。著刘坤一等严饬各军,随时侦探,整备迎击,关内铁路尤应设法保护,万一事急,临时务须拆断,将车辆收回。"见林铁钧、史松主编《清史编年》第11卷,中国人民大学出版社2000年版,第803页。

④ 1895年3月25日日记。

《马关条约》签订前后,张蓉镜更是高度关注,更与多数民意一致,愤慨、拒和。

> 闻和议已成,割台之半,听其自取,台不受命;割辽阳以南,奉亦不受命;苏州准其通商;高丽自主之国;赔兵费二万万(二十年清)。俄法已有后言。杞忧正未已也。
> 眉:割全台;苏、杭、沙市、重庆四口通商;在内地设机器局,改造中国土货;天津、威海驻兵,兵费由中国出,每年五十万;倭在内地通商,减收税则;我前诸军撤炮台、器械。①
> 各省公车及台求都宪代奏,阻和议也(为割地及兵费之多)。②

《马关条约》最初签订时,割地一项,除台湾全岛及其附属岛屿和澎湖列岛外,还有辽东半岛,因俄联络法、德,三国共同出面干涉,中国花三千万两白银将辽东"赎回"。张蓉镜身居阜城,消息略有滞后,亦不尽准确。马关条约之苛刻,实属空前;民众情绪之激愤,亦是空前,"连日纷纷章奏,几于万口交腾"③。日记中的公车上书,实际是广东、湖南举人为主体的第一次公车上书,此后福建、四川、江西、贵州举人继之,直隶、山东、山西、河南、云南各省举人又继之④,一周后,康有为、梁启超领导一千二百多人签名的公车上书,声势浩大。此一阶段,朝野情绪激烈,掀起拒和高潮。⑤

台湾人民更是震骇悲愤,"哭声震天",邱逢甲率全台绅民反对割

---

①　1895 年 4 月 21 日日记。

②　1895 年 4 月 23 日日记。

③　《德宗实录》卷 365,《清实录》第 56 册,中华书局 1987 年版,第 769 页。

④　林铁钧、史松主编:《清史编年》第 11 卷(光绪朝 上),光绪二十一年三月二十八日(1895 年 4 月 22 日),中国人民大学出版社 2000 年版,第 820 页。

⑤　梁娟娟:《马关条约换约前官员士子的拒和运动》,《明清论丛》第 11 辑,第 285 页。

台,表示"桑梓之地,义与存亡,愿与抚臣誓死守御。"①及至《马关条约》批准、换约后,木已成舟,无可挽回,台湾人民遂独立拒日保台,所依靠的武装力量主要是南澳镇总兵刘永福率领的黑旗军。对于台湾人民的拒日斗争,张蓉镜十分关心。

> 闻林京卿绍源出饷,刘提镇永福出兵,打坏日本等船九只,为之快甚。倭取台,英等分取……。②
> 子深来探信,谈及和议,愤愤。③
> 少杰来,得悉台北失守,刘永福退至台南。时事不可为矣,李鉴堂中丞一腔忠愤,令人感佩。④

这三则日记表现出张蓉镜强烈的爱国情怀与拒和态度,《马关条约》后,仍寄希望于台湾的拒日斗争,直到台北失守,始叹"时事不可为矣"。面对如此丧权辱国结局,他心实不甘,不由想起坚定主战的山东巡抚李秉衡。

李秉衡,字鉴堂,奉天海城人,刚正清廉,潜心吏治,有"北直廉吏第一"之誉⑤。甲午战起,朝廷以山东为"畿辅屏藩",位置关键,调李秉衡任山东巡抚,以防守山东半岛。旅顺、威海失守后,闻中日议和,李秉衡"忧愤填膺","电阻疏争,至于再四"。以辽东"京师左辅,卧榻之侧,岂容他人鼾睡"? 台湾"为东南藩蔽,要害一失,沿边各省不能安枕",更何况"泰西各国眈眈环向,俄人虎视于西北,英、法狼顾于西

---

① 林铁钧、史松主编:《清史编年》第11卷(光绪朝 上),中国人民大学出版社2000年版,第820页。
② 1895年4月26日日记。
③ 1895年5月5日日记。
④ 1895年7月27日日记。
⑤ 赵尔巽等:《清史稿》第42册,中华书局1977年版,第12765页。

南,皆视我与倭之事以为进退"为言,提醒朝廷如此后患无穷的议和,"偷安未久,覆亡随之"①。张蓉镜此时感叹李秉衡"一腔忠愤",言下之意是,朝廷如果早听李秉衡意见,结局或许不至于此。

综观张蓉镜甲午日记,前期有乐观轻敌之意;后期反对议和,主要原因在于日本条件太苛,逼人太甚;至最后和议已成,无可挽回,仍是激愤不甘。张蓉镜对甲午战争及马关条约的态度,虽然是个体视角,却生动地反映了当时相当多数的民意。

2. 对政治动向的关注及应对

在关心时事,忧虑国运的同时,张蓉镜也很注意政策尤其是教育科举政策的变革,揣摩趋势,并因此调整子侄辈的立身上进途径,以适应形势,谋取生存与发展。

甲午战后,朝野上下痛定思痛,人们纷纷将批判矛头指向传统的科举制度。康有为认为"中国之割地败兵也,非他之为,而八股致之也"②。严复直斥八股取士有三大害,曰锢智慧、坏心术、滋游手,而救亡之道在"痛除八股而大讲西学",并极为自信地表示"东海可以回流,吾言不可易也"③。确实,以程式化的八股文之优劣来决定人才去取的科举制度,不能满足当时中国迫切的救亡图存需求,因此科举改革的呼声日渐高涨。

贵州学政严修于光绪二十三年十一月初一日,上《奏请设经济专科折》,建议以"经济之专名",选拔"或周知天下郡国利病,或熟谙中

① 《李忠节公奏议》卷8,沈云龙:《近代中国史料丛刊》第一辑第295册,台湾文海出版社1968年版,第618、620、621页。
② 康有为《请废八股试帖楷法试士改用策论折》,朱有瓛主编:《中国近代学制史料》第一辑下册,华东师范大学出版社1986年版,第75页。
③ 严复《救亡决论》,朱有瓛主编:《中国近代学制史料》第一辑下册,华东师范大学出版社1986年版,第38—40页。

外交涉事件,或算学律学,擅绝专门,或格致制造,能创新法,或堪游历之选,或工测绘之长"的有用人才。具体办法为由京官四品以上、外官三品以上,以及各省学政,于朝廷急需的上述各种人才,"各举所知",既"无限人数,无限疆域",亦无论"已仕未仕",一并"咨送总理衙门,请旨定期考试"①。严修此折,将时代需求与传统制科,尤其是康乾时期曾有过的博学鸿词科结合起来,新酒旧瓶,温和而切实,因此阻力较少,朝廷很快批准了严修的建议,并在此基础上,做出更具体合理的规范,分特科、岁举两途②。我们来看张蓉镜对此事的反应:

> 阅正月六日京报:"总理衙门会同礼部议奏贵州学政严修一折,奉旨:特科、岁举两途,洵足以开风气而广登进,着照所请行,该大臣等如有平素所深知者,出具切实考语,陆续咨送,至百人以上举行特科,以资观感。至岁举既定年限,该督抚学政各将算学、艺学,各书院学堂切实经理,该生监等亦当思经济一科,与制艺取士并重,将此通谕知之。"此后人才蔚起,争胜泰西,庶不至为白人所鱼肉也,杞人之忧,为之稍宽。拟函示辰儿,令夔格走西学一路,然非携之京津及各省垣不可也,容徐图之。③

张蓉镜显然感到了这其中深具意义的转折:这是晚清教育科举重大改革的开始信号,而这个改革关系全局。他因此看到了中国"人才蔚起,争胜泰西"的希望,因国势衰微而久存于心的"杞人之忧",亦"为之稍宽"。在孙子夔格的教育方向上,他没有犹豫,选择"走西学

　　① 严修《奏请设经济专科折》,朱有瓛主编:《中国近代学制史料》第一辑下册,华东师范大学出版社 1986 年版,第 61—62 页。
　　② 参见关晓红:《清季科举改章与停废科举》,《近代史研究》,2013 年第 1期;张海荣《经济特科考论》,《安徽史学》,2016 年第 6 期。
　　③ 1898 年 2 月 12 日日记。

一路",显示了他对趋势的准确判断和乐观期待。

随着戊戌变法的开始,科举改革加快了步伐。五月初五日,光绪皇帝颁布上谕,为了"励实学而拔真才","著自下科为始,乡会试及生童岁科各试,向用《四书》文者,一律改试策论"①,"积弊太深"而被诟病已久的八股取士终于要废除了,张蓉镜乐观其成。

> 阅邸抄,初五日上谕废时文,考策论。盖穷则变,变则通,时势所逼,必然之理也。②

不久,宋伯鲁以"中国人才衰弱之由,皆缘中西两学不能会通之故","未有不通经史而可以言经济者,亦未有不达时务而可谓之正学者",进一步建议"将正科与经济岁科合并为一,皆试策论"。同时,为更好地衔接,与此密切相关的生童岁、科试,无须候至下届,即行改行"新章",一律试以策论③。他的建议得到批准,张蓉镜极为重视,特意在日记中摘录上谕:

> 阅邸抄:十二日上谕,御史宋伯鲁请将经济岁举归并正科,生童科岁试迅即改试策论,抡才大典,以乡会试为纲,经济岁举自应并为一科考试,以免纷歧,各省学政奉到此次谕旨,即行改试策论,无庸候至下届。④

---

① 《光绪二十四年五月初五日上谕》,朱寿朋编:《光绪朝东华录》四,中华书局1958年版,第4102页。
② 1898年7月2日记。
③ 《掌山东道御史宋伯鲁折》,朱有瓛主编:《中国近代学制史料》第一辑下册,华东师范大学出版社1986年版,第84—85页。
④ 1898年7月11日记。

张蓉镜的乐观态度,与当时鼓吹变革的维新舆情颇为一致,认为改革科举,实为"我中国由衰而盛,由弱而强之一大转机也"①,当朝廷同意张之洞、陈宝箴会奏的乡会试新章之后,郑思赞又奏请停止捐纳,他更是感觉"中兴"在望,兴奋不已:

> 时文诗赋之不能治民也;劲弓刀石之不能御敌也;捐项不停,官才日坏也;律例不删,吏缘为奸也;此皆杞人素所深忧者。今朝廷毅然行之,黄人快心,白种失色,中兴之机,其在此乎?钱法、关税,亦宜整顿,盼甚,望甚!②

作为中国士人,他急切盼望中国富强,期待着科举改革带来政治、经济、军事、社会各层面更广泛的变革。作为一家之长,他同样积极应对,尽量未雨绸缪,根据可能的变化趋势,指导子侄后辈的上进之路,以谋求较好的发展机会。长子张鸿辰是他最器重的儿子,当他得知科举改试策论后,当即作书指示"八比已废,可读昌黎、柳州、东坡、半山诸论,而参以《东莱博议》"③。三天后,再次写信指示:

> 抄上谕三道,并作信,示辰读昌黎、柳州、东坡、介甫诸论,看《宣公奏议》《东莱博议》《经世文编》《时务报》,益考究西法。④

这二封信的内容大体相同,后者更为具体。其一,从读书路径上,多读古文,尤其是前贤的政论古文,以便从时文转到策论;其二,

---

① "《申报》恭读五月初五上谕谨注",朱有瓛主编:《中国近代学制史料》第一辑下册,华东师范大学出版社 1986 年版,第 84 页。
② 1898 年 8 月 4 日—8 日日记。
③ 1898 年 7 月 9 日日记。
④ 1898 年 7 月 12 日日记。

从内容上注重实学和西学。应该说,张蓉镜的建议不失明智,此时,张鸿辰已是举人,他希望儿子迅速适应"废八股,改策论"的科举新章,更上一层楼,考中进士。

正如他自己仕进所用的"两条腿走路"方式,对儿子的职业、上进之路,他也是不拘一格,一方面积极支持儿子走科举之路,另一方面,又千方百计为儿子谋求馆事、教席等各种可能的位置,当看到上谕"候补、候选道府州县以下官,准入京师大学堂肄习"时,即动心思,可否能让儿子入学?① 他主张儿子仕进之途,以儒学教官为目标,当看到陶模上奏"武童不由学臣",感到教官收入可能减少,即令儿子"暂缓改教"。② 在儿子是否"改教"的重要选择上,张蓉镜观苗头、察动向,以至反复无常,出尔反尔。此事虽小,但它折射出戊戌变法前后政局的动荡,而导致政策的反复,人心的混乱。

张蓉镜具有深厚的家国情怀,爱国之深切,顾家之诚恳,时时见诸笔端。如果以新旧分野来看,他无疑属于趋新一派。如上所述,他不仅在制度层面支持维新变法;而且在社会习俗层面,也呈现开明态势,如他读到张之洞《戒缠足会章程叙》,认同其"痛切"之言,"拟示知儿辈,毋为小女子缠足",③ 即为明证。和维新派一样,他的趋新开明,基于强烈的富国强兵的愿望,同时也带着急切的心情,他相信并寄希望于一举成功的变革。

这种心态,除了个人性格原因外,与时代风气密切相关。康有为在《请废八股试帖楷法试士改用策论折》中,言废弃八股,"在明诏一转移间耳,而举国数百万人士,立可扫云雾而见青天矣";④ 宋伯鲁奏

---

① 1898 年 6 月 21 日日记。

② 1898 年 7 月 12、13 日日记。

③ 1898 年 1 月 27 日日记。

④ 康有为《请废八股试帖楷法试士改用策论折》,朱有瓛主编《中国近代学制史料》第一辑下册,华东师范大学出版社 1986 年版,第 75 页。

请经济岁举归并正科时，言"千年沉疴，一旦扫除，转弱为强，在此一举矣"；①《申报》对此科举改制亦极为乐观，"草莽小民，不禁额手称庆曰：此我中国由衰而盛，由弱而强之一大转机也"②，这些异口同声的表达，反映了晚清尤其是甲午战后，朝野上下比较普遍的急于求成心态，这是时代的焦虑。

《张蓉镜日记》丰富而独特的意义，远不止笔者以上所述。晚清转型时期的时事大政、教育科举、选官保举、医卜星相、账目物价、家庭关系、人情往来、社会生态等世间万象，日记中均有个人视角的折射反映。作为基层教谕，他的生活状态以及情绪、情感状态更接近普通人而非"大人物"，所以，对于"沉默的大多数"而言，张蓉镜或许更具有代表性。当然，对于"非著名人物日记的挖掘"，有诸多困难，需要更多地与其他史料对读，需要更富有的学识，③笔者学识浅薄，所得十分有限，唯期待读者从各自感兴趣的方面深入挖掘，以充分揭示其丰富而独特的意义。

限于学养，各种错误，尤其不自知的错误一定难免，敬请方家、读者批评指正。

韩宁平于黄山学院晚翠阁

2022 年 5 月 15 日，值疫情时期

---

①　《掌山东道御史宋伯鲁折》，朱有瓛主编：《中国近代学制史料》第一辑下册，华东师范大学出版社 1986 年版，第 84—85 页。

②　"《申报》恭读五月初五上谕谨注"，朱有瓛主编：《中国近代学制史料》第一辑下册，华东师范大学出版社 1986 年版，第 84 页。

③　张剑：《中国近代日记文献研究的现状与未来》，《国学学刊》2018 年第 4 期，第 130 页。

光绪十七年辛卯(1891)

子月(十一月)

十二日(12月12日)　辰刻由续少司农①处起程。午刻渡卢沟(古桑干),桥亘长虹,石狮森立,长河襟带,群山拱卫,诚京师之锁钥也。未刻,至长新店打尖。夜宿窦店,计京师至此九十里。

十三日(12月13日)　寅刻起程,辰刻至涿州。涿州之永济桥尤壮固,东门联云:"蓟门锁钥今冠盖;河朔膏腴古督亢。"万藕舲宗伯②撰,吴祉山司马③书也。求黄帝战蚩尤处及昭烈故里④,不可得,然心仪者久之。午刻至松林店打尖。夜宿北河,歌妓恶劣,不堪其

---

①　即续昌,字燕甫,蒙古正白旗人。据《德宗实录》,光绪十五年(1889)续昌由礼部左侍郎调任户部右侍郎,随即转左侍郎,一直到光绪十八年(1892)临终前乞休为止。此时正在户部左侍郎任上,日记中亦称"续司农"、"燕甫司农"、"燕翁"等。

②　即万青藜,字文甫,号藕舲,江西德化(今江西九江)人,道光进士。据光绪《顺天府志》,万青藜自咸丰十一年(1861)至光绪六年(1880),以礼部尚书兼顺天府府尹。此联疑为顺天府兼尹任上所撰。

③　即吴履福,字祉山,安徽泾县(今安徽宣城)人,道光举人,历任平谷、永清、宝坻知县,昌平、涿州知州。在昌平知州任上,与时任霸昌道的续昌主持纂修《昌平州志》。据光绪《顺天府志》,吴履福于同治十三年至光绪元年任涿州知州,此联或为涿州知州任上所书。

④　刘备,字玄德,幽州涿郡(今河北涿州)人,谥昭烈。其故里在涿州西南十五里的林屯乡楼桑村。

扰。计行一百三十里。

十四日(12月14日) 寅刻起程,午刻至安肃打尖,申刻抵保定省城,计行一百一十里。访郝筱邨、彭雅堂,未晤。少刻,雅堂来。

十五日(12月15日) 晤筱邨。

十六日(12月16日) 偕雅堂访藩署吏金馥堂,因病未晤。

十七日(12月17日) 谒裕方伯(号寿泉)[①]。拜蒋芝庭州牧,乃侄,某辛卯同年也。午刻,馥堂遣人索履历办文。

念一日(12月21日) 送院。赠馥堂八两八钱(正途常例,捐班加一分,半分不定也),小费十缗(投文二千、写履历三千、署内及家中管家五千。馥堂索十二千,少付渠二千也)。

眉:红白禀二分呈藩司;履历二分,一付清苑县吏房办文,一呈臬司;均馥堂代办也。

二十二日(12月22日) 偕雅堂访院吏钱蔼庭,未晤。

晚间至北街二道口沈尧章处,谒净心真人(胡姓,蓝田名,南孙甫,湖北安陆人,万历十三年拔贡白无真君弟子吕祖之小门生也)。真人降乩数年,刻因瘟疫盛行,以符水治之,神效。代太夫人求符一道,治气血虚弱;自求符一道,治脾湿;代续少司农求符一道,顺气、和肝、养肺;均焚灰,以开水冲服。又默问前程,乩命书一字,书"程"字,乩云:"'君问前程事事通,何须疑虑在胸中。官星显露头衔晋,且占百花万朵红。'可喜可贺!惟仕途中金水相逢,须宜谨慎。盖'程'字禾木旁,所畏金来尅之;'呈'字下系壬水,主有口舌之故;吾故就尔所书断之,尔记之可也。"即谢而回。

二十三日(12月23日) 为蔼庭送去润笔银四两四钱(常例,司一院二)、小费两缗,缘前一日蔼庭来访,许为作速办文也。午刻托雅

---

① 即裕长,姓喜塔腊,字寿泉,满洲正白旗人。据《德宗实录》及《清代缙绅录集成》,裕长于光绪十五年(1889)由奉天府府尹升直隶布政使,光绪二十年(1894)离任。此时正在直隶布政使任上。

堂代画符三十道，又赠灵符数道。申刻，托阴润斋致意蔼庭，求其愈速愈妙也。

念四日（12月24日）　寄续少司农、梅邨亲家、荫农茂才、小儿鸿辰各一信，附符若干道，交正大差局也。付藩署值堂房挂号钱五百、官厅茶房钱五百、催清苑县备卷差票钱六百、清苑县吏房备卷钱两千。

念五日（12月25日）　蔼庭来送札文底，云：二十七日文至臬署。

午后觉头晕身重，夜来咳嗽。雅堂为开乱方：防风三分、白芷三分、元参三分、荆芥三分、茯苓四分、白术三分、葛根五分、藿香五分、甘草三分、贝母五分、杏仁五分，藕节引服半剂，睡片刻，晚间又服半剂。

念六日（12月26日）　头晕身重俱愈，咳嗽亦较轻。晚间南司挂号房姜姓来云：文已到。因睡下未及讲费而去。

念七日（12月27日）　姜姓携大门上耿姓来，讲妥费用，门包保平纹银四两四钱付姜姓，钱十七千付耿姓。一切花费系耿姓包办，而外茶房赏钱、内茶房点心及挂牌、考试送信钱，尚在外也。晚间臬宪①牌示三十日考验，耿姓来送信。

临睡服防风三分、白芷三分、茯苓四分、白术三分、贝母五分、杏仁五分、元参三分、丹参三分，藕节引，以咳嗽尚未愈也。

念八日（12月28日）　仍服前剂。函寄鸿辰，付正大差局。晚间将车定妥：至阜城，十一千五百，河间住一日，加一千二百，当付定钱一千。系兴隆店李掌柜居间作合也。

念九日（12月29日）　早起胸中热甚，服"万应锭"七料。莞县新茂才冀敬仪、冀兆发、翟诚来拜，缘店中比邻而居。是日冠顶谒李

①　据《德宗实录》卷253，光绪十四年（1888）三月以"直隶津海关道周馥为直隶按察使。"检《清代缙绅录集成》，周馥任此职时间较长，一直至光绪二十一年（1895）离任。此处臬宪指周馥，可参照日记下文。

若农宗师①而回也。

三十日(12月30日)　早起赴臬署,臬宪送李宗师起马,十钟方回。文题:子张问政,子曰:"居之无倦,行之以忠"。诗题:"甘雨为醒泉",得甘字。四钟缴卷,回店。外茶房杨姓索赏钱五百,耿姓索挂牌、考试送信钱一千。借到筱邺保平银四两(半苏半广,较京平多五分),并代写见本府履历一分。

嘉平(十二月)

初吉(12月31日)　臬宪(姓周,名馥,号玉山,安徽人)②拜庙,午刻回署,始禀见,极蒙优假,盛赞文字之嘉,当即领凭,送至二门外,尚立谈数语。

回店后,约彭友山访金蓉卿(名廷翰,住四颗槐树宝善堂北院,管阜城缴凭事),适蓉卿来,面同友山交渠缴凭费松银京平八两八钱、小费两千,缴凭再无花费也。买南针四枝,匙子、叉子、小碟各一分。内茶房索赏二千。

初二日(1892年1月1日)　九钟自保府起程,两钟至板桥打尖,五钟至高阳,宿西关店,计行九十里。出保府地势平衍,至高阳则蔚然深秀,雄厚凝结,无怪其代出伟人也。高阳城北丰碑树道左,大

---

①　李文田,字畲光,号若农,广东顺德人,咸丰九年(1859)探花。据《德宗实录》,光绪十七年(1891)年八月,"命礼部右侍郎李文田提督顺天学政",可知此时到任未久。光绪二十一年(1895)离任。

②　周馥,字玉山,安徽东至(今安徽池州)人。随李鸿章办洋务三十多年,诸多赞画,以"用心极细,虑事最精,且廉正有魄力"而深受倚重,在直隶任职多年,曾任永定河道、津海关道、直隶按察使、直隶布政使,后任直隶总督兼北洋通商大臣。

书:"孙文正公故里"①,邑侯某建立。询之土人,地名"野窪",距城
八里。

初三日(1月2日)　七钟起程,午刻至扁担口打尖,申刻至河间
府,宿西关店,计行一百一十里。

初四日(1月3日)　八钟谒太守(姓胡,名清瑞,号辑五,河南人)②,
询问热河军及来年会试事。□房茶房宅门讨赏一千九百。一钟起
程,宿商家林,计行三十里。

初五日(1月4日)　六钟起程,午刻至阜庄驿打尖,申刻抵阜
城。署事王瀛洲,名庆潮,③成安人;署训导李子如,名金锡,深州人。

---

①　孙承宗,字稚绳,号恺阳,直隶保定府高阳县(今河北保定)人,明末著
名忠义之臣,督师蓟辽,成绩卓著,后被排挤罢官。崇祯十一年(1638),清军进
攻高阳时,赋闲在家的孙承宗率全城军民守城,城破自缢,满门忠烈,明谥文忠,
清谥文正、忠定。

②　胡清瑞,字辑五,河南襄城(今属河南许昌)人,同治二年(1863)进士,
据《清代缙绅录集成》,胡清瑞于光绪八年(1882)至二十一年(1895),一直官河
间府知府。附录《清代官员履历档案全编》(第4册,120页)所载其履历档案:
胡清瑞,现年四十七岁,系河南襄城县人,由廪生中式同治元年壬戌恩科补
行辛酉科本省乡试举人,二年癸亥恩科进士,奉旨以部属用,签分刑部。是年五
月到部,七月告假。三年二月销假。五年学习期满,奏留。十一年十二月丁父
忧。光绪元年四月,服阕到部。六年六月,奏补江苏司主事。七年正月题补直
隶司员外郎,八月题补山东司郎中。本年(指八年,整理者注)京察一等,奉旨记
名,以道府用,七月十六日奉旨补授直隶河间府知府。

③　王庆潮,字瀛洲,河北成安(今河北邯郸)人。据民国《成安县志》,王
氏"以明经历署望都、邢台、柏乡、静海、武清、阜城、元城、巨鹿等县教谕",热心
公益,"恤贫族,设宗学,筑邑城,建文阁,修桥梁,广乡塾,赈饥黎,平粜值,宾寒
畯,兴树蓄,凡诸善举,靡不勇为。"附录《李鸿章全集》卷13之《王庆潮建坊片》:
光绪十六年十二月十七日。据成安县知县戚朝卿详称,该县地瘠民贫,人
少向学,距京较远,应试尤难。县二品封典知县用候选教谕王庆潮独捐巨款,存
典生息,为阖邑士子乡试之费,于城内创建建文昌阁三间,捐置义学租(转下页)

王君,孙世兄乙酉同年;李君乃侄,辛卯同年。

初六日(1月5日) 瀛洲旋里,嘱其致候舒福庭,渠在成安司铎也。

初七日(1月6日) 接印、谢恩、拜庙,均三跪九叩礼。书斗、吹手,赏赉有差。拜吴勉吾①大令(名长钊,癸未进士,福建人)、陈少杰捕厅(名朴,浙江人)、张之均把总(名一元,天津人)及绅士。寄燕翁、荫农、梅邨、鸿辰、紫翁信。

眉:花儿市西口内路北义和布铺,与阜城义和连号,寄信最便。

初八日(1月7日) 吴大令请晚饭。

初九日(1月8日) 书吏办咨文、缴凭文讫,用印,咨文即发。

眉:书吏嘱将文凭钞下附此:吏部(缺七字)字四号札付本官(缺一字),发直隶河间府阜城县,定限本年十二月三十日到任,本衙门速将本官原领文凭并到任月日札缴,令该上司(缺四字)以凭(缺四字)本(缺十六字)放行,须至札付者。右札付教谕张蓉镜,准此。光绪十七

(接上页)地四十六亩,复于县属姚村堡添设义学一所,合共捐银一千二百三十二两,详请具奏前来。臣查王庆潮生于下邑,家仅中人,乃能慨捐巨资,克成义举,洵足嘉惠士林,表式乡里。核其所捐银数与建坊定例相符,应恳天恩,俯准王庆潮在原籍自行建坊,给予"乐善好施"字样,以示旌奖。理合附片陈奏,伏乞圣鉴训示。谨奏。

① 吴长钊,字勉吾,福建福清县人,光绪九年(1883)进士。据《清代缙绅录集成》,吴氏于光绪十七年(1891)至二十年(1894)任阜城县县令。附录《李鸿章全集》卷15之《吴长钊开缺回籍修墓片》:

光绪二十年。据藩司裕长、臬司周馥详称,阜城县知县吴长钊,年六十岁,福建福清县人,由进士即用知县签分直隶,历办海运出力,保俟补缺后以直隶州知州在任候补,并加知府衔,题补今职,光绪十七年十月到任。兹据该员以近接家书,祖坟年久损塌,请开缺回籍修理等情前来。应请准其开缺回籍修墓。除咨闽浙督臣外,理合附片具陈,伏乞圣鉴,敕部开缺。所遗阜城县知县选缺,照章归部铨选。谨奏。

[年]十二[月]十[日]（缺年月日三字）

初十日（1月9日）　付五路门斗各片,嘱其分送并传挂役卯规。十六日县内为发咨文。

十一日（1月10日）　携子如午刻至义和、文焕堂,酉刻至周小占处,各谈片刻。

十二日（1月11日）　携子如至集上一游,无可买之物。托义和寄家信并沤子一罐。

子如代画搬眷之策,至红桥（在天津北大关北头有店）,在下西河雇小范（地名,武强管）船只（跨子）,至赵桥（武邑管,有店）下船,距阜城三十里,计四、五日可到。船价约五、六金之谱。高象九谓西河多水贼,不如东河稳妥,从西大湾上船,至鲍头、连镇等处下船。然两日旱路,四日车价,亦不赀也。

十三日（1月12日）　遣陈庆赴省缴凭。寄彭雅堂昆仲、金蓉卿、钱蔼庭各一函。揭帖办成,用印讫,即移县。未刻将桃符帖好。

十四日（1月13日）　写折、卷起,拟每日各一开,稍熟再增。

十五日（1月14日）　拜庙。吴勉翁坐谈许久,提及创立书院,嘱举董事四人或六人。

十六日（1月15日）　午后携子如登城西北面,一豁眼界。晚间录交代簿一本。

眉:阜城车在虎坊桥富有等厂,厂似在五道庙。饶阳车[在]西珠市口东口内庆合、广庆等厂,亦有在瓜市路东有大仙人掌之草铺内者。

十七日（1月16日）　阅子如《李氏四支分谱》,其体例仿深泽王氏、前明文恪公鏊①《太原家谱》,上卷则行实、传略、规条、科第、祠茔

---

①　王鏊,字济之,号守溪,晚号拙叟,谥文恪,江苏吴县（今属江苏苏州）人,明代名臣、文学家,人称震泽先生,唐寅誉为"海内文章第一,山中宰相无双"。

图、世系表各类，其世系表五世为一排，又五世另起一排，极为醒目，
而功名、配氏、生平则备载下卷也。

十八日（1月17日）　阅《阜城县志》，阜城始于汉，唐曰汉阜。
人物汉则刘植①（字伯先，钜鹿昌城人），隋则公孙景茂②（字元蔚，阜城人），
宋则王继升父子③（子昭远），割据则刘豫④（阜城人，北门内其读书处），流
寓则嵇康⑤（西城下其鼓琴处，旧有台）。前明尚有显达者（沈冬魁尚书、伊
介夫副宪）⑥，国朝则多象谦⑦为顺治丙戌翰林，此后则科甲寥寥矣。

十九日（1月18日）　封印，子如请礼生。开印则归正学，盖彼

---

① 刘植，字伯先，河北巨鹿人，东汉中兴名将。西汉末年，据昌城自守，后
归附刘秀，协助建立东汉。刘秀称帝后，封昌城侯。阜城在西汉景帝时改名昌
城，东汉复为阜城县。

② 公孙景茂，字元蔚，河北阜城人，南北朝至隋朝时期的官员、学者。任
汝南太守、息州刺史等，"皆有德政，论者称为良牧。"

③ 王继升，河北阜城人，北宋将领。历官泉州兵马都监、顺州刺史、右神
武军将军等。子王昭远，官定州行营都部署、保静军节度使、河阳知府等。

④ 刘豫，字彦游，河北阜城人。宋元符进士，任河北西路提点刑狱、济南
知府等。后降金，在金的支持下，建立傀儡政权，曰"大齐"。

⑤ 嵇康，字叔夜，安徽宿州人。相传嵇康曾游阜城，并于华阳台抚琴，"琴
台风韵"遂成阜城八景之一。清阜城知县丁学显诗云："魏晋清谈习已开，竹林
狂士抱仙才。广陵不是人间操，月朗风幽韵忽来。"阜城拔贡多弘馨诗云："广陵
散绝几千秋，晋魏风流有故丘。遮莫琴台堪吊想，五弦不弄使人愁。"

⑥ 沈冬魁，字伯贞，号立斋，晚号漳厓，明弘治进士，官至南京礼部尚书。
雍正《阜城县志》赞其"丰采凝重，学问老成"。伊介夫，字贞甫，号钝庵，别号松
鹤，明嘉靖进士，官至山东按察副使。

⑦ 多象谦，字尊光，号怀凌，清顺治进士，授翰林国史院庶吉士。据雍正
《阜城县志》，"象谦器识端凝，文思卓荦"，"平居睦族赈饥，义塾造士，一时人文
蔚兴，皆象谦之力"。又关心时政，曾应昭上疏"奏为痛革亡国党与之习，以正百
官；严绝中外贿赂之弊，以救万民事"，被朝廷注意，而"象谦亦感激知遇，慨然有
以天下为己任之意。未几，赍志以殁"。

此轮流也。史荫之送来禀见仓宪及粮厅履历稿，即求其代恳乃祖体乾先生，枉驾一商安门事也。傍晚桑年侄(名荫芝)来谒，乃父癸酉拔贡也。

眉：兹蒙△△恩，调办海运差使，遵即来△辕听候差遣，须至履历者，见仓宪用，蒙恩，见粮厅用，蒙宪恩。

二十日(1月19日)　陈庆由省缴凭回，携来金蓉卿复函。

二十一日(1月20日)　午刻携子如访陈少杰一谈。午后满河武生张金铨(号衡之)来谒，拟令其侄及门。嘱其明正将文字携来一看，俟后半年再议来学一节。子如谈及开州、滦州、永平府、天津府、承德府、南宫、定兴、长垣、抚宁教职缺均好，令人艳羡。

念二日(1月21日)　史体乾来，嘱于念四日启工，留巽门。卢范亭(名金镕)来谒，托其为批年命。

念三日(1月22日)　接到鸿辰十六日来函。

念四日(1月23日)　筑墙起。

念五、六日(1月24、25日)　停白折，每日写大卷两开。

念七日(1月26日)　梁侍卫之桢(号维周)来拜，寓狗尾把胡同北头长春店。

念八日(1月27日)　墙竣。傅镕(行七，子金砺)送年礼，收二色。

念九日(1月28日)　补筑西墙。

除夕(1月29日)　开赏。供神。

光绪十八年壬辰(1892)

元旦(1月30日) 以牙牌占会试,数云:"休将困苦怨青衫,一出风尘便不凡。更喜蓬瀛水清浅,海天如镜好张帆。"又占今年境遇,数云:"朝墩熊熊,过午忽逝。鲁阳挥戈,千古奇事。"

辰刻拜牌,谒先圣。

初二日(1月31日) 偕子如登南城远眺。

初三日(2月1日) 偕子如访陈少杰闲谈。子如带来西瓜、豆豉两蒌,合钱一千一百二十文。

初四日(2月2日) 托义和号寄续少司农、紫澜夫子①、荫农、鸿辰各一函。

初五日(2月3日) 午刻同陈少杰迎春。寄蔼如信。

初六日(2月4日) 打春。寄家信及蔼如一函。是日晴明,午后东风微扇。晚间八钟时,有白气自西而东,其势甚长,移时而逝。

初七日(2月5日) 寄史体乾信,致谢致贺,其孙锡庚携去也。听事吏送土牛。

初八日(2月6日) 复阅《八贤手札》。晚间借陈少杰《曾文正家书》阅起。

初九日(2月7日) 雪。

初十日(2月8日) 风,寒甚。

---

① 据光绪《顺天府志》、《鹤庆州志》及《清代缙绅录集成》:王宝仪,字紫澜,宝坻(今属天津)人,同治元年(1862)壬戌恩科举人,曾任内阁中书、云南鹤庆州知州,日记中称紫澜夫子、紫澜师。

十一日(**2 月 9 日**)　阅《文正家书》讫,复阅《大事记》。

十二日(**2 月 10 日**)　阅《大事记》讫,复阅《家训》。致函卢金镕,问所批四柱。

十三日(**2 月 11 日**)　小占请饭,因无车辞谢。

十四日(**2 月 12 日**)　阅《文正家训》讫,摘录数则:

> 由虞永兴①以溯二王及晋、六朝诸贤,世所称南派者也;由北海②以溯欧、褚及魏、北齐诸贤,世所称北派者也。
>
> 邵二云③之《尔雅正义》,王怀祖④之《广雅疏证》,郝兰皋⑤之《尔雅义疏》,皆称不朽之作。
>
> 王刻韩文,程刻韩诗,康刻《古文辞类纂》,《震川集》,《山谷集》,小本杜诗。⑥

---

①　虞世南,字伯施,浙江余姚(今属浙江宁波)人,初唐著名书法家,因封永兴县公,世称虞永兴。

②　李邕,字泰和,湖北江夏(今属湖北武汉)人。唐朝著名书法家,因官北海太守,故称李北海。

③　邵晋涵,字与桐,号二云,浙江余姚(今属浙江宁波)人。清代著名学者,其经学著作《尔雅正义》,开清儒重新注疏儒家经典之先河,在清代经学史上占有重要地位。

④　王念孙,字怀祖,号石臞,江苏高邮人,清代著名学者。《广雅疏证》考证精详,更以古音求经义,颇具创见,段玉裁誉为"天下一人而已矣"。

⑤　郝懿行,字恂九,号兰皋,山东栖霞人,清代著名学者,长于训诂与考据,于《尔雅》研究尤深。

⑥　参见《曾国藩家训》同治四年(1865)七月十三日谕纪泽:《义山集》似曾批过,但所批无多。余于道光廿二、三、四、五、六等年,用胭脂圈批。唯余有丁刻《史记》(六套在家否)、王刻韩文(在尔处)、程刻韩诗(最精本)、小本杜诗、康刻《古文辞类纂》(温叔带回,霞仙借去)、《震川集》(在季师处)、《山谷集》(在黄恕皆家)首尾完毕,余皆有始无终,故深以无恒为憾。近年在军中阅书,稍觉有恒,然已晚矣。故望尔等于少壮时,即从'有恒'二字痛下工夫。然须有情韵、趣味,养得生机盎然,乃可历久不衰。若拘苦疲困,则不能真有恒也。

午后接卢金镕来信并四柱。

眉:狗尾巴胡同永兴标局,每月初七、念二日来阜,有信交义和号、协和隆均可。义和掌柜王老蓉,协和隆掌柜赵文楷、孙竹溪。标局正、六、腊来一次。义和、协和隆每月一、六发京货。

十五日(2月13日) 访少杰,托其见吴勉吾大令代支春俸。

十六日(2月14日) 大风雪,少刻即止。刘同春交到请旌节略①二分,并银二两,钱七千。

十七日(2月15日) 函致小占,托其向义和通融。申刻至协和隆、文焕堂小坐。

十八日(2月16日) 滕竹溪乃郎,名世卿、号绂庭,来问节孝事。

十九日(2月17日) 吴勉吾大令请晚饭。张子均托事。

二十日(2月18日) 杜铭甫(名国勋)孝廉来,托其将咨文带去。渠住直隶老、新馆?问骡马市大街路南、天元油纸铺便知。渠约二月中旬北上。

子如请午饭。义和号兑京市平足纹[银]三十两,有信一函。柳书泰代雇史姓来,言明价十二千,管饭管草,当付二千。书泰借来十千。

眉:子如之弟李嶓,号育庄,寓蒋家胡同路北。又路东银碗做房院内,有资深堂医牌,乃侄吉林亦寓此,号星三。子如之孙李楷庠写名戳。

念一日(2月19日) 陈少杰钱行,张子均送行。滕世卿送来旌表节略四分、京平银八两,与高象九各送茶叶一包,均璧。

眉:阜城千总高永久在津带练,周梦熊曾补其缺,周故,缺仍归高。子均拟仿周办理,谋补此缺,问部友须若干?阜城归河协右营,子均已署六年。子均,名张一元,津人。

---

① 原文作"略节",当系笔误,改之。

念二日(2月20日)　卯刻起程北上,阜庄驿打尖,商家林住宿,计行一百十里。

念三日(2月21日)　卯刻开车,河间二十里铺打尖,任邱西关住宿。任邱气象文秀,较阜城别是一观。其城南十五里道右,丰碑高树,大书:明刑部尚[书]太师次溪李公①神道,而墓已尽为禾黍矣。计行一百里。

念四日(2月22日)　卯刻开车,赵北口打尖,孔家马头住宿。赵北口,鱼米之乡,风景大似江南,沿堤杨柳,漏泄春光,红桥十二,高跨寒流。建坊桥北,大书:"碧汉层虹",李合肥笔也。堤左树碑,镌"雄县南界"四字,未详何人所题。计行一百二十里。

念五日(2月23日)　卯刻开车,渠口打尖,固安县住宿。

念六日(2月24日)　卯刻开车,庞各庄打尖,黄村住宿。

念七日(2月25日)　卯刻开车,午刻至京,即住续司农处。梅邨已于念二日来京庖代。

念八日(2月26日)　谒司农,送西瓜、豆豉、散子各四分。

念九日(2月27日)　至漕署,海运尚未派出。张辅臣请早饭,与彤轩、俊卿同席。午刻回馆,鸿辰、鸿沅来。

二　月

初一日(2月28日)　谒紫澜师,送豆豉、散子、粉皮各二分。拜张翼亭、陈理庭、张珠农昆仲、张子和乔梓、吕子衡,砚华②、松竹③、

---

①　原文漏刑部尚书之"书"字,补之。李汶,字宗齐,号次溪,河北任丘人,明嘉靖朝进士,官兵部尚书。2012年,在任丘市西关张村发现其神道碑,曰:明特进光禄大夫、左柱国、少师兼太子太师、协理京营戎政、兵部尚书、赠太师次溪李公神道。日记中所谓"刑部尚书",当属张蓉镜记忆之误。

②　即砚华斋,北京琉璃厂老字号,以经营铜墨盒与石砚为主。

③　即松竹斋,北京琉璃厂著名南纸店,创立于清康熙十一年(1672)。荣宝斋的前身。

集雅①、晋记②、富华③、瑞珍④。谒王馨亭姨丈,遇汉卿,拜子深仪部⑤,并义和、凤仪、正顺。

初二日(2月29日) 购"龙光万载"(千五)、双料净狼毫(千二)各二枝。至瑞生祥、瑞珍、振裘、复泰恒各处,并至礼部。眉:发第一号家信。

初三日(3月1日) 为学生办功课起。沈鹤舫来拜。

初四日(3月2日) 寄刘浚信,嘱其本月二十前后来京。

初五日(3月3日) 付子深仪部节妇节略七分,呈费八十四千,□费二十八千,钞回文底稿费六千,求其代办旌表。

眉:滕八金换钱一百一十九千五,刘一锭换钱二十九千二。

初六日(3月4日) 写字起。

初七日(3月5日) 填亲供,小费二十八千,合银二两,系府署内西夹道路西,南、东礼房颜凤山、阎价臣承办。寄刘浚信。

初八日(3月6日) 雪,午晴。

初九日(3月7日) 高子芳来。谦德厚送来洋绉绵袍,托其寄赵汉卿信。

初十日(3月8日) 梅邮就崇少司农⑥西席,到馆。鸿辰遣学本

---

① 即集雅斋,北京琉璃厂著名碑帖老字号。

② 晋记,琉璃厂老字号。

③ 即富华阁,北京琉璃厂著名碑帖老字号。

④ 即瑞珍斋,北京著名古玩老字号。

⑤ 疑为李浚。据光绪《顺天府志》,李浚,字子深,宝坻(今属天津)人,癸未(1883)进士。

⑥ 指崇礼,字受之,汉军正白旗,姜氏,谥文恪。《德宗实录》,光绪十五年(1889)六月,"转户部右侍郎绩昌为左侍郎,兼管三库事务。调兵部右侍郎崇礼为户部右侍郎,兼管钱法堂事务。"此后数年,崇礼均与绩昌分居户部右、左侍郎。此时在户部右侍郎任上,不久(光绪十八年三月),转左侍郎。日记亦称受翁、崇受之都护。

取青褂去,李玉取衣服书籍来。致函紫澜师。

十一日(3 月 9 日) 张桂五、吕子衡、杨熙斋、义永来,听陈润亭为续司农算命。路逢马信侯,邀至馆一谈。从瑞珍取回眼镜。

十二日(3 月 10 日) 谒周老师,并拜房首欧阳薰、麻经店马信侯、陆申甫昆仲,兼询海运事。至砚华小坐,取松竹试策二本、卷格三分,取集雅墨三锭回。拜沈鹤舫,又拜吕蓉第。

十三日(3 月 11 日) 发第二号家信两件,嘱六弟速来。午刻吕蓉第来。

十四日(3 月 12 日) 风狂似虎,寒甚。

十五日(3 月 13 日) 风,尤寒。陆申甫来。

十六日(3 月 14 日) 吕蓉第来,付名戳二分,嘱鸿辰写。

十七日(3 月 15 日) 早间访李子深,约其念二日小酌三胜馆①。取来旌表行查文底七分,回文底一分,并访蓉第。接李子如信,嘱买春季《搢绅》及尺牍。

眉:三月初一挂号,初五禀见督厅,拜石坝州判,禀见可迟至二十日,二十六祭坝后挂号禀辞,到差。御史用禀帖,监督用名片,差竣先六月秒、后八月秒。

十八日(3 月 16 日) 陈理庭回拜。复子如信,交政大信局(五道庙)。

十九日(3 月 17 日) 因学生告假,听玉成戏一日,并邀赵汉卿。酉刻回馆,接紫澜夫子各片、吕蓉第信。

眉:访鲁贯一,问子均事。

二十日(3 月 18 日) 复蓉第信。遣李玉去,共给渠京票二十六千,京制钱一千。刘浚来请安,赏钱四千,嘱其念一日午后上工来。

---

① 三胜馆,北京著名饭庄,位于打磨厂。《旧京琐记》曰:"南人固嗜饮食,打磨厂之口内有三胜馆者,以吴菜著名。云有苏人吴润生阁读,善烹调,恒自执爨,于是所作之肴曰吴菜。余尝试,殊可口。庚子后,遂收歇矣。"

梅邨来。

二十一日(3月19日)　鸿辰来。刘浚上工来。

二十二日(3月20日)　公请子深仪部。饭后游厂肆,携回集雅《圭峰》碑、富华《茅山碑》、《元次山碑》。①

二十三日(3月21日)　刘浚病稍轻。

二十四日(3月22日)　杜铭甫携来咨文一角、批一纸(咨文十六日到县,杜君于十八日起身北上)。吴勉吾托买《春季搢绅》。

二十五日(3月23日)　付李子深仪部咨文、批文,托其代为投卷。付王右铭明经银七钱,托其赴潞时于仓宪粮厅处代为挂号禀到。从义和处支取银十两,其余二十金仍存渠处(由阜城拣兑三十金,系俸银也)眉:义和管帐王政轩、李仁坡。

二十七日杨声远请饭请戏。富华阁《茅山碑》、《妙莲经》托集雅代缴,尚存其粘本《元次山》。收到集雅新本《圭峰》一分、墨八锭,其旧本《圭峰》持回揭裱。

李星三(吉林)同年(寓大蒋家胡同东头路北资深堂)及其弟镜堂(照林,寓大元宝△△中间文宅)来拜。

鸿辰送来《五经汇解》、《文选》、一信二纸。

二十六日(3月24日)　燕翁送祝敬八金,兰生带来家信二函,子深送到结票一纸,二十八日赴部写卷面。

二十七日(3月25日)　正顺请早饭并戏。自请鼎三及学生戏。晚请泽甫诸人于九和兴②。

二十八日(3月26日)　谒许星叔③师(戊子团拜),未晤。拜王小

---

①　圭峰碑,即圭峰定慧禅师碑,唐裴休书;茅山碑,即茅山玄静先生广陵李君碑,唐颜真卿书;元结,字次山,河南鲁山(今属河南平顶山)人。元次山碑,即容州都督元结墓碑,唐颜真卿撰文并书。

②　九和兴,北京著名饭庄,东兴楼的前身,以经营鲁菜为主。

③　许庚身,字星叔,浙江仁和(今属浙江杭州)人。

杭、卢菊生、周兰生。申刻接到次瑄师①信六纸,《凤凰翻身》一本,银十二两,系陶公车欣皆（荣）携来。陶君寓打磨厂万福西栈,浙绍人。已写卷面,托蓉第代投。

二十九日（3月27日） 万英、万程拜会,玉田人,寓齐化门大街庙内。

三 月

初一日（3月28日） 带见翁叔屏太夫子②、孙莱山太夫子③、祁子禾太夫子④、曾怡庄太夫子⑤,及太师母并黄太师母。谒徐寿蘅夫子⑥、祥仁趾⑦、许筠庵⑧两仓宪。回拜陶欣皆、杜铭甫两孝廉。

初二日（3月29日） 公请许星叔、廖仲山、徐寿蘅、霍慎斋四座师⑨,财盛馆⑩演戏设席。

---

① 疑为张丕绩。据光绪《顺天府志》卷118选举,张丕绩,字次瑄,同治戊辰（1868）进士,宝坻（今属天津）人。

② 翁同龢,字叔平,亦作叔屏,江苏常熟人。

③ 孙毓汶,字莱山,山东济州（今属山东济宁）人。

④ 祁世长,字子禾,山西寿阳（今属山西晋中）人,祁寯藻之子。

⑤ 曾树椿,字怡庄,四川宜宾人,光绪癸未（1883）进士。

⑥ 徐树铭,号寿蘅,湖南长沙人,道光进士。

⑦ 祥麟,字仁趾,正黄旗满洲人。据《德宗实录》《清代缙绅录集成》,光绪十七年（1891）被任命为仓场侍郎,光绪二十三年（1897）离任。据《德宗实录》卷296,光绪十七年四月：“以内阁学士祥麟、吏部左侍郎许应骙为仓场侍郎。”

⑧ 许应骙,号筠庵,广东番禺人。据《清实录》、《清代缙绅录集成》,光绪十七年（1891）与祥麟同时被任命为仓场侍郎,光绪二十一年（1895）离任。

⑨ 廖寿恒,字仲山,原籍福建,寄籍江苏嘉定,同治二年（1863）进士。霍穆欢,字慎斋,宗室,咸丰六年（1856）进士。《德宗实录》卷300,光绪十七年（1891）八月：“以兵部尚书许庚身为顺天乡试正主考官,户部左侍郎廖寿恒、工部右侍郎徐树铭、内阁学士霍穆欢为副考官。”

⑩ 财盛馆,即福建会馆,坐落于宣武门大街南头。

初三日(3 月 30 日)　至鸿辰处。

初四日(3 月 31 日)　遣刘浚回家,给盘川东钱六千,当十钱三千,将鸿沅送至鸿辰处。佑卿来送考。燕翁送元卷八金。宋仪卿来访。

初五日(4 月 1 日)　搬至炮厂大庙,与吕蓉第同寓。

初六日(4 月 2 日)　买考具。

初七日(4 月 3 日)　紫澜夫子、杨思远姻伯、吕子衡、高蕴玉来送场。

初八日(4 月 4 日)　卯刻入场,系第三牌,坐腾字十八号。

初九日(4 月 5 日)　夜间将诗文作毕。

初十日(4 月 6 日)　申刻出场。

十一日(4 月 7 日)　卯刻入场,坐玉字十六号。

十二日(4 月 8 日)　夜间将经文作毕。热甚。

十三日(4 月 9 日)　午刻出场。热甚。

十四日(4 月 10 日)　卯刻入场,坐知字三号。冷甚。

十五日(4 月 11 日)　夜间将策对毕。

十六日(4 月 12 日)　巳刻出场。

十七日(4 月 13 日)　搬回续宅。

十八日(4 月 14 日)　谒周紫垣夫子,送场作,并拜客。眉:托麻经店寄皮褥等件。

十九日(4 月 15 日)　赴潞河,寓牛市同兴店,王右铭、王子丹同寓。

二十日(4 月 16 日)　谒祥仓宪及如、沈二粮厅①。

念一日(4 月 17 日)　谒许仓宪,并拜高西林州佐及宛梅庵、李

———————————

①　如当指如松,时任坐粮厅满监督;沈当指沈锡晋,坐粮厅汉监督。检《清代缙绅录集成》,如松于光绪十八年至二十年(1892—1894)任坐粮厅满监督,沈锡晋于光绪十八年至十九年(1892—1893)任坐粮厅汉监督。

价卿。

　　念二日(4月18日)　回都。

　　念三日(4月19日)　赴陈理庭福隆堂①之约。谒许星叔夫子，未见，将场作留下。并谒紫澜夫子，谈许久。拜恺之、子深、蓉第。取义和市松银二十两(已付蓉第，托其代购檐料)。定凤仪纬帽一顶、谦德厚单马褂一件。五钟回馆，与梅邨快谈。眉：购《缙绅》二分，价八千；尺牍一分，价二；取松竹铜尺一，长、短卷各二。

　　念四日(4月20日)　写试策两开半。葆东生荐夏永和(又名升)来，涿州人。遣佑卿回官学(赏四千)。锡剑波送薛涛笺两匣知单来，准于二十八日在谢公祠请紫垣夫子，分赍每人三金。

　　二十五日(4月21日)　王右铭自潞河携来仓宪劄子，派在大棚稽察偷漏。

　　二十六日(4月22日)　雇人做单衣服。

　　二十七日(4月23日)　为吴勉吾、李子如、张子均作信。眉：喜雨一夜。

　　二十八日(4月24日)　同门在谢公祠公请周老师，为紫澜夫子贺喜(选云南鹤庆州)。取凤仪帏帽一顶，并布帽盒。谒监督侍御，尚未到署，差役请三十日再去。梅邨来，未见。

　　二十九日(4月25日)　阅《庐唱先声》。

　　三十日(4月26日)　谒监督御史，拜大棚同事郭赞之、姜小舟。发第三号家信、阜城信(《搢绅》《尺牍》共三函)。拜彤轩、擢轩、梅邨。谒紫垣师及世兄，未见。集雅斋取去墨八锭，《新圭峰》《元次山》各一部，并托其代缴富华阁残本《元次山》帖。

---

①　福隆堂，北京著名饭庄，地点在前门外观音寺路南，以"扒鸭子"为招牌名菜。徐珂《清稗类钞·饮食类·京师宴会之肴馔》："光绪己丑、庚寅间，京官宴会，必假座于饭庄。饭庄者，大酒楼之别称也，以福隆堂、聚宝堂为最。"

四　月

初一日（4月27日）　寄东生信，问夏升事，当即回信。又接鸿辰信，要夹袍褂。

初二日（4月28日）　写试策五开半。梅邨来。

初三日（4月29日）　紫垣师请富兴堂早饭，就便回拜理庭昆仲。取松竹小刀一把、殿试红格十张，借瑞珍墨盒、花镜各一分。子年代赊墨汁八钱，付集雅纹银京平三两二分，取其松烟一两，圭峰片一分。

初四日（4月30日）　至大棚一看，已到者郭赞之、姜小舟、李青士三人。

初五日（5月1日）　鸿辰来，代买五色云二枝。傍晚至义兴永一谈，闻家乡雨酣足。

初六日（5月2日）

初七日（5月3日）　仲可来拜。午后买笔二枝，便中至正顺。

初八日（5月4日）　梦云弟来，携有家信，家中要同仁堂虎骨酒一斤及女科药，兼索银。

眉：午后雨。

初九日（5月5日）　珠农来。戌刻，燕甫司农仙逝。

初十日（5月6日）　雨。作家信未毕，十二日补完。

十一日（5月7日）　看红录。携乐哥移至官学。

十二日（5月8日）　仍住官学。

十三日（5月9日）　至正顺，子深代领执照及落卷。

十四日（5月10日）　仍住正顺。梦云旋里，携去第四号家信。

十五日（5月11日）　住复泰恒，为振裘贺喜。

十六日（5月12日）　回馆。晚间至义兴永一谈。

十七日（5月13日）　检物件，将衣箱送存复泰恒。买旱伞一柄，价六千；广锁一个，价四千二百。

十八日(5月14日) 移至义盛店大棚公所。

十九日(5月15日) 午前上棚,午后至复泰恒麻经店及子琳处。

二十日(5月16日) 上棚。午后马子尖、侯景堂来。

二十一日(5月17日) 上[午]上棚,收到义兴永二金。

二十二日(5月18日) 上棚。吕蓉第来。

二十三日(5月19日) 上棚。梅邨来。

二十四日(5月20日) 歇班。写扇四分。

二十五日(5月21日) 托义亭查保案,并至砚华、集雅、理庭等处。

二十六日(5月22日) 闻泽甫仙逝,往祭。即将衣箱一只、衣包一个送存义兴永卤虾店。

二十七日(5月23日) 梅邨因病剧来信,当即往视,幸愈。

二十八日(5月24日) 记元、梅邨来。

二十九日(5月25日) 接到右铭来信。夏升太笨,以善言相遣,嘱其早安置事,节后散工。青士来谈,谈许久而去。写扇二柄。记元来。

五 月

初一日(5月26日) 梅邨来。侯锦堂、梅鹤孙来。

初二日(5月27日) 梅邨来。佑卿送衣服来。

初三日(5月28日) 梅邨来。眉:发第五号家信。

初四日(5月29日) 送燕甫司农殡。

初五日(5月30日) 马骧云、侯景堂来。

初六日(5月31日) 记元、文轩、式儒、梅邨来。

初七日(6月1日) 至复太恒存衣服、帽盒。辅臣请万福居,宿彤轩馆上。

初八日(6月2日) 正顺早饭,集雅点心,砚华小坐。宿官学。

初九日(6月3日) 续宅早饭,午刻回店。

眉：天津之静海、南皮，永平之抚宁、乐亭、迁安。

初十日（6月4日）　穆力廷来棚小坐。

十一日（6月5日）　方善亭来，付节账十金。

十二日（6月6日）　梅邨来。

十三日（6月7日）　续宅催上馆。骧云嘱书扇，订初一见。

十四日（6月8日）　回续宅馆。李坤上工。接子如及学书信。

十五日（6月9日）　大棚同人来信，告以祥仓帅入城。

十六日（6月10日）　约云阁姨丈来代馆。付善亭二金。

十七日（6月11日）　至大棚。午后至集雅、砚华、官学各处，买《汉书》及字典，共五两四钱。①

十八日（6月12日）　云阁姨丈早间下馆。

十九日（6月13日）　托云阁姨丈交车子带去竹箱、皮箱各一只，衣包一个，信一函。

眉：第六号。

二十日（6月14日）　善亭送来芝麻纱袍褂两件、葛布袍一件、夏布小褂两件。

二十一日（6月15日）　万振昌送来劲带一条。

二十二日（6月16日）　送去脚钱十千，收到烟袋贰。

二十三日（6月17日）　收到宋仪卿信。晚住义盛店。

二十四日（6月18日）　为梅邨庖代。至永盛、义和等处。

二十五日（6月19日）　缴云阁扇面。

二十六日（6月20日）　梅邨来。善亭送来素纱褂一件。

二十七日（6月21日）　子年、老六来。

二十八日（6月22日）　老六年。

二十九日（6月23日）　记元来。善亭送来纱套裤一付。

---

①　"五两四钱"原文系苏州码表示。

六　月

初一日(6月24日)　至大棚。托马骧云代寄右铭信。

初二日(6月25日)　振裘来拜,收报单一纸。

初三日(6月26日)　写信。

初四日(6月27日)　发第七号家信。复宋仪卿信。鸿辰及袁姻台来。午后至正顺小坐,回来路遇李青士,云十二日海运差竣。

初五日(6月28日)　至集雅、砚华小坐,购经香阁《古文辞类纂》(正、续),价京松银一两五钱,尚未付。

初六日(6月29日)　蓉第来。

眉:阴雨连绵起。

初七日(6月30日)　子成来。续司农六十日,送纸锭两篓,因路难行,未往奠。

初八日(7月1日)　大棚差役送来寄右铭信票。

眉:熙钰作诗起,号乾若。正白蒙古人,燕甫少司农哲嗣,二品荫生。

初九日(7月2日)　热甚。为高若亭写扇。

初十日(7月3日)　热甚。借辅臣京松银二两。

十一日(7月4日)　熙斋、子成来。

十二日(7月5日)　至大棚。

十三日(7月6日)　至集雅斋。

十四日(7月7日)　回复熙斋。

十五日(7月8日)　写信。

十六日(7月9日)　寄紫澜师信。送澍生《忠义堂》颜帖。

十七日(7月10日)　辞姚骏卿饭局。柳彦林由阜城来。

眉:报头距柳家店子九十[里],距阜城九十[里]。连镇距柳家店子三十[里],距阜城五十[里]。

十八日(7月11日)　向蔡佑斌索"消渴方",尚未开就。

十九日(7月12日)　写扇一柄。

二十日(7月13日)　查春乡秋会成案。

眉:康熙五十二年癸巳万寿,乾隆十七年壬申恩科,皆春乡秋会。

二十一日(7月14日)　天始晴,盖阴雨连绵已十六、七日。李坤告长假,共上工三十七天,前后付票十二千。缴佑斌纨扇,取来"消渴方"。

二十二日(7月15日)　接到右铭由潞来信,及梅邨、鸿辰信。

二十三日(7月16日)　柳彦林来浮住。为陈少杰买白酒麹三十八丸,价三千。为赵希曾买阴虚药水两瓶,价六千。询之义兴永,家乡未涝。

二十四日(7月17日)　发阜城信,彦林付其村人。

二十五日(7月18日)　至李镜堂处小坐。

二十六日(7月19日)　谦德厚送来官纱套裤、夏布上截。蔡佑斌来访。姚骏卿来拜。

二十七日(7月20日)　至辅臣、子琳、星三、骏卿等处。

二十八日(7月21日)　子年来。

二十九日(7月22日)　赞之来信。梅邨来。

三十日(7月23日)　大棚消差。携赞之、佑斌至监督处递保条,均回宅交程先生(号子文)。傍晚梅邨来信,即往看病。

闰(六)月

初一日(7月24日)　看梅邨病。

初二日(7月25日)　看梅邨病。

初三日(7月26日)　寄李子如信。王右铭来,嘱教习事。

初四日(7月27日)　写家信二纸,未毕。

初五日(7月28日)　送来薪水五金,给酒资一千。

初六日(7月29日)　梅邨来。

初七日①(7月30日)　子成来。

初八日(7月31日)　访右铭、紫琳,至复泰恒麻经店。午前鸿
辰来。右铭赴省,约十五日回都。

初九日(8月1日)　子成来。函示鸿辰。复笙陔。

初十日(8月2日)　感冒畏风,疲倦。

十一日(8月3日)　小愈。梅邨来。

十二日(8月4日)　接到六月初十日家信。

十三日(8月5日)　服药一剂。

眉:消渴方:菟丝子十两,酒浸拣净焙干,云苓三两、莲肉三两、五
味子一两,共为细末。另研真山药末六两,酒煮,捣数百杵,丸如梧子
大。每服五十丸,空心米汤下。好梨日日食之,亦妙;或食萝葡,亦
妙;绿豆作粥,食亦好。

疯狗咬方:葱须七头、胡桃七粒、百草霜三钱、土龙肝三钱、姜三
片、麻皮三片焙焦,谷子一撮焙焦,滚黄酒冲服,发汗。有疯者三日必
尿血。

接骨方:鹿角三钱、桑皮三钱、土鳖虫三个、鹿茸三钱、麦面三钱,
共研醋,熬成膏,摊布上,贴患处。一炷香时即揭去,不然便成包。若
年老人患久,多贴时无碍。

跌打损伤方:乳香、没药、儿茶、血竭、红粘谷子去皮,飞罗、白面
各二钱,共为细末,醋熬膏,贴患处。

接骨方:牛角二两、红花二两、麻皮二两、头发二两,土鳖三个,活
的尤佳,不焙。右共焙干共末,醋三碗,熬膏。贴患处,一日揭去,仍
用板比住。

十四日(8月6日)　服药一剂,皆佑斌方也。

十五日(8月7日)　访陈润亭谈命,付六千。

十六日(8月8日)　偕右铭访笙陔。

---

① 原文漏书"日"字。

十七日(8月9日)　早间访陈润亭谈命。午间赴南海慧寺奠续少司农,其仙逝已百日矣。梅邨来,未晤。

十八日(8月10日)　遣人约方善亭十九、二十日来。

十九日(8月11日)　缴佑斌扇面五分。善亭来,嘱其做衣。

二十日(8月12日)

二十一日(8月13日)　为仪卿作信。

二十二日(8月14日)　善亭送女褂等件。

二十三日(8月15日)　访佑斌,兼至义兴永。

二十四日(8月16日)　肝气大旺,右胁作胀。右铭来信。子成来。

二十五日(8月17日)　访振裘、辅臣。寄宋仪卿信。

二十六日(8月18日)　吕子衡邀小酌。还集雅一两五,付子年一两,欠瑞珍八钱。

二十七日(8月19日)　嘱方善亭做皮袄、绵袍、绵小衣。

二十八日(8月20日)

二十九日(8月21日)　奠泽甫。

七　月

初一日(8月22日)　借义和京纹十两。拜熙俊甫、张南湖。

初二日(8月23日)　拜熙达甫。俊甫名熙彦,①行三,己丑乙榜,壬辰庶常,住羊尾巴胡同。达甫名熙征,行四,辛卯乙榜,住史家胡同。

初三日(8月24日)　子年弟来。鸿辰来信。

初四日(8月25日)　至琉璃厂砚华、集雅、晋记。晤鸿辰。

---

①　熙彦,喜塔喇氏,字隽甫,也作俊甫,满洲正白旗,进士,历官吏部员外郎、内阁学士、商部右参议、农工商部左参议、农工商部副大臣等。民国时曾任蒙藏院总裁。

初五日（8月26日） 寄家信并十金，袁伯华带去也。

初六日（8月27日） 方善亭送来衣服单子。张辅臣来。

初七日（8月28日） 大雨。

初八日（8月29日） 大雨。

初九日（8月30日） 为次瑄夫子作信。为鸿辰送信。

初十日（8月31日） 大雨。蔡世兄来。

十一日（9月1日） 子年送来墨镜。佑斌代尹宪问房。托风仪寄次瑄夫子信及楹联。

十二日（9月2日） 发阜城信。右铭来。

十三日（9月3日） 付鸿辰信。记元来。

十四日（9月4日） 鸿辰将乐哥接去。

十五日（9月5日） 偕梅邨至义兴成、集雅斋。接子如信（六月二十七发）。

十六日（9月6日） 至李宗师处，问考期。就便至子衡、瑞生祥、砚华、集雅等处。发阜城信。付鸿辰信。接家信（七月十二发）及鸿辰信。闵少窗来拜。

眉：四牌楼北边，六条胡同口南边中鸣远香蜡铺，臌症灵丹两千一付，参茸者价倍之。

十七日（9月7日） 鸿沅由官学回来。付善亭捌金。

十八日（9月8日） 接傅仲伊（鼎）湖南来信。

十九日（9月9日） 学生告假。

二十日（9月10日） 仍将次师联、信取回。

二十一日（9月11日） 大风，寒甚。

二十二日（9月12日） 至陈老溥、张辅臣处小坐。从义和借五十金，合初一日十金，共六十金又三金。

二十三日（9月13日） 付善亭二十金。退洋绉绵袍一件（午节付六两五钱），其未给钱之葛布袍、暑凉汗衬、夏布上节、夏布小褂、夏布大衫、元青纱褂、绸子一①件亦退。

　　眉：皮袄尺寸：身长四尺一寸六分，袖长三尺零五分，袖口七寸，腰大一尺一寸五分，抬肩一尺。

　　二十四日(9 月 14 日)　捡行李。续三太太送点心两匣。

　　二十五日(9 月 15 日)　捡行李。续四太太送点心六匣，酱两包，针线两包。

　　二十六日(9 月 16 日)　纱袍褂退交善亭，渠为装箱。

　　眉：发次师、少窗、荫农、靳同年信，并家报。家报付梅邮，附衣服三件、钥匙一把。

　　二十七日(9 月 17 日)　早间鸿辰来送。午后搬至永盛麻经店(陈福申，号佑之)。张辅臣请晚饭，托其代寄岳母信，并垫京平足银三两。彦林支津钱二千四百文。

　　二十八日(9 月 18 日)　买车南下，价津十千。辰刻出都，于家椓早尖，宿马头。

　　二十九日(9 月 19 日)　河西务早尖。宿杨村。

　　三十日(9 月 20 日)　由北杨村换船，价津三千。船家则天津佟家楼王四绍公庄王二、王四昆仲也。

八　月

　　初一日(9 月 21 日)　买套壶(千五)、木盆(千)、茶碗(三百八十)等件。

　　初二日(9 月 22 日)　买正兴小叶一斤(一千二百八十)、元香末一斤(五百六十)、毛峰末半斤(每斤三百二十)。

　　初三日(9 月 23 日)　换连镇史虎船，价津三千，以王船无客也。巳刻开船，宿杨柳青，水路三十里。寄鸿辰信。

　　初四日(9 月 24 日)　宿陈官屯，水路九十里。

---

　　①　"一"原文作"乙"。

初五日(**9 月 25 日**)　宿青县,水路九十里。

初六日(**9 月 26 日**)　巳刻雨,午刻雨止。西北风起,敬谢巽二,[①]助予不少也。未刻复雨,傍晚始晴。两岸绿杨,半竿红日,布帆斜挂,如行画中。宿沧州南小村。水路△△△。

初七日(**9 月 27 日**)　傍晚雨,少刻即止。宿启家营。夜复微雨。

初八日(**9 月 28 日**)　风利,不得泊,抵连镇。水路八十里。

初九日(**9 月 29 日**)　嘱柳彦林之兄为鸿辰寄信。

初十日(**9 月 30 日**)　未刻由连镇启程,宿柳庄柳书屏家。陆路三十里。

十一日(**10 月 1 日**)　午刻抵阜城。拜勉吾、少杰,各送[礼]二色。

十二日(**10 月 2 日**)　迎本府。周小占留饭。

十三日(**10 月 3 日**)　辰刻送本府。滕竹溪来谒。

十四日(**10 月 4 日**)　鸿沇上学。义和送节礼。

十五日(**10 月 5 日**)　拜庙。办缴礼部执照咨文,即移县。

十六日(**10 月 6 日**)　祭关庙,分牛、羊、猪肉各一种。

十七日(**10 月 7 日**)　张子均来访。

十八日(**10 月 8 日**)　临《司马裴君》起[②]。

十九日(**10 月 9 日**)　张子均来,送渠月饼十枚。

二十日(**10 月 10 日**)　张子均送来葡桃、桃、枣、梨四色。

二十一日(**10 月 11 日**)　教派书办活。

二十二日(**10 月 12 日**)　记《汉书》宜钞处起。刘同春请便饭。

二十三日(**10 月 13 日**)　赴东南关,携子如、少杰看会。

二十四日(**10 月 14 日**)　赴东南关,携子如、少杰看会。

①　巽二,传说中的风神。

②　即《隋故益州总管府司马裴君碑铭并序》,初唐名碑。

二十五日（**10 月 15 日**）　天阴,微雨。

二十六日（**10 月 16 日**）　仍阴,凉甚。

二十七日（**10 月 17 日**）　购统带一条,价银六钱;洋毡一方,价银一两八钱;锁四把,大者五百,小者二百六十文。桑世兄送文二首来。

二十八日（**10 月 18 日**）　缄京信。

二十九日（**10 月 19 日**）　发鸿辰信、家信、乾若信。滕世卿送来刘节妇节略。少杰请饭。

三十日（**10 月 20 日**）　黎明大雷雨。寄刘同春文稿。多容甫来谒。世卿送来请旌银一两五钱。

九　月

初一日（**10 月 21 日**）　购虎毯一件,价银贰两四钱。

初二日（**10 月 22 日**）　送子均茶叶两小盒。

初三日（**10 月 23 日**）　购绒绳（三百）、线罩（五百）、圆绦（每尺五十）各一种。

初四日（**10 月 24 日**）　借义和津钱十千。

初五日（**10 月 25 日**）　购犹皮小袄统一件,价三千五百。椅子二只,三千。托永茂恒王闻远赴苏州时代买紫毫十枝、皮箱一只、洋毯一件。李星三（吉林）之侄名廉正。

初六日（**10 月 26 日**）

初七日（**10 月 27 日**）　子如旋里。桑世兄来。

初八日（**10 月 28 日**）　访少杰谈。

初九日（**10 月 29 日**）　携少杰登高。托义和算帐。

初十日（**10 月 30 日**）

十一日（**10 月 31 日**）　桑荫芝来取课文。

十二日（**11 月 1 日**）　将衣箱、书箱、拜垫、帏帽盒、木帽盒存义和。

十三日(11月2日)　赴河间,八钟起程,阜庄驿尖,臧家桥宿。

十四日(11月3日)　午刻抵府。

十五日(11月4日)　少息劳筋。

十六日(11月5日)　谒太尊。拜客。廪生来谒。

十七日(11月6日)　拜客。购书。廪生来谒。

十八日(11月7日)　看帖。

十九日(11月8日)　看书。

二十日(11月9日)　孙贾送来料烟壶,价三千。

二十一日(11月10日)　请刘熙亭、陈余村。检《曾文正集》。

二十二日(11月11日)　吴和轩来,托买《曾文正集》。鸿辰来信。

二十三日(11月12日)　李宗师下马。

二十四日(11月13日)　李宗师谒庙。

二十五日(11月14日)　考童古,拟唐人"百步穿杨叶赋",以"广场爰设,众目所瞻"为韵;赋得"天鸡弄和风",得鸡字。复鸿辰信。付宝森书铺三十千。

二十六日(11月15日)　考生古,拟唐陈章"腐草为萤赋",以"质化出蔼,气非腥腐"为韵;赋得"飞泉漱鸣玉",得鸣字。

眉:收景州周茂才名霖、号云山,旌表节略三分,景平松银四两五钱七分。周君,李椅峰之友也。

二十七日(11月16日)　头棚童,阜城、宁津、景州、故城四县。阜城题:追我者谁也?

二十八日(11月17日)　童古复试,拟唐黄滔"汉宫人诵洞箫赋",赋以"三千文字之珠玑"为韵;赋得"已秋复欲夏",得秋字。

二十九日(11月18日)　二棚童,献县、任邱、交河。留场。

十　月

初一日(11月19日)　生古复试,拟唐崔护"屈刀为镜赋",以

"昔者为刀，今也作镜"为韵，赋得"陆海珍藏"，得都字。

初二日（11月20日）　三棚童，河间、肃宁、吴桥、东光。

初三日（11月21日）　头棚童提复："西子蒙不洁。"

初四日（11月22日）　头棚生，献县、阜城、任邱、肃宁。阜城题："女为周南"两章，"若颠木"至"四方"；赋[得]"飞鸿响远音"，得飞字。大雨。发提复榜。

初五日（11月23日）　提复二棚童。雨雪，午晴。作鸿辰、岳母、辅臣、少杰信。寄辅臣尺牍二本。托少杰代借义和三十金。放头棚生榜。

眉：付鸿辰二十金，办年事；付陈二太太十金。

初六日（11月24日）　二棚生。

初七日（11月25日）　考教、贡、优。补考武生外场。考教题："孔子尝为委吏"四句；赋得"海水知天寒"，得寒字。河间县牛蔼如（名昶煦）①请晚饭。发信。

初八日（11月26日）　三棚生。

---

①　牛昶煦，字仲周，号蔼如，河南唐县（今河南唐河）人，历任曲周、南宫、新河、丰润、玉田、迁安、河间等县知县，后升冀州直隶州。所到之处，于水利、赈灾、文教颇为用力。同治十二三年间，直隶连年遭受水灾，牛昶煦倡议疏浚运河，漕运得通。并于望都、雄县一带修闸筑坝，宣泄洪水，消除东南十余县水患，救民田数万亩。于涿州修建永济桥，使赴京大道畅达。光绪时，又倡捐赈金，救灾施赈。在丰润、玉田任上，促成二县县志之修撰。附录《李鸿章全集》第12册《聂镇敏等捐赈建坊片》：

光绪十四年十月十六日。……又，河南唐县人直隶迁安县知县牛昶煦，遵其父母遗命，捐助河南、安徽赈银一千两。已由津局分别解济，洵属克己救灾，善承先志。所捐银数，核与建坊定例相符，具详请奏前来。应请旨俯准……牛昶煦为其故父前任河南河北镇总兵牛浩然、故母二品命妇牛陈氏，各在原籍自行建坊，给予"乐善好施"字样，以示旌奖。理合附片具陈，伏乞圣鉴训示。谨奏。

初九日(**11 月 27 日**)　武生内场,并补考。备文童印结。

初十日(**11 月 28 日**)　新生合复,至酉刻始开点。

十一日(**11 月 29 日**)　一等合复。

十二日(**11 月 30 日**)　马射。

十三日(**12 月 1 日**)　马射。阜城巳刻阅毕,托宝仁斋寄鸿辰信。

十四日(**12 月 2 日**)　马射。

十五日(**12 月 3 日**)　步射。

十六日(**12 月 4 日**)　步射。

十七日(**12 月 5 日**)　步射。

十八日(**12 月 6 日**)　步射。

十九日(**12 月 7 日**)　步射。

二十日(**12 月 8 日**)　劲弓、刀石。

二十一日(**12 月 9 日**)　劲弓、刀石。

二十二日(**12 月 10 日**)　劲弓。阜城发榜。刀石。

二十三日(**12 月 11 日**)　劲弓、刀石。备武童印结。

二十四日(**12 月 12 日**)　武童复射。

二十五日(**12 月 13 日**)　一等领奖,新生冠顶。寄鸿辰信,托宝仁斋。

二十六日(**12 月 14 日**)　学宪起马。

二十七日(**12 月 15 日**)　辰刻由河间起身,午刻臧家桥打尖,申刻住富庄驿。

二十八日(**12 月 16 日**)　辰刻开车,午刻抵阜城。接到家信二件、四叔信四件、内人信一件、鸿辰信二件、梅邨信一件、乾若信一件、靳同年信一件、辅臣信一件,并茶叶一瓶及家中带来皮袄、绵鞋、干鱼等件;鸿辰带来桃符、京报、笔等件;集雅斋带来法帖(一两三钱)、松烟(七钱)等件。义和三十金已兑京。

二十九日(**12 月 17 日**)　在义和小酌。

月杪(**12 月 18 日**)　送吴勉翁礼,并往拜。

十一月

初一日（12 月 19 日） 送子均礼，便衣往见。

初二日（12 月 20 日） 书办送来请客贴子，嘱其为子如调停廪保。

眉：张廉卿①选《汉书》八传，霍光、赵充国、盖宽饶、陈遵、朱买臣、张禹、元后，而忘其一。

初三日（12 月 21 日） 寅刻拜冬。送老同盐三十斤。

初四日（12 月 22 日） 少杰向义和代借四十四两二钱二分，兑京。

初五日（12 月 23 日） 米步周来。写京信十封，俟十三日发。

初六日（12 月 24 日） 至少杰处小坐，托其嘱义和将银交义兴成。

初七日（12 月 25 日） 晚间至义和。

初八日（12 月 26 日） 滕时五为写《尔雅义疏》书根。祁丕绪送来节妇节略三分。子如由家来。

初九日（12 月 27 日） 为李子深写信，托其代办景州胡文盛之妻章氏、阎廷基之妻袁氏、阎开基之妻胡氏，阜城高锷之妻刘氏（警臣交）、史式斌之妻丁氏（世卿交）、张金鐽之妻王氏（凤洲交）、林秀廷之妻祁氏（祁丕绪交）、砺云峰之妻傅氏、李春芳之妻单氏旌表，共九分。

初十日（12 月 28 日） 写京信。付鸿辰十金，了年事；付四叔三金；付内人二金；付少奶奶二金；送蔼如五金；还义兴永五两二分；还瑞生祥四金；还凤仪四金；还集雅二金；寄李子深十一金。请旌九分，均从义和借兑，共四十八元二②。

十一日（12 月 29 日） 补送请帖。送滕时五肉四斤、盐二十斤。

十二日（12 月 30 日） 请客。

---

① 张裕钊，字廉卿，湖北鄂州人。系曾门四弟子之一，文学、书法成就甚高。
② "四十八元二"原文系用苏州码表示。

十三日（12月31日）　发京信。付义和五十五千（多宝璐、多吉云印费）。

十四日（1893年1月1日）　子如在义和请饭。

十五日（1月2日）　拜庙。勉吾小坐。皮虚斋寄来请旌节略二分、松银三金。

眉：伊贞祥之妻李氏、侯振祥之妻李氏。

十六日（1月3日）　换衣着凉，晚间饮姜水发汗。

十七日（1月4日）　看《荀》《庄》起。

十八日（1月5日）　高象九送来旌表节略四分。午后访子均。

眉：何钧之妻孙氏、常言诚之妻孙氏、陶春芳之妻崔氏、高秀琼之妻张氏。

十九日（1月6日）　晚间微雪。

二十日（1月7日）　刘同春携王珍来，先交印费一半，与子如各分三十千，下欠再说。

二十一日（1月8日）　焦元□交到印结钱二十六千，与子如各分十三千。下欠再说。

二十二日（1月9日）　大风，寒甚。

二十三日（1月10日）　宋老太爷、陈瑞祥来送结费二百千，自收一百二十千，当付义和九十千。子如分八十千。王寿堂送来请旌节略二分，足银三两。

二十四日（1月11日）　祁丕绪送来李秀峰印费四十五千（让五千），与子如平分。晚间小占请饭。

二十五日（1月12日）　送学。陈义成先交印费七十三千，刘赞元先交印费六十千，与子如平分。

二十六日（1月13日）　写四叔、鸿辰、蓉第、辅臣、子深各信。交子深旌表节略八分，京平松银足银十两。

二十七日（1月14日）　发京信。

二十八日（1月15日）　嘱滕竹溪诸人为耿焕章调停。

二十九日（1月16日）　吴勉翁将赵汝霖送学看押。

三十日（1月17日）　见勉翁。

嘉平（十二月）

初一日（1月18日）　李泽园携其子策蹇而来。

初二日（1月19日）　为泽园买烟土二两。

初三日（1月20日）　耿焕章、协和隆来谢。

初四日（1月21日）　为泽园措赀，见吴大令及王春生。

初五日（1月22日）　义和请便饭，并请泽园。

初六日（1月23日）　送泽园十二金，津钱六千，遣其旋里。

初七日（1月24日）　接鸿辰信，即复。

初八日（1月25日）　王世恩交印费六十千，与子如平分。付义和二十千。还恒德泰三千六百文。

初九日（1月26日）　尹衡甫借去钱一千。

初十日（1月27日）　周之樾交印费四十千，与子如平分。即付义和。

十一日（1月28日）　葛凤桐交印费三十千，白树春交印费十千，与子如平分。陈义成交七十千，亦平分，此三十五千付义和。

十二日（1月29日）　田润滋交印费四十千，田凤仪交印费二十千，与子如平分。

十三日（1月30日）　宋同年送［礼］二色。

十四日（1月31日）　请宋同年早饭。刘宗海交印费六十千，与子如平分。李冠三借钱十五千。鸿辰带来京报、印章并信。辅臣寄来汤羊六斤、信二函，文钟一函。

十五日（2月1日）　贴桃符。

十六日（2月2日）　迎春。义和请吃角子。

十七日（2月3日）　鞭春。

十八日（2月4日）　陈庆交草钱。

十九日(2月5日) 封印。少杰请饭。

二十日(2月6日) 至少杰处看画。

二十一日(2月7日) 点《经史百家简编》毕

二十二日(2月8日) 祁丕绪来。看《墨子》起,并摘句。

二十三日(2月9日) 周小占送来枣糕、包子。常凤堂送来枣糕。协和隆送来南酒、咸肉、奶油。

二十四日(2月10日) 张麟瑞交印结钱一百七十千,与子如平分。

二十五日(2月11日) 午后出西门一游。

二十六日(2月12日) 白树春交印结四千,刘赞元交印结三十千,均与子如平分。

二十七日(2月13日) 彭恒交当差钱四十千,赏希曾二千,平、太各三千。

二十八日(2月14日) 刘麟阁交印结钱四十二千,与子如平分。

二十九日(2月15日) 周之樾交印结钱二十千,与子如平分。

三十日(2月16日) 还局子十七千,尚欠二十千。

直隶运售各省官刻书籍总目:

《郑注仪礼》四本(湖北局,竹连纸,制钱六百四十五文;官堆纸,制钱五百十三文)。

《黄本①仪礼》二本(湖北局,白宣纸,制钱六百二十三文;竹连纸,制钱二百六十文;官堆纸,制钱二百三十六文)。

《仪礼郑注句读》四本(官堆纸,制钱六百二十文,江南局)。

仿宋《羊公传》二本(江南局,官堆纸,制钱七百文)。

《公羊传》四本(湖北局,竹连纸,制钱五百三十一文;官堆纸,制钱四百

---

① 黄指黄丕烈,字绍武,号荛圃、荛夫,又号复翁,江苏吴县(今属江苏苏州)人,清代乾嘉时期著名藏书、刻书家。

三十二文)。

《谷梁传》二本(江南局,官堆纸,制钱三百八十文)。

《仿宋相台五经》三十二本(江南局,官堆纸,制钱四千四百文,料半宣纸,制钱九千六百文)。

阮刻《宋本十三经注疏附校勘记》一百八十本(江西局,六裁连泗纸,制钱十九千九百文;六裁官堆纸,制钱十四千文;八裁吉连纸,制钱八千六百文)。

《说文解字段注》十八本(湖北局,白宣纸,制钱六千四百八十文;官堆纸,制钱二千五百二十文)。

《汉书》《后汉书》三十二本(江南局,小料宣纸,制钱十一千五百文;官堆纸,制钱六千四百文)。

《读史方舆纪要》一百本、《天下郡国利病书》一百本(湖北局,赛连纸,制钱十六千文)。

《墨子》(浙江局,连史纸,制钱七百五十文;毛太纸,制钱三百二十文)。

《荀子》(连史纸,制钱九百二十文;毛太纸,制钱三百九十文)。

《尹子》(连史纸,制钱一百五十文;毛太纸,制钱八百文)。

《商君书》(连史纸,制钱一百五十文;毛太纸,制钱八十文)。

《韩非子》(连史纸,制钱九百八十文;毛太史,制钱四百二十文)。

《西汉会要》十本、《东汉会要》十本(白纸,各库平足银八钱五分)

《皇朝舆地略》二本(白纸,一角五分)。

杂样信封、信纸。

松烟。

饼赐红绫五枝、纯羊毫十枝。

卷子二十本、折子二十本、单层三十本。

薛涛笺两匣、官封五十。

粗折子五十本。

辫绳、腿带、布鞋、棉鞋。

乌龙笔、文章一品。

皮袄、棉被、乐哥棉裤。

乳钵、《笔花医镜》、马子。

《周礼精华》

《郡国利病、方舆纪要合刊》

《正、续古文辞类纂》

《先正事略》

《皇朝经世文编》

《文选集评》

胡刻《文选》(八钱)①

《汉书》(四两四钱)

《两汉会要》

《康熙字典》

《文献通考》

《御纂七经》(三两八钱)

《地理韵编》(七钱)

《尔雅真音》

《历代名媛》(五钱)

石印带图《尔雅》

《袁文笺正》②(四钱)

《郝注尔雅》③(二金)

---

① 胡指胡克家。胡克家(1756—1816),字果泉,江西鄱阳(今属江西上饶)人,清乾隆进士。其主持刊刻之《昭明文选》《资治通鉴》,世称善本。

② 袁指袁枚。《袁文笺正》是袁枚的骈文总集,由石韫玉详加笺注而成。

③ 郝指郝懿行。郝懿行(1757—1825),字恂九,号兰皋,山东栖霞人,清嘉庆进士,著名学者,长于训诂考据,于《尔雅》研究尤深。

《禀启零纨》

陈文恭①《五种遗规》

《五经汇解》（三两四钱）

《曾文正弟子记》

《时文正宗》

《子史精华》

《律赋必以》

《楚国夫人碑》（子昂）

《馆赋》

《玄教碑》

《砖刻皇甫》

《诒晋斋》

《司马裴君》

钱梅溪②《书谱释文》

《等慈寺》

《快雪堂》

《苻公碑》

《宋广平碑》

《元秘塔》

《元次山碑》

《琅邪碑》

---

① 即陈宏谋，谥文恭，广西桂林人，清中期名臣。《清史稿》本传论曰："乾隆间论疆吏之贤者，尹继善与陈宏谋其最也。尹继善宽和敏达，临事恒若有余。陈宏谋劳心焦思，不遑夙夜，而民感之则同。宏谋学尤醇，所至惓惓民生风俗，古所谓大儒之效也"。其所著《五种遗规》，"尚名教，厚风俗"，影响广泛，直到清末，仍为修身齐家之经典读本。

② 即钱泳，字梅溪，号梅花溪居士，江苏金匮（今江苏无锡）人。清中期著名学者、书法家，著有《履园丛话》等。

屏六幅写《客座私嘱》

《元妙观》

《圭峰碑》

《岳麓寺》

《天下舆图》

[下图文]：敕令雨师雷师，除瘟气，去风寒

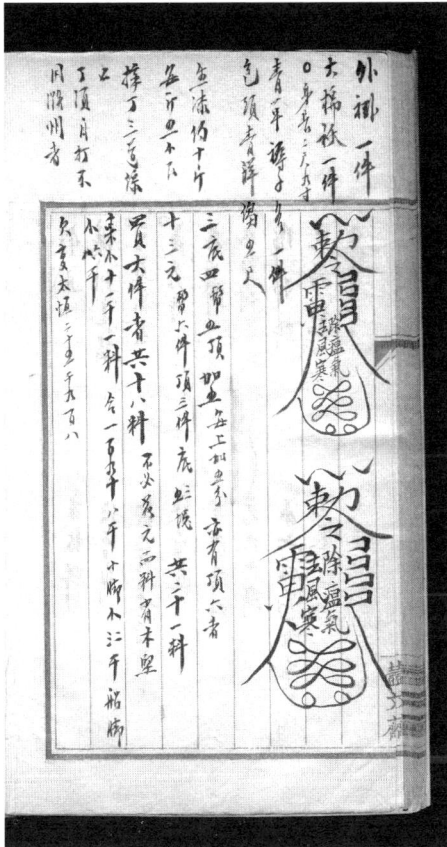

三底四帮五顶，加五（每上加五分），亦有顶六者。

十三元（帮六件、顶三件、底三、五块），共二十一料。

买大件者，共十八料（不必花元，十四，料省木坚）。

东钱十一千一料，合一百九十八千。小脚钱二、三千，船脚钱六、八千。

欠复太恒（二十五千九百八）。

眉：外褂一件、大棉袄一件（身长二尺九寸）

青单、褥子各一件，包头青洋绉五尺。

生漆约十斤，每斤五钱银。

捽丁三道线口。丁须自打，不用潞州者。

查现任教谕由海运保举，若保以应升之缺升用，专归各项双月升班之后选用；如指一项保不论双单月选用，归双单升班后；然各项轮选到班，先尽"双""单"字样选用。现在查应升各项，惟教授一项选期似觉稍速，如保时即保以教授不论双单月选用，归教授升班后，"在任"字样用否，均可保后无庸取结注册。

光绪十九年癸巳（1893）

正　月

初一日（2月17日）　拜牌、拜庙毕，为吴勉吾大令贺年，书斗以次来叩。

年已四十六岁，于学问之道茫乎未闻，读《曾文正公全集》，用深愧歉。此后事亲以孝为主，治家以俭为主，作事以勤为主，接物以谦为主，教人以善诱为主，读书以有恒为主，养生以惩忿窒欲为主。

初二日（2月18日）　为绅士回片道贺。写京信。陈少杰捕厅请午饭。

初三日（2月19日）　携少杰至张子均处一谈。写京信毕（鸿辰、振裘、辅臣、谦德厚各一函），托义和初六日发。子如旋里。

初四日（2月20日）　藩宪来札调办海运，内开仓宪札，饬二月二十日以前来辕禀到，以凭派委；或该员另有差使，亦即声明扣除，以凭另调。

初五日（2月21日）　酌定二十日北上。购鸭三只，价一千八百文，付义和。

初六日（2月22日）　专足为了如送信，嘱其十六日回任。午后大雪，厚六、七寸许。鸿沅上学。

初七日（2月23日）　快晴。点《曾文正公家训》毕。微物而计较，鄙也；谀词而欢忻，浅也；不如己者而轻忽，慢也；不遂己意而恚怒，褊也。此四者，皆当力戒。

初八日（2月24日）　卫玠云："非意相干，可以理遣。人有不

及,可以情恕。"此二语,宜作韦弦之佩。① 以后教沅儿,不宜操之太
感,一则急则伤肝,殊非养生之道;二则束缚驰骤,不能养其生机而使
之畅遂;当使教者与受教者恬然涣然,乃得之矣。仿曾文正饭后三千
步之法。戒虚谈废务。

初九日(2 月 25 日)　周小占请饭。换小毛皮衣。身上作冷,晚
间饮姜汤少许,激汗而愈。甚矣,起居之不可不慎也。

初十日(2 月 26 日)　吴勉吾大令请晚饭,席间言多谐谑,语不
由衷,既乖不重不威之旨,又蹈甘言悦人之习,愧甚! 悔甚!

十一日(2 月 27 日)　王寿堂请晚饭,席间仍不少谐谑语,何屡
戒而不悛也? 肝气亦屡动,改过之难如此!

十二日(2 月 28 日)　请客。当力戒语言戏谑,并力戒忿怒。

十三日(3 月 1 日)　义和请晚饭。点《求阙斋日记类钞》毕。

十四日(3 月 2 日)　常凤堂请晚饭。刘同春来拜门。

十五日(3 月 3 日)　点《曾文正公文集》起,照《续古文辞类纂》
加圈。

十六日(3 月 4 日)　子如回任。捡行李。

十七日(3 月 5 日)　在义和未能谨言,悔甚。捡行李。写课程,
并留阅课诗文题:必得其名,必得其寿;赋得"碧草含情春花喜",得花
字,五言八韵。订于三月初一日开课。

十八日(3 月 6 日)　将皮箱一只、木箱二只、纸箱一只,及大小
帽盒、木盒、拜垫、红毡等件送义和。

十九日(3 月 7 日)　开印。请礼生饭。高象九请饭。

二十日(3 月 8 日)　卯刻开车北上,富庄驿打尖,商家林住宿。

二十一日(3 月 9 日)　卯刻开车,河间二十里铺打尖,任邱
住宿。

---

　　① 韦,指熟牛皮,弦指弓弦,佩之用以自戒。《韩非子·观行》:西门豹之
性急,故佩韦以自缓。董安之性缓,故佩弦以自急。

二十二日（3月10日）　卯刻开车，赵北口打尖，孔家码头住宿。

二十三日（3月11日）　卯刻开车，渠口打尖，于椴①住宿。

二十四日（3月12日）　卯刻开车，黄村打尖，申刻到京，寓花儿市大成店。计阜城至富庄驿四十里，富庄驿至商家林七十里，商家林至河间二十里铺五十里，河间二十里铺至任邱五十里，任邱至赵北口五十五里，赵北口至孔家马头五十里，孔家马头至渠口五十里，至固安县八十里，至于椴一百里，于椴至黄村四十里，黄村至京四十里。

二十五日（3月13日）　至厢红官学，鸿辰未到。访陈理庭昆仲，托其求张翼亭代查：海运再保何项为合式？

二十六日（3月14日）　张辅臣请饭。此日大风异常，拔树，并将亭子顶吹落。

二十七日（3月15日）　至复泰恒等处，购倭本《墨子》，价银一两二钱。

二十八日（3月16日）　至鸿辰处。至漕署，吏云：三月初一日以前到潞即可。

二十九日（3月17日）　理庭复信，可保六品衔；或保俟选应升之缺后加同知衔，加五品衔。

二　月

初一日（3月18日）　鸿辰携梅邨来。申刻至续宅。

初二日（3月19日）　检行李。买平金补服一付，价店平银三两三钱；花色首饰、戒指等件，银六两有零。杨凤来上工，共支津钱五千。

初三日（3月20日）　由京旋里，于家椴打尖，杜家店住宿。

初四日（3月21日）　雪。杜家店坐尖，鲁家口住宿。

---

①　于椴，现在通常写作"榆垡"，京郊镇名，清代属宛平，为宛平八镇之一。中华人民共和国成立后改属大兴县（今北京市大兴区）。

初五日(3月22日)　宝坻城内打尖,林亭住宿。

初六日(3月23日)　午刻抵家,家中长幼平安,忻慰,忻慰!

初七日(3月24日)　寄君赐信。

初八日(3月25日)　至周蓉翁处。

初九日(3月26日)　分送红绳、线带。

初十日(3月27日)　内人由母家来。

十一日(3月28日)　查点书籍。

十二日(3月29日)　查点书籍。

十三日(3月30日)　查点书籍。

十四日(3月31日)　委员林兆奎星五来办春接。

十五日(4月1日)　写寄萼郇信。

十六日(4月2日)　写寄岳母信(宦况、近事、寄款),代内人寄妹信(雇女仆),三月秒君赐代付。

十七日(4月3日)　嘱君赐代雇赴潞之车,准二十五日起程。

十八日(4月4日)　蔼如来。

十九日(4月5日)　托蔼如为王卓生作信,为鸿沅求亲。

二十日(4月6日)　蔼如去,送渠三金。年前送二金。

二十一日(4月7日)　接到鸿辰、子如、泽园、大姑奶奶各信。当即查清泽园来往帐目,抄附于此:

光绪八年十二月二十七日泽园代借永盛号城内洋钱参百千正。

九年五月交泽园林亭清钱壹百壹拾参千正,记元经手。

十年腊月二十六日交泽园城帖二十五千正,又现钱一千正,荫外甥[经]手。

十一年交泽园当十钱肆拾千正,在花市永胜麻经店面交。

十三年五月交泽园京平银贰两正(收拾表二块工钱),又京平银肆两正(请旌银泽园未付礼房)。

十六年交泽园当十钱两千正,在官学付荫外甥。

十八年交泽园阜平银十两正(十二月阜城署内面交),京平银伍两正,津钱陆千,烟土二两。

共支东钱一百五十七千、当十钱四十二千、银二十一两。

二十二日(4月8日) 雇定曹姓之车,十二千。将椳料截好。

二十三日(4月9日) 捡行李。

二十四日(4月10日) 捡行李。嘱友声将埝角地租出,为广益作祭田。

二十五日(4月11日) 卯刻起身赴潞,大人及太夫人五鼓起来,小子拜别,不胜依恋。计在家住十九日,因索房地钱粮底薄不得、急言遽色有亏孝道外,婉容承顺,差幸无罪,而夫妇不免反目,无容人之量,深愧涵养未到。

午刻宝坻城内打尖,申刻至渠口住宿。访吕蓉第同年一谈,渠为鸿沅作伐,系西庄阎竹斋(名凤仪,武庠生,行六)之女,年十九岁,嫌其差长。寄蓉第信,托柳树井德隆酒店,代致渠口德泉烧锅,交周宅。

二十六日(4月12日) 午刻太子府打尖,申刻至潞,寓牛市恒茂店。有牛文海广文(名绣儒)[①],亦来辕听差者。

二十七日(4月13日) 遣杨凤赴都,函求梅邨,携蔼如信访卓生,为鸿沅求亲。卓生之女公子,年十六岁;其犹女(襄臣之女)年十八岁;一年命相宜,一相貌厚重也。并函示鸿辰。

午刻携鸿沅登文阁一游,此地不来十余年矣,光阴似箭,风景不殊,为之低徊者久之。

二十八日(4月14日) 访宛梅庵、李菊人、李价卿,未晤价卿。

占鸿沅亲事,卜人云:"有成,三月初有好音;女子之年长者吉,同庚者两虎相偶,虑有所缺。"(三月十三日卜又云:"长者有成,交小满有确信。")

二十九日(4月15日) 杨凤自都回,携来梅邨、鸿辰复函,梅云:见卓后来信。

---

① 牛绣儒,字文海,河南长垣人,岁贡,曾任直隶庆云县教谕。

梅庵来谈。卜者云："鸿辰秋闱得捷"；相者云："今岁当留须，若五十一嫌迟，以三月留为佳，否则龙虎日亦可。"又谓"五十以内，必捷南宫，官阶可至四品"，余则不敢信也。教子、御下，均失之操切，戒之，戒之！墨子云："其直如矢，其平如砥，不足以覆万物。"以后须扩容人之量。未刻复鸿辰函。

三　月

初一日（4月16日）　鹿杏侪①广文来拜（名学尊，辛酉拔贡，壬午孝廉，癸酉、辛卯均有年谊，定兴人）。

初二日（4月17日）　拜高西林②刺史（名翰阁，山东人，石坝州判），当即回拜。

---

①　鹿学尊，字杏侪，直隶定兴（今属河北保定）人，光绪八年（1882）举人，曾任青县教谕、高平县知县。著有《艾声日谱》。附录鹿学尊光绪二十七年六月履历档案（《清代官员履历档案全编》28册，407页）：

臣鹿学尊，直隶定兴县举人，年六十岁，由俸满教职知县遵新海防例，捐本班先选用，今掣签山西泽州府高平县知县缺，敬缮履历，恭呈御览，谨奏。

②　高翰阁，字西林，一字墨林，山东潍县（今属山东潍坊）人，著有《北游琐记》《带经堂文集》等。附录《山东通志·补遗》：

高翰阁，字墨林，莱州府潍县人，同治壬戌恩科举人。辛未大挑一等，以知县用，分发直隶。或劝赴河工，以母老辞。旋乞假归里奉母，且读且耕，居十二年。丁母忧服阕，奉檄到省。尝谳狱定州，散赈保阳，皆殚竭心力，克称厥职。尤究心水利，承修千里隄工河防，至今任邱、雄县犹利赖之。又建议近隄诸村落人民与居隄内者，均请免工徭。大学士左宗棠奉命查河，将从其议，会有言不便者，议遂中止。嗣补通州石坝州判，漕粮输京师者，州判有催提巡防之责，任事勤劳，济以廉政，荐保知府补用，晋三品衔。会有某督仓纵子纳贿，任用私人，同官莫能纠其失，翰阁慨然曰："地近辇毂，而上下相蒙若此，是尚可仕耶？"遂请开缺，归直隶候补，旋乞修墓假回籍，优游林下者十余年。所居距县署不二里，公事未尝入公门，每晨起，必至先人墓所叩谒，徘徊良久始去。手植松楸近千余株，于光绪三十年卒。

卜者云:"明年当捷南宫,今年有喜庆事,青龙在午,明年尤佳。"相者云:"后半年龙虎日留须亦可,俟官至四品、纳妾后再留,下胡也"。梅庵亦劝今年留须,与梅庵语,不免客气。

初三日(4月18日)　交高西林履历底,据云仓帅准于初八日到潞。责备鸿沅失之操切,戒之;而驭下亦宜宽。此二事屡戒不悛者,由于器量褊急也。

初四日(4月19日)　访梅庵,未晤。菊人、价卿未来回拜,不免耿耿,由于器量之小;闻相者、卜者谀词,为之欣然,亦是器量小。

初五日(4月20日)　携牛文海、鸿沅登文昌阁小坐,出东门至里河一观。便中至恒泰店访陈文修一谈,名永德,李英庄人,此处发移布,铺名"同德义"。

初六日(4月21日)　发家信,托陈文修带去。访杏侪未晤。

初七日(4月22日)　寄梅邨信,仍托其作冰也。

初八日(4月23日)　购江西磁饭碗二,价四百六十文;东洋磁饭碗一,价一百六十文。

初九日(4月24日)　作泄,日十余次,胸间痛闷异常,服"附子理中丸"及"焦三仙"始愈。林介云来。

初十日(4月25日)　谒祥仁趾、许筠庵两仓帅,兼拜孟秉初大令。

十一日(4月26日)　左腿作痛,未赴鹿杏侪文阁之约。

十二日(4月27日)　见鄙俗人而生轻侮心,仍是器量浅狭。

十三日(4月28日)　致函秉初,托其代谋大棚差使。

十四日(4月29日)　致函义和,通融六、七千金,兼嘱子如为力,此信托马骧云携交。并致辅臣函,嘱代存阜城信。

十五日(4月30日)　肝气甚旺,责鸿沅及杨奉均失之操切。孙宇芳来访。

十六日(5月1日)　回看孙宇芳,据云:梅邨已函致卓生矣。

十七日(5月2日)　"饭余……睡都成例",欲戒未能。甚矣,己之难克也!

十八日(5月3日)　孟秉初寄语:大棚之谋已妥。

十九日(5月4日)　海运正调六十员,开列于左(续调二十员,俟再查):

张学鹄(康平训,子正)、郑杰(候训,芰礼)、严秉桢(举谕,子培)、靳宝忠(举谕,心一)、麟趾(举,裕庭)、郭念清(吏目,猗亭)、魏树桻(武清谕,春芳)、华銎、韩应趾、王玉麒(廪训)、恩顺(举,信斋)、唐俊贤(延庆教,任卿)、孙寿恩、殷诜(候丞,子和)、祝华春(候训,翰臣)、傅抡秀(唐山谕,仙桥)、王桂、迟肇修、赵凤章(恩谕,诰文)、李洪(恩,子朴)、解延庆、刘绍传、程垕(磁州谕)、张蓉镜、鹿学尊(青县谕,杏侪)、刘芝、吴福麟、周文升(举县)、颖诚(举,华册)、丁延龄、李崇瑞(挑谕)、陈叶桐(恩贡)、古铭猷(挑县,阶平)、张敬熙、刘鸿文(挑谕,黻章)、郭锦城(恩贡)、张振奎、邵景春、梁宇安、张联笏(吏目,擂臣)、李瀚(拔判,文波)、何其敬(岁贡,心斋)、张兆钧(廪贡,梦韶)、钟英(挑谕,伟亭)、周凤标(挑谕,少莲)、孙世芬(恩谕,宇芳)、吴绍孙(候县,琴舫)、牛绣儒(岁训,文海)、萧士麟(岁贡,厚庵)、祁彭年(教习谕,柱臣)、周星隽(挑谕,莲孙)、李德钧、戴凤池、王凤翔、林万涛(举谕,介云)、周之德、臧良圻(广平府经)、刘永修(恩贡)、施元泰、王玉珂(即县,相星)

二十日(5月5日)　续调二十七员开列于左:

甄永龄、傅澄源(易州判)、孙德华、彭柱、振海、刘谷式、孙维均、耿光迪(岁贡,觐卿)、恽学基、解桢元(优,干卿)、卢煜(举,炬臣)、孙植、李恩瑞(举教)、纪兰珍(岁贡)、王恩绶(教谕,印侯)、王元一、王莲芳、宋望儒、李廷馥、朱伯恒、郭为霖(吏目)、孟桂庭、象铭(候县)、杨家璧、吴梦龄(巡检,芝亭)、刘树森、蔡寿彭。

留办二员,开列于左:

赖汝贤(州判)、韩毓霖(候县)

二十一日(5月6日)　派差单已下,果在大棚,札子须两三日送到,系介云来告。访同差之周莲孙,嘱其致候张子正,以周、张同寓也。

二十二日(5月7日)　许仓宪生日,门生属吏拜祝,委员均未举行。介云以未派外河耿耿,劝其安分当差。晚间奉到宪札。

二十三日(5月8日)　微雨。李菊人来。函谢秉初,谢宪委。

二十四日(5月9日)　谒粮厅(如、葛),葛厅宪①回拜,癸酉同年也。

二十五日(5月10日)　来都,寓朝阳门外大棚委员公馆。

二十六日(5月11日)　借义和市平足银十两。至大成店、义兴成、彤轩各处小坐。太和馆两餐共四千文。收到月课卷五分、子如信二纸。

二十七日(5月12日)　至续宅。致梅邨函,四钟后渠来。

二十八日(5月13日)　借来续宅面盆、漱盂、匙子各件。辅臣来,同至太顺粮店小坐,主人月川、瑞亭、永保,辅臣之新亲也。辅臣云,有信交朝阳门内路北,义聚公布铺可带。其跑外者,翟姓也。与周莲孙同餐起,每日贴钱三千。

二十九日(5月14日)　靳子腾同年来,续宅辞渠,另延满师,使人不快。

三十日(5月15日)　阅阜城课卷五本。祁月川来。

四　月

初一日(5月16日)　接到鸿辰复禀及家中带来鞋帮一双,闻长幼平安,慰甚。

初二日(5月17日)　将大小帽盒送存义兴成线铺。

初三日(5月18日)　遣去杨奉。

初四日(5月19日)　与周濂孙、李子朴、吴芝亭、刘黻章分班,五日交换,头班余与濂孙也。

---

①　当指葛宝华。据《清代缙绅录集成》,葛宝华于光绪十九年(1893)接替沈锡晋任坐粮厅汉监督,光绪二十一年(1895)离任。

初五日(5月20日)　携濂孙、宝藩访陈润堂谈命。

初六日(5月21日)　与梅邨往奠续少司农。

初七日(5月22日)　与濂孙、际云结盟。濂孙,名星隽,临渝人,住城西六十里仓上营,乙亥乙榜,大挑二等,同在大棚当差(大世兄名悦霖,号春野,在隆易小北关谦泰亨钱铺);际云,于姓,济川名,原籍海阳,入籍奉天岫岩州,住城南六十里小洋河子,县丞,承办通花县矿务(局设兴京厅陵街,厂设通花县)。

初八日(5月23日)　与濂孙联姻,其女十八岁,长乐哥二岁也。冰人则际云、梅邨、宝藩、宇芳也。鸿辰来。接到子如信。

初九日(5月24日)　放定,送渠包金首饰四种,渠送翠牌子两个。发家信、君赐、蓉第各信。

初十日(5月25日)　鸿辰来信。送际云联、扇各一分。

十一日(5月26日)　杨彩亭来,顺邑人,会典馆供事,寓罗圈胡同路西门楼内,系盛京工部侍郎(凤秀,号辉堂)[1]之坐京者也。函邀孙宇芳十三日小酌。

十二日(5月27日)　函邀梅邨十三日小酌。

十三日(5月28日)　邀际云、宝藩、梅邨、宇芳、莲孙小酌,以谢冰也。

十四日(5月29日)　装墨盒,收拾屋子。

十五日(5月30日)　际云邀饭,为莲孙、彩亭缔姻也,坐有岳香雨,系灯市口北边路西"聚宝长"车围铺掌柜,彼处可寄奉天信也。助东岳庙惜字字篓十七个。

十六日(5月31日)　彩亭来放定,莲孙留饭,为之作陪。

---

① 参见《德宗实录》309卷,光绪十八年(1892)三月上谕:"调刑部右侍郎凤秀为盛京工部侍郎。盛京工部侍郎阿克丹为刑部右侍郎,未到任前,以工部左侍郎裕德兼署。"据《清史稿·志·职官》卷114,盛京五部均设侍郎一人,"自侍郎以下,俱满缺,品秩视京师各部同"。

十七日(**6月1日**) 集雅送来帖三本(四十三开,价十七千二百)、对联三付(价八千)。义兴成送来油布一块、蓉第信一件。寄子如信并象九联。鸿辰、梅邨来。

十八日(**6月2日**) 连阴。

十九日(**6月3日**) 彩亭来。接班。

二十日(**6月4日**) 阅《曾文正古文》起。

二十一日(**6月5日**) 冯弁获盗一人,责六十板。

二十二日(**6月6日**) 义兴永送来京足银二两。

二十三日(**6月7日**) 交班。

二十四日(**6月8日**) 放晴。

二十五日(**6月9日**) 借义和京足银十两。至辅臣处一谈。鸿辰来信。

二十六日(**6月10日**) 梅邨来。

二十七日(**6月11日**) 责鸿沅,缘连日肝旺甚也。蓉第来。

二十八日(**6月12日**) 监督验车。梅邨来。

二十九日(**6月13日**) 付李荣饭钱讫。

五 月

初一日(**6月14日**) 北新仓不戒于火①。鸿辰来。

初二日(**6月15日**) 接许仓帅,未到,以其失盗也。

初三日(**6月16日**) 祥仓帅来,奏事。介云嘱交人谨慎。

---

① 参见《德宗实录》卷324,光绪十九年(1893)五月上谕:

仓场衙门奏,仓廒不戒于火,分别参办一折。据称:本月初一日未刻,北新仓失火,延烧光字空廒,当即扑灭,请将该监督议处,并请议处花户人等,送部讯究等语。北新仓不戒于火,延烧廒座,其中有无别项情弊,亟应彻底根究。所有该仓花户人等,著交刑部严行审讯,务得确情,按律惩办。署监督普英、监督蔡阴椿疏于防范,著交部分别议处。祥麟、许应骙著一并交部议处。

初四日(6月17日)　监督送来薪水,京足纹十两。付王二赏钱四千。

初五日(6月18日)　付集雅斋手卷匣钱八千,又裱工钱二十五千。梅邨、鸿辰来。彩亭、相禹送席。

初六日(6月19日)　义兴永来索家信,晚间作讫。

初七日(6月20日)　发家信。

初八日(6月21日)　寄鸿辰信。义兴成送来褥子一件(并信一件、课卷四本一)、染片三分。玉大奶奶染红青、月白、茶青,价五千八百;在姑娘染藕色、品绿、品蓝,价八千;自染竹蓝灰,价二千四百。

大棚车夫与九王府水夫互斗互拿,交地面官,各行释放。

初九日(6月22日)　交班。批阜城课卷。

初十日(6月23日)　至义兴成、彤轩两处,归途至小棚小坐。

十一日(6月24日)　发阜城信,并课卷四本。

十二日(6月25日)　寄秉初信,托勿留差。鸿辰来信。约际云何日去与彩亭换帖,早饭即扰渠。

十三日(6月26日)　大雨倾盆,至夜不止。二麦登场,所伤寔多,家乡低洼,尤为念念。

十四日(6月27日)　午后放晴。鸿辰来。

十五日(6月28日)　鸿辰赴国子监录科。

十六日(6月29日)　托子余查保案。交谦德厚做衣服。访蜿农昆玉、竹林一谈,路遇孟秉初,渠云托件已悉。

十七日(6月30日)　吃小米粥甚好,既俭,且养脾也。

十八日(7月1日)　热甚。

十九日(7月2日)　热甚。

二十日(7月3日)　至小棚总查处及彤轩、义兴成、大成店各处。

二十一日(7月4日)　在棚看书,较店稍专,拟每日午后上棚一次。周秉文及正太来。

二十二日(7月5日)　大雨彻夜。

二十三日(7月6日)　放晴。

二十四日(7月7日)　夜二鼓,有大星陨于西南。接子如、少杰信。

二十五日(7月8日)　寄函牛文海。

二十六日(7月9日)　热甚。

二十七日(7月10日)　夜雨倾盆。

二十八日(7月11日)　夜雨倾盆,店房有倒塌者,令人惊之。鸿辰寄来李虹若①楹联,文云:"谢家子弟佳难得;庾信文章老更成",可谓善颂善祷也。

又托张翼亭查来保案,要同知衔,则开"在任以应升之缺选用阜城县教谕某人,请以知县选用,并赏加同知衔";若要五品衔,则不必"知县"字样即合例。

二十九日(7月12日)　放晴。

六　月

初一日(7月13日)　雨。

初二日(7月14日)　晴。连日沥泄。梅邨来。寄子余、鸿辰信。

初三日(7月15日)　以鸿沅及周女之四柱质之陈润堂,据云:"两命相刑,不利。"商之际云、濂孙,仍作罢论。此事殊为孟浪,愧悔交并。年近五十,尚不知谨慎,读书明理之谓何? 此后戒之。

初四日(7月16日)　鸿辰来为余照像。方悔前事之猛浪,而人不之责,反从而慰之,己遂安焉,乃知耻过遂非,由于己者半,由于人者亦半。闻李子六处有联姻之意,嘱鸿辰托熙斋、凤仪为力。

初五日(7月17日)　寄牛文海信。

初六日(7月18日)　接班。

---

①　李象寅,字虹若,河南祥符(今属河南开封)人,光绪元年举人,曾任军机章京,善书能文,著有《都市丛载》《大字结构八十四法》等。

初七日(7 月 19 日)　祥仓帅进城。

初八日(7 月 20 日)　写信。大雨。

初九日(7 月 21 日)　写信。

初十日(7 月 22 日)　祥仓帅召见。大雨。

十一日(7 月 23 日)　为王蔼如明经批阅诗文。大雨。彩亭来。

十二日(7 月 24 日)　缴蔼如诗文。寄鸿辰信。

十三日(7 月 25 日)　通州河水骤长[涨],东门、北门外伤损房屋人畜甚多,城内仅牛市街未没,自十一至此日为甚也。十一日都中雨大非常,前门未能关闭,向来未有也。

十四日(7 月 26 日)　米、面、青菜俱踊贵。店房漏坏,潮湿不堪住。

十五日(7 月 27 日)　始放晴。

十六日(7 月 28 日)　至花市,闻两、三日内有人自皂店来,家乡并未发水。借义和京足银三两,赊小汤布、东珠罗各一匹,存渠处。

十七日(7 月 29 日)　移至普济禅林,俗名马公庵,盖马姓内监创修也,坐落日坛东边路北,每月房租二十五千。有人由家乡来,云皇庄已一片汪洋。鸿辰送来照像及家信。

十八日(7 月 30 日)　晤杨彩亭。

十九日(7 月 31 日)　有车夫来云:宝坻四门皆用土屯,水势大于十二年。未知家乡作何光景,殊深念念。寄鸿辰信,属其成人美,不成人恶。介云来,借去葛布袍及帏帽。

二十日(8 月 1 日)　热甚。

二十一日(8 月 2 日)　介云还借件,询明家乡秋稼尽淹,村庄无恙。

二十二日(8 月 3 日)　际云、彩亭来。

二十三日(8 月 4 日)　庙中祭火祖,喧甚。

二十四日(8 月 5 日)　彩亭送来护书三分,赏价两千。

二十五日(8 月 6 日)　于际云处晤彩亭。责盗米车夫百六十板。

二十六日(8 月 7 日)　粮车至东四牌楼肉市,因口角,九人共欧[殴]车夫,派武弁管、杨二人,将九人送交桥监督发落。

二十七日(8 月 8 日)　借义兴永京足银二两。为鸿辰去信。

二十八日(8 月 9 日)　鸿辰来信。发家信及蓉第、蔼如信。至泰顺粮店,得悉水未上庄,差慰。

二十九日(8 月 10 日)　孙宇芳来。

三十日(8 月 11 日)　接子如及书办信,并课卷六本。

七 月

初一日(8 月 12 日)　陆君廷洲(名登瀛,芝麻窝人)及月川之子名德钦来拜。发家信。

初二日(8 月 13 日)　高西林奉仓宪谕,来知单询问:愿留差否?愿留者注明,否即不注。

初三日(8 月 14 日)　仓宪来札,饬初四日销差。彩亭、鸿辰来。

初四日(8 月 15 日)　迟纪卿来,嘱其致意黼章,初七日赴监督处递保条。

初五日(8 月 16 日)　购伞一柄,价二千二百文。

初六日(8 月 17 日)　寄杨熙斋信。至续宅。

初七日(8 月 18 日)　携纪卿递保条。

初八日(8 月 19 日)　付纪卿潞钱一半,托其代消差。午刻移至花市福德店。

初九日(8 月 20 日)　至彤轩、义兴诚等处。发家信。

初十日(8 月 21 日)　候际云,未来。

十一日(8 月 22 日)　至鸿辰处,嘱其托星翁求保。便道过琉璃厂,未见子年。与集雅斋算清帐,再付渠二两五钱京松银,积欠全清。托杨姻伯作冰。

十二日(8 月 23 日)　访振裘,见其面色憔悴,痰咳不止,为之深虑。

十三日(8月24日)　彩亭来,留其万福居便饭,兼邀彤轩。午前过记元,闻长幼平安,为之欣慰;而东院姨太太逝世,三奶奶病重,又未免萦怀。

十四日(8月25日)　梅邨来。

十五日(8月26日)　鸿辰来借擢轩之馆。邢宅照像。

十六日(8月27日)　彤轩来。

十七日(8月28日)　借义和八十金。

十八日(8月29日)　彤轩来。

十九日(8月30日)　借义和十二金。鸿辰来,付渠十金,作考费。杨彩亭来,送点心、茶叶、小菜共四种,送渠泥障一轴。

二十日(8月31日)　由京起身,住通州。

念一日(9月1日)　燕郭尖,枣林宿。

念二日(9月2日)　邦均尖,枯树宿。便道访仪卿。致岳母信一件、银五两。

二十三日(9月3日)　林仓尖,换船,至林亭宿。送君赐茶半斤。还肉铺三十千。

二十四日(9月4日)　到家。

二十五日(9月5日)　奠李姨太太、三奶奶、广大嫂。补祝周蓉峰封翁,送茶叶、点心各二种。

二十六日(9月6日)　李泽园来,付渠京平银二两。

二十七日(9月7日)　大风。庄中人未获。赴林亭赶集。

二十八日(9月8日)　请泽园便饭。

二十九日(9月9日)　检书画。

八　月

初一日(9月10日)　检衣服。

初二日(9月11日)　收拾行李。

初三日(9月12日)　收拾行李。午后赴塔沽看姑奶奶。

初四日(9月13日) 收拾行李。

初五日(9月14日) 写京信。

初六日(9月15日) 写京信。

初七日(9月16日) 发鸿辰、张辅臣、钱子良(请赈)、李子如信。傍晚邹蔼如来。周蓉峰封翁送回礼二色。

初八日(9月17日) 阅《宝坻县志》,节录数则:

汉曰"泉州"(见《汉书·地理志》),金大定十二年改为"宝坻"。说者谓饶鱼盐芦苇之利,故曰宝;又水中高者为坻。溯宝坻之所由名,正以大川故也。东西通阔九十里,南北通长一百三十里,幅员凡四百三十里。明初止为土城,弘治庚申知县庄襗,易之以砖,高二丈有六尺,厚亦如之,广四尺,长一千二十八丈。城之四门,东曰"海滨",西曰"望都",南曰"广川",北曰"渠阳",其城总名曰"拱都"。门之上有楼,海滨门之楼曰"观澜",望都门之楼曰"拱恩",广川门之楼曰"迎薰",渠阳楼之门曰"威远"。

额宜腾,皇太后之曾祖也,乾隆元年追封承恩公,配龙氏,并谕祭。吴禄,皇太后之祖宜腾子,亦于乾隆元年追封,配乔氏并谕祭。吴禄之阡在县之西南二十里,乾隆元年特遣官致祭,建寝园,立御置碑文二道。皇太后即孝圣宪皇后也[1]。

大学士杜立德[2]之墓在宁河县界,赠翁守礼居主穴,文端公

---

[1] 孝圣宪皇后,纽祜禄氏,满洲镶黄旗人,乾隆皇帝的生母,被称为清朝最长寿有福的皇太后,电视剧《甄嬛传》的原型。其曾祖,额宜腾;祖父,吴禄;父,凌柱。

[2] 杜立德,字纯一,宝坻(本页及下页所提"宝坻"均为今天津)人,或称宁河人,因宁河康熙时属宝坻,雍正年间始由宝坻辟出宁河。明末进士,清康熙年间官至保和殿大学士,以直言廉正著名,谥文端。其父,杜守礼。

即葬其西,有谕祭碑文。兵部尚书刘兆麒①之墓,在县东南丰台镇之西一里许。

征辟,汉则阳球②,历迁司隶校尉;明则韩士举等四人③;本朝则杜立德一人。

甲科,金则马琪④,累官参知政事;明则芮钊(历升巡检)等十九人⑤;本朝康熙己未至乾隆乙丑杨雍等七人⑥。此后再考。

---

① 刘兆麒,字瑞图,宝坻人,清初大将,以平定三藩、抗击沙俄有功,被视为半壁长城。

② 阳球,字方正,东汉渔阳泉州人,即宝坻人。据乾隆《宝坻县志》卷11《人物上·阳球》注曰:"泉州于魏真君七年废,入雍奴,至金大定中乃复立宝坻县。球固宝坻人也,通州、武清皆收之,殊误。"阳球严厉刚正,好申韩之学,《后汉书》入酷吏,《宝坻县志》入乡贤。

③ 韩士举,明代宝坻人。乾隆《宝坻县志》卷11《人物上》:"韩士举,洪武中以辟举,官陆平县丞,廉能慈惠,秩满当迁,民吁留之,若赤子之恋慈父母。士举亦久与之居而不忍去也。在任凡十八年,卒于官,巷祭路哭。"另据卷9《选举》,明代宝坻征辟有韩士举、刘英、朱德、陈命新等四人。

④ 马琪,字德玉,金代宝坻人,金正隆五年进士,历官永清令、侍御史、吏部侍郎、户部尚书、参知政事等。

⑤ 芮钊,明代宝坻人。乾隆《宝坻县志》卷11《人物上》:"芮钊,字宗远,正统进士。由御史历江西副使,迁陕西布政使,所在皆有政声。迨巡抚甘肃,训卒伍,谨斥堠,广蓄积,三年境内晏然。会丁内艰奔丧,朝廷重边计,特遣官营葬,诏还镇。时寇入凉州、庄浪诸处,钊分兵进剿,所向克捷。寇出没几一载,而城守无虞,居民不致流散者,钊之力也。既劳于王事,又痛不得终丧,竟卒于官。惟余敝衣数箧而已,几无以殓椟归,童叟为之嗟叹。"

据乾隆《宝坻县志》卷9《选举》,明代宝坻进士有芮钊、魏景钊、王傅、薛凤鸣、田中、蔡需、牛鲁、刘儒、杜盛、刘经、庞淳、郝鸣阴、高敏学、苑圃、刘时秋、苑时葵、刘有余、王好善、杜立德等十九人。

⑥ 杨雍,清代宝坻人,清康熙进士,翰林院检讨。据乾隆《宝坻县志》卷9《选举》,清代宝坻进士有杨雍、芮复传、刘嵩龄、朱霖亿、芮永祺、单鉴、单铎等七人。

海滨乡五里,共辖庄四百有八;广川乡五里,辖庄一百四十有九;望都乡五里,辖庄百十有九;渠阳乡五里,辖庄二百三十有四。共庄九百一十。

初九日(9 月 18 日) 收拾行李。

初十日(9 月 19 日) 收拾行李。

十一日(9 月 20 日) 雇定板跨船一只,送至连镇,价津钱二十二千五百。船上人,一孟姓,一□姓。

十二日(9 月 21 日) 阅邸抄,正主考翁同龢,副则孙毓汶、陈学棻、裕德也。①

十三日(9 月 22 日) 粘行李号签。

十四日(9 月 23 日) 抄《验方新编》治虐方二:

牛皮胶二两熬化,加生姜三两,捣乱如泥,搅匀,用皂角水洗净背脊,试干,以生姜擦热,用宽长细布摊膏,从衣领处贴起,过一二日即愈,愈后五日揭去。有人患虐三年,一贴而愈。

午后发者,三阴虐也。青皮、陈皮、当归、知母各三钱,真乌梅五个,水二碗,煎八分,露一宿。临发日热服,其效如神。

十五日(9 月 24 日) 祭月、祭神、祭先。子刻,少奶奶腹痛心烦,吐泄交作,危急之至,针砭后稍定。

十六日(9 月 25 日) 巳刻始开船起程,因少奶奶病,俟其无碍,是以迟迟也。晚宿造甲城。

十七日(9 月 26 日) 南风大作,酉刻阴云,雨过,风尤甚。晚至天津,宿陈家沟。

十八日(9 月 27 日) 移泊赵家场,至估衣街买零件,共用四金

---

① 《德宗实录》卷 327,光绪十九年(1893)八月十谕:"以户部尚书翁同龢为顺天乡试正考官,刑部尚书孙毓汶、户部右侍郎陈学棻、刑部右侍郎裕德为副考官。"

之谱。陈品一(德丰帽铺,行三)云:马九(马庄子)为乐哥提亲。属其即致意马育材。

十九日(9 月 28 日)　由津开船,宿独流。

二十日(9 月 29 日)　宿二十里屯。

二十一日(9 月 30 日)　至捷地北,微雨,牵夫不行,南风怒吼。三更后雨止,东北风大作,真有利不得泊之势,致谢十八姨①,助余不少也。

二十二日(10 月 1 日)　宿东光,行两站余地。

二十三日(10 月 2 日)　辰刻抵连镇。

二十四日(10 月 3 日)　宿古城,野店荒凉,殊为闷闷。遣田永昆旋里,前后各付东钱十三千。寄家信。

二十五日(10 月 4 日)　到任所。

二十六日(10 月 5 日)　抖晾衣服,安排书籍。

二十七日(10 月 6 日)　陈少杰请饭。

二十八日(10 月 7 日)　同少杰、子如至东南关。

二十九日(10 月 8 日)　收拾东内间,将坑拆去。

三十日(10 月 9 日)　收拾西内间,糊裱顶棚。

九　月

初一日(10 月 10 日)　拜庙。少杰请便饭。

初二日(10 月 11 日)　至东南关,买皮褥二件,每件三千五;毡子一件,四千二百文。

初三日(10 月 12 日)　写家中、蔼如、君赐等信。

初四日(10 月 13 日)　至东南关。

初五日(10 月 14 日)　至东南关。接鸿辰八月念八日信及场作,即写回信。

---

①　十八姨,也称封姨,传说中的风神。

初六日(10月15日)　遣鸿翔旋里,前后付渠东钱二十千,为家中带去咸肉五块、薰鸡十只、银十两零用;寄君赐十两,托了债;送蔼如二金;还泽园二金;共家中、蔼如、君赐信五件。副斋谷念斋①到任。

初七日(10月16日)　写京信。

初八日(10月17日)　回看念斋。

初九日(10月18日)　子如请午饭,饭后登高。

初十日(10月19日)　与子如将印结等帐算清。

十一日(10月20日)　盼榜甚切。

十二日(10月21日)　盼榜尤切。

十三日(10月22日)　乐哥梦奎哥一标打中其父,内人梦孙妈煮中子,想是鸿辰中兆。盼甚。

十四日(10月23日)　请客。

十五日(10月24日)　小占请饭。

十六日(10月25日)　发京信,寄鸿辰、辅臣、子深也,招呼海运保案,托买件,补旌表。

十七日(10月26日)　与谷念斋公请绅士高警臣茂才。于魏兆麒新贵处钞来题名,鸿辰中六十一名举人,谷世兄芝瑞中一百八十八②名举人,亦一时佳话也。

---

①　谷念斋,名谷典林。民国《临榆县志》卷十九《乡型》:"谷典林,字念斋,城东乐善村人。……光绪十三年以岁贡选授阜城县训导,课诸生,端士习,因以成名者颇众。……生平持躬严正,重理义,尚气节,自奉俭约,见义勇为,凡孝子节妇之贫乏者,尤不惜倾囊助之。晚年优[游]乡里,以了芝瑞官翰林院编修晋封二品封典。八旬诞辰,复蒙黎大总统奖给'懋德延厘'扁额。著有《养竹轩诗草》。"

②　原文作"八十八名",当系笔误,根据下文并民国《北京市志稿》改正。另,据民国《临榆县志》及《山海关文史资料》第4辑之《清末翰林谷芝瑞》:谷芝瑞,字蔼堂,谷典林之了。光绪十九年(1893)中举,光绪二十三年(1897)中进士,官翰林院编修,宣统元年(1909)任临榆县谘议局副议长。民国后,曾任国会议员、黑龙江绥兰道尹、国务院印铸局局长等职。

十八日(10 月 27 日)　接到题名,将直隶中式者录于左:

一名,马锦桐,新河人;

三名,俞寿慈①,大兴人;

四名,李刚己,南宫人;

五名,陈德浦,文安人;

六名,刘国荫,大兴人;

十四名,王佩贞,永平人;

十五名,王贻恺,房山人;

十七名,马元熙,顺天人;

十九名,陈树柯,大兴人;

二十二名,任金花,顺天人;

二十七名,华世奎,盐山人;

二十八名,杨履端,盐山人;

二十九名,李镜江,永平人;

三十一名,蒋葆朝,博野人;

三十二名,朱式昌,天津人;

三十四名,李如彬,饶阳人;

三十七名,毛祖模,大兴人;

三十八名,陶喆牲,天津人;

△△△△,刘蓉第,昌平人②;

四十二名,徐仁镜,顺天人;

四十七名,党雨春,宝坻人;

四十九名,赵西赓,顺天人;

---

①　原文作"俞寿"。《北京市志稿·选举下》之《举人》之光绪十九年癸巳恩科,作"俞寿慈",并于其名下有"顺天府大兴县人,俊秀监生,三名"之记载,据此改之。日记或系漏抄一字。

②　"刘蓉第"原文缺漏名次。

五十名,陆延,顺天人;

五十一名,陈光笏,武清人;

五十二名,韩家麟,怀来人;

六十一名,张鸿辰,宝坻人;

六十四名,章镜清,安州人;

六十五名,高凌雯,天津人;

六十八名,杨振锷,安州人;

七十名,吕祖涛,宛平人;

七十一名,万执枢,固安人;

七十二名,段洙,滦州人;

七十六名,孙百祥,高阳人;

七十九名,赵文楷,乐亭人;

八十名,曹甡孙,武清人;

八十一名,苏相瑞,交河人;

八十三名,刘桂林,武清人;

八十四,田煜璠,南皮人;

八十五名,胡肇虞①,大兴人;

八十七名,俞寿璋,大兴人;

九十一名,周常炳②,天津人;

九十八名,张文灿,天津人;

一百七名,樊榕,清苑人;

一百九名,王镕,肃宁人;

----

①　"胡肇虞"民国《北京市志稿·选举表下》作"胡启虞",并于其名下有"顺天府大兴县人,府学附生,八十五名"之记载。"肇"与"启"字形相近,或张蓉镜抄误,或其据以传抄之原本有误,或《北京市志稿》整理者辨识原文疏误,待考。

②　原文作"周常烦",根据光绪《重修天津府志》卷十八《选举》改正。

一百十二名，刘林立，大城人；

一百十八名，蒋志达，玉田人；

一百二十名，魏兆麒，武邑人；

一百二十二名，葛世璿，献县人；

一百二十六名，刘云寿，天津人；

一百三十一名，李缨朝，永年人；

一百三十三名，王廷纶，定州人；

一百三十五名，李明德，怀安人；

一百三十六名，陈恩荣①，天津人；

一百三十八名，张彦隽，枣强人；

一百三十九名，王钟年，无极人；

一百四十一名，贾恩绶，盐山人；

一百四十二名，王国元，盐山人；

一百四十六名，齐福丕，南宫人；

一百四十八名，王蔗汀，玉田人；

一百四十九名，管倬，安州人；

一百五十名，林向滋，天津人；

一百五十二名，曹彬孙，武清人；

一百五十三名，高振鋆，天津人；

一百五十四名，李锡金，冀州人；

一百五十五名，王鸿儒，钜鹿人；

一百五十七名，郑德宝，天津人；

一百五十八名，杨桂，清河人；

一百六十二名，华世荣，天津人；

一百六十三名，张葆巽，东光人；

一百六十四名，单元亨，抚宁人；

---

① 原文作"陈荣恩"，根据光绪《重修天津府志》卷十八《选举》改正。

一百六十五名,张良珍,获鹿人;

一百六十六名,韩世璟,霸州人;

一百六十七名,王润廷,抚宁人;

一百六十八名,王夔麟,蓟州人;

一百七十三名,陶钧,大兴人;

一百七十四名,郭朋,深泽人;

一百七十七名;郭家声,宛平人;

一百七十八名,王树春,抚宁人;

一百八十一名,李潆,大兴人;

一百八十二名,王宝杰,磁州人;

一百八十七名,赵廷珍,武清人;

一百八十八名,谷芝瑞,临榆人;

一百八十九名,李兰亭,卢龙人;

一百九十二名,聂梦麟,大名人;

一百九十三名,左源,河间人;

一百九十六名,王元炘,大城人;

一百九十七名,李兆霖,深泽人;

二百一名,胡祖尧,天津人;

二百二名,张漱,河间人;

二百十名,师骏声,获鹿人;

二百十五名,徐步朝,遵化人;

二百十九名,温其玉,天津人;

二百二十名,范桂艺,蒿城人;

二百二十四名,曹荣绅,博野人;

二百二十五名,李伟,天津人;

二百二十六名,张禹昌,满城人;

二百二十七名,马滨,天津人;

二百二十八名,刘苞贻,任邱人;

二百二十九名,杨庆桂,沧州人;

二百三十名,王汝湘,雄县人;

二百三十二名,赵德新,丰润人;

二百三十四名,彭培玉,曲阳人;

二百三十五名,刘景琨,交河人;

二百三十六名,吴莲盛,蔚州人;

二百三十七名,李联第,满城人;

二百三十八名,刘晋荣,沧州人;

二百四十五名,董鸣基,大名人;

二百四十七名,黄葆和,天津人;

二百四十八名,张孟琨,清苑人;

二百四十九名,邵刚中,顺天人;

二百五十一名,王树元,滦州人;

二百五十二名,贾作楫,顺天人;

二百五十三名,王宪章,天津人;

二百五十五名,李清华,正定人;

二百五十七名,庞奎元,天津人;

二百五十九名,王元之,宛平人;

二百六十名,邵树铭,宛平人;

二百六十一名,李念诒,滦州人;

二百六十四名,李桂,望都人;

二百六十五名,王维贞,迁安人;

二百七十三名,刘文翰,天津人;

二百七十五名,杜绍棠,抚宁人;

二百七十七名,曹培经,元城人;

二百七十九名,李云祥,宝坻人。

共中二百八十名,德锐、恒昌两门生①亦中式。

十九日(10 月 28 日)　子如旋里。

二十日(10 月 29 日)　陈少杰之乃郎拜门,名湅彬,收其帖,却其津钱二千,重交情也。

二十一日(10 月 30 日)　作字,觉手腕稍松。

二十二日(10 月 31 日)　寄吴芝亭信,告以薪水除开消有存款也。

眉:吴芝亭薪水银六两四钱。还义德馆二十七千四百二十文,合银一两八钱三分。又补色钱二千,东盛堂饭钱五千七百八十文,际云四千八百文,赏送薪水人一千、王二两千,除一两八钱三分,下四两五钱七分。共换钱六十四千,共开十五千五百八十文,应存四十八千四百二十文。芝亭名梦龄,住省城西街二道口未上坡东胡同内路南,候补巡检也。扣制钱九千六百八十四文。②

二十三日(11 月 1 日)　为各处送报帖。

二十四日(11 月 2 日)　因肝气旺甚,拟用惩忿之功。

二十五日(11 月 3 日)　左大指动。

二十六日(11 月 4 日)　为鸿辰作信。

二十七日(11 月 5 日)　阅课卷八本。

二十八日(11 月 6 日)　少杰请午饭。

二十九日(11 月 7 日)　接到辅臣信及《尔雅直音》折楷集锦七片(共九千),并蓉第一函。复辅臣信,带摹本粉大卷、笔墨、求保报单。奎子春归。寄鸿辰并家信,附报喜银六两。

---

　①　据民国《北京市志稿·选举表下》,《举人》之《光绪十九年癸巳恩科》:德锐,正白旗人,满洲文生,106 名;恒昌,镶蓝旗人,满洲廪膳生,124 名。

　②　此段原文记于另页页眉,因内容相关,移入此处。

十　月

初一日(11月8日)　少杰送菜四种。

初二日(11月9日)　宋仙峤来贺。

初三日(11月10日)　夜雨。内人生日。

初四日(11月11日)　作家信。

初五日(11月12日)　发家信,谷世兄交德丰帽局。接鸿辰及梅邨信。

初六日(11月13日)　大卷字体极力收敛而仍未能,深悔从前之不学也。

初七日(11月14日)　不能惩忿窒欲,戕贼殊甚,戒之,慎之!

初八日(11月15日)　义和请吃羊肉。五鼓受夜寒,嚼姜一块,倩内人同榻,借其暖气,汗出而愈,殊深伉俪之情。

初九日(11月16日)　收拾墙壁,以御寒气。

初十日(11月17日)　万寿宫行礼。礼毕,拥被而不能睡,由前日汗多,伤心血也。

十一日(11月18日)　小愈,仍避风。

十二日(11月19日)　写信。赵玉山来信问旌表。

十三日(11月20日)　渐愈。薙发。鸿辰、辅臣来信,收到卷子十本,粉笔墨各件。即复,兑交辅臣二十金。眉:系念五义和误兑念金。

十四日(11月21日)　高象九因修工求见,未见。

十五日(11月22日)　勉强拜庙。责鸿沅太严,仍不能惩忿。

十六日(11月23日)　傍晚至义和,回来足软。

十七日(11月24日)　仍出门,不复足软。多荫堂来贺,送礼四色,留饭。

十八日(11月25日)　绅董议圣庙开工。

十九日(11月26日)　仍不能惩忿窒欲,须努力为之。

二十日(11月27日) 陈庆祥来贺,送礼四色,留饭。

二十一日(11月28日) 复赵玉山信。

二十二日(11月29日) 李文东、刘有声、多吉云、李秀峰、王珍、多宝潞、赵金波、李庆显送贺障,璧谢。前王云龙、李世魁、王德铭、史飞龙、李荫楷、王世恩、李桐龄、尹仕汤送贺障,亦璧谢。

二十三日(11月30日) 倪瑞书来贺,送礼四色。

二十四日(12月1日) 子钧来谈。

二十五日(12月2日) 写京信。

二十六日(12月3日) 近来胸中胀闷,皆不能惩忿窒欲之过。

二十七日(12月4日) 手腕疲极,仅写试策一扣。

二十八日(12月5日)

二十九日(12月6日)

三十日(12月7日) 由标车寄鸿辰信。

十一月

初一日(12月8日) 拜庙。

初二日(12月9日)

初三日(12月10日) 闻宝坻中一武孝廉,王姓。

初四日(12月11日)

初五日(12月12日)

初六日(12月13日) 剃须。

初七日(12月14日)

初八日(12月15日)

初九日(12月16日)

初十日(12月17日)

十一日(12月18日)

十二日(12月19日)

十三日(12月20日) 接辅臣带件并信。复兑念五金(松京平)。

鸿辰来信，未复。

十四日（12 月 21 日）　拜冬。少杰请便饭。

十五日（12 月 22 日）　拜庙。

十六日（12 月 23 日）　近来肝气略平，惩忿之力也。

十七日（12 月 24 日）　阴寒，着裘。

十八日（12 月 25 日）　大雪。留须。

十九日（12 月 26 日）　读《曾文正年谱》一过。

二十日（12 月 27 日）

二十一日（12 月 28 日）

二十二日（12 月 29 日）

二十三日（12 月 30 日）

二十四日（12 月 31 日）

二十五日（1894 年 1 月 1 日）　写鸿辰信。

二十六日（1 月 2 日）　写京信。因奎甲不识字，又动肝气，戒之，戒之！

二十七日（1 月 3 日）　写家信。

二十八日（1 月 4 日）　寄家信三分（老太爷、四太爷、少爷）。寄李子深信一件（节略四分，京票七十千）、张辅臣信一件（兑京松银三十八两八钱三分）。

二十九日（1 月 5 日）　前二日未能惩忿而肝木疏泄，以致溺血腹痛，所伤寔多。此后当以保身为先，万不得屡戒而不悛也。

三十日（1 月 6 日）

嘉平（十二月）

初吉（1 月 7 日）　拜庙。

初二日（1 月 8 日）

初三日（1 月 9 日）　接到家信及陈品一信。

初四日（1 月 10 日）

初五日(1月11日)

初六日(1月12日)　有人盗去文庙门外旧砖。

初七日(1月13日)

初八日(1月14日)　近来土陷木郁,恐致病气,切宜惩忿,凡事要看得开,家人皆知恭顺,即有小过,便可不问。此养身之良法也,谨记,谨记。

初九日(1月15日)

初十日(1月16日)

十一日(1月17日)　复陈品一信及家信。

十二日(1月18日)　接鸿辰、辅臣各一函,折卷十本。

十三日(1月19日)　因鸿辰又借辅臣三十金,无力归款,殊为闷闷。

十四日(1月20日)

十五日(1月21日)　拜庙。

十六日(1月22日)　为鸿辰借银一节,肝气愈旺,每每迁怒,稍不如意,詈骂内人,几有忿不顾身之意。

十七日(1月23日)

十八日(1月24日)　肝气下陷,所伤实多,屡戒不悛,何谬妄乃尔?

十九日(1月25日)　早间,日上有半晕,晕上一环,左右各一环,夜则月亦如之。

按:《杂占书》:"日冠者如半晕也,法当在日上,有冠,又有两珥者,尢吉。"《宋史·天文志》:"凡黄气环在日左右抱气。居日上为戴气,为冠气。居日下为承气,为履。居日下左右为纽气,为缨气。抱气则辅臣忠,余皆为喜、为得地,吉。"《宋史·天文志》:"月旁瑞气,一珥,五谷登;两珥,外兵胜;四珥及生戴气,君喜国安。"《荆州占月》:"珥且戴,不出百日,王有大喜。"《军国占候》:"月三珥者,大有喜。有冠而复晕者,天下有大喜。"

二十日(1 月 26 日) 忍怒未发,从此作惩忿功夫起。协和隆请午饭。

二十一日(1 月 27 日) 封印。鸿沅作诗不佳,又复发怒,极力遏抑乃止。

正月念一日,由京起标,二十八日到阜。二、三、四月,初六、念一日由京起标,十三、念八日到阜。五、六、七、八月,十六日由京起标,念八、九日到阜。九、十、[十]一、腊月与二、三、四月同。

右标车往来日期,以便寄信。

女绵裤袄用洋绉二十七尺,袄身二尺二寸,袖宽七寸,长二尺二寸。

裤挺二尺七寸,腰二尺。

漆二十斤。

光绪二十年甲午(1894)

正 月

初一日(2月6日) 拜牌、拜庙,走帖贺节。

妙手空空,岁杪一无所寄,养亲之谓何?不能惩忿窒欲,几成内伤,保身之谓何?阅《庄》、《墨》、《吕氏春秋》、《后汉书》未终篇,读书之谓何?未作一诗一文,用功之谓何?既自愧,复自讼矣。今岁不戒不勉,何以为人?

初二日(2月7日) 明于责人,暗于责己,何不恕乃尔?戒之,戒之!

初三日(2月8日) 写试策起。少杰请午饭。

初四日(2月9日) 未写字,歉甚。选制艺读本,移至东间以习静,免得耳根咙杂,心绪扰乱,从此惩忿,兼可用功。请客。

初五日(2月10日) 作函示鸿辰,概从节俭,不得再向辅臣告贷。并托辅臣,借与渠以十余金为限,即发。惩忿已从此下手,而窒欲尚乏猛力,勉旃,勉旃!五鼓即起,读时文八首,拟以此为用功之例。

午后日晕。

初六日(2月11日) 宋同年(名莲珊)来,托其询梁家小姐品貌,以便为鸿沅求亲。夫之于妻,宜婉规,不宜直责,况面热者,尤不可数数也,此后戒之;鸿沅年已十七,宜稍假词色,以养其天机,不可太束缚驰骤也,此后戒之,庶夫妻父子间有乐趣矣。

早间,日左右双珥。

初七日（2月12日） 午前至子钧处一谈。晚间勉吾请饭。

初八日（2月13日） 以细事而生忿，极力惩之，仍复和平。强记长卿《谕巴蜀檄》，勉强成诵。记性较昔年大坏，盖心地不净，聪明日减故也。

初九日（2月14日） 写字读文之功夫又复间断。近来精神不能振刷，总由不能窒欲之故。

初十日（2月15日） 依《经史百家杂钞》之圈点，用绿色圈点《经史百家简编》，心气稍觉和平，惩忿之力也。

十一日（2月16日） 圈点《经史百家简编》。

十二日（2月17日） 圈点《经史百家简编》。

十三日（2月18日） 圈点《经史百家简编》。协和隆请午饭。

十四日（2月19日） 圈点《经史百家简编》毕。肝气又动。

十五日（2月20日） 以饮食细故，责内人不已，惩忿之谓何？

十六日（2月21日） 极力抑捺，极力排解，心气渐次和平。隆裕请午饭。谷世兄(芝瑞)来拜，甚精神，外官路数。景州史祥甫茂才(书云)来拜，为代其亲戚请旌也，住景州城东四里史家庄，在东安城内县署西凌公馆教读，兹因赴馆之便，带来土仪两种致谢。

十七日（2月22日） 误闻些小事而介介，何褊浅乃尔？此后须扩充襟怀，有澄之不清、扰之不浊之致。

十八日（2月23日） 为鸿辰作信，嘱其暂就续宅馆，即辞却以远嫌，并示以填亲供等事。为四叔作信，戒以万勿为李姨太太起讣闻稿，而致大有以服中娶妻之罪。

十九日（2月24日） 开印。惩忿窒欲之功似稍进，拟从此入手，勉之勿懈。午前雨，午后雪。

二十日（2月25日） 方某来，大费唇舌，给津钱一千二百文而去。

二十一日（2月26日） 忿欲皆动，竟不能持，何不能自克如是？

二十二日（2月27日） 心气乃平。捡北上日期，以二月十五为佳。走三千步。

二十三日（2月28日）　走三千步。写家信毕，禀十五日北上，并携奎哥到京，揩得赀即寄去。

因孩子们倍［背］生书不过，怒不可遏。总由心气未平，不能惩忿之故。其不能惩，寔由于不能养，胸中之褊急，无书味以化之，即极力抑捺，仍是以石压草，触机辄动，此后须多读《曾文正公家训》及《日记》。

二十四日（3月1日）　求谷世兄寄信。奎子咽痛、头痛，甚为焦灼，午后稍愈，始放心。刘同春来谈文。

二十五日（3月2日）　谷世兄北上。雨雪一日夜。

二十六日（3月3日）　刘同春去。马援《诫兄子书》曰："吾欲汝曹闻人过失，如闻父母之名，耳可得闻，口不得言也。好议论人之长短，妄是非正法，此吾所大恶也。"今日与少杰谈及某人之字，而遽下贬语，殊属非是，以后不得轻议人非，切记，切记！

二十七日（3月4日）　王寿堂请午饭，谈及滕时五事，有不谨慎语，旋戒旋忘，愧甚，悔甚！

二十八日（3月5日）　接到鸿辰正月十六日信（甲午春第一号），长幼平安，慰甚！惟渠于二月初十前后赴都，不免太迟，恐误复试之期，殊为念念。当函托辅臣询之子深，果迟，即专足催其速来。然此信须初五、六日到京，又恐赶办不及，依然闷闷。或者渠有打算，不至误事，姑借此以自宽也。永茂恒带来兼毫、羊毫，共二十七枝，价津满钱九千。

二十九日（3月6日）　念念于鸿辰，惟恐其耽误复试，虽有补行之例，而仍不放心。此固理中之欲，终由于胸次之不超旷也。

二　月

初一日（3月7日）　因乐哥写字之不佳、奎了倍［背］书之不过，大动其肝气，所谓触机辄动也，戒之，戒之！

初二日(3月8日)

初三日(3月9日)　祭文昌。心气和平,有夫妻、子孙之乐,勉旃,勉旃!

初四日(3月10日)　心气和平,涵养之效。

初五日(3月11日)　肝气和平,涵养之效。

初六日(3月12日)　肝气微动,极力排解。

初七日(3月13日)　肝气微动,极力排解。准十五日北上,是日壬戌,按《诹吉宝镜》:申命福星、文昌、天宝、天富;卯时天乙贵人、日合、路空、勿陈;辰时福星贵人、青龙日破;巳时天乙贵人、明堂。

未能窒欲。

初八日(3月14日)　未知鸿辰已否到京,深为念念。自壬辰戟北,虚度岁月,未能实力用工,今届场前,尚不急来抱佛脚,只侥幸于命运气色,即谓之自欺也可。

初九日(3月15日)　办祭品。

初十日(3月16日)　丁祭。

十一日(3月17日)　祭社稷、风、云、雷、雨、城隍。

十二日(3月18日)　祭文昌。

十三日(3月19日)　捡行李。

十四日(3月20日)　捡行李。

十五日(3月21日)　辰刻开车北上,富庄驿尖,商家林宿,计行百十里。

十六日(3月22日)　河间二十里铺尖,任邱宿,计行百里。

十七日(3月23日)　冒雨而行,至赵北口雨止尖,望驾台宿,计行九十里。

十八日(3月24日)　孔家马头尖,固安县宿,计行八十里。

十九日(3月25日)　庞各庄尖,黄村宿,计行六十里。

二十日(3月26日)　巳刻入都,住煤市街万隆店,地势繁华,人声嘈杂,彻夜无眠。

二十一日(3月27日)　携鸿辰移至打磨厂德泰皮店。

二十二日(3月28日)　辅臣昆仲邀三胜馆晚饭。借义和京足银四十金。

二十三日(3月29日)　云阁、蓉第来。

二十四日(3月30日)　看考寓。

二十五日(3月31日)　约吾来,稼亭留宿,为鸿辰送场。

二十六日(4月1日)　鸿辰复试,文题:"德輶如毛"二句;诗题:"壮哉昆仑方壶图",得山字。六钟回店。

二十七日(4月2日)　定抽屉胡同路西宗室荣宅考寓,正房三间,租银京松四两五钱。梅邨来久谈。写家信(附七金)及蔼如、君赐信。

二十八日(4月3日)　鸿辰复试取二十一名,徐东甫①阅定也。发信。

二十九日(4月4日)　访子深求结。

三十日(4月5日)　送梅邨阜城土仪。辅臣请戏、饭。

三　月

初一日(4月6日)　浓阴微雨,日蚀未见。

初二日(4月7日)　买卷。接蔼如信。与礼部印信科直隶股京承卢峻峰讲定,旌表节孝出结、出名在内,每名三金。渠住西交民巷中间路南、喜通胡同路西,门首有鸿寿堂帖。

初三日(4月8日)　投卷。萧殿臣来。发阜城(索节略)及蔼如信(问四杜)。借义和十金(京足银,又一金)。②

初四日(4月9日)　彤轩、傅伯梅来。

---

①　徐会沣,字东甫,山东诸城(今属山东潍坊)人,同治进士,多次担任乡会试主考官。

②　"又一金"原文书于正文左侧,当为事后补充书写。

初五日（4月10日）　谒周夫子两次，未晤。

初六日（4月11日）　移至小寓，在抽屉胡同宗室荣宅。

初七日（4月12日）　检点考具。梅邨、辅臣来送场。

初八日（4月13日）　进场，坐秋字号。

初九日（4月14日）　五鼓题下，首题不易着手，仅以古注敷衍完篇。至二鼓，四艺俱完。

初十日（4月15日）　未刻出场。

十一日（4月16日）　进场，坐玉字号。

十二日（4月17日）　五鼓题下，作三艺，钞完，夜雨。

十三日（4月18日）　未刻出场。大雨淋漓，周身皆湿。

十四日（4月19日）　进场，坐人字号。

十五日（4月20日）　五鼓题下，对四道，抄完。

十六日（4月21日）　未刻出场。捡点行李。

十七日（4月22日）　移至德泰皮店。访振裴谈文。借义和松银十两。

十八日（4月23日）　捡点行李。寄岳母、老姨奶奶各一包一信，附工绸褂袄、绸裤袄四件，银七两，托义兴成捎。

十九日（4月24日）　捡点行李。李妈之夫李万祥来见，住后门内驹儿胡同圆通寺。

二十日（4月25日）　雨，未启行。

二十一日（4月26日）　旋里。午刻至于家围早尖。未刻至卢庄覆车，将奎子压于辕下，倩人抬起始抱出，而余以肩车致错骨缝，至土桥歇一夜，返都。

二十二日（4月27日）　午刻进便门，至义兴成，请酒店赵姓来细看。奎子并未损筋骨，而眼红乃惊惧所致，无碍；为余将肩窠对好，敷药一贴，夜服五十丸，即还德泰皮店。

二十三日（4月28日）　请赵姓来再看，辅臣同来。

二十四日（4月29日）　彤轩来看，桂五亦来。

二十五日(**4 月 30 日**)　赵姓来看,将筋捻捻,换敷药一帖。发家信。

二十六日(**5 月 1 日**)　桂五请饭,辞。发家信。

二十七日(**5 月 2 日**)　理庭来看。

二十八日(**5 月 3 日**)　肩臂稍愈。

二十九日(**5 月 4 日**)　请赵姓,未来。

四　月

初一日(**5 月 5 日**)　赵姓来,换敷药一贴,给服药三十丸。

初二日(**5 月 6 日**)　服十五丸,以药力大,先服一半也。泽园来。

初三日(**5 月 7 日**)　肩臂差强,写字仍不能如常。

初四日(**5 月 8 日**)　发阜城信。

初五日(**5 月 9 日**)　服药十五丸。

初六日(**5 月 10 日**)　阅《春在堂笔记》毕。云阁来看。

初七日(**5 月 11 日**)　发蔼如、君赐信。

初八日(**5 月 12 日**)　肩未全愈,贴肥皂、生姜,服"宝蜡丸"四粒,而写字仍未能曲折自如。数日来与泽园谈,多犯口过,力戒,力戒!

初九日(**5 月 13 日**)　连日阴雨,未知家乡酣足否?念念。奎子眼红退去十分之八,稍觉放心。寄杨彩亭信(付瑞珍)。

初十日(**5 月 14 日**)　望榜甚切。

十一日(**5 月 15 日**)　官防严密,无红录,令人闷损。

十二日(**5 月 16 日**)　榜发,宝坻脱科,冯伯岩①同年高捷,羡甚。

十三日(**5 月 17 日**)　捡点行李,作旋里计。借义和京松十两,又贷五两七钱三分。

---

①　冯恩崐,字伯岩,浙江余姚人。据《德宗实录》卷 340,冯恩崐于光绪二十年甲午科会试,中进士二甲第十八名。

十四日(5 月 18 日)　领礼部回任照及李中堂批文,了结帐目,雇车。杨彩亭送来"虎骨熊油膏"、"三黄宝蜡丸"、茶叶、点心。与铁老鹳庙聚升报房①郑璇商定:每月十五日,汇一月之报寄阜,每月钱三千,每节钱二千。

十五日(5 月 19 日)　卯刻出都,上坡尖,杜家店宿。

十六日(5 月 20 日)　渠口尖,访吕蓉第同年,渠为鸿沅作冰,代定西寨阎竹斋之女,即将婚书携来。林亭宿。

十七日(5 月 21 日)　辰刻抵家,长幼以次平善,忻慰之至。

十八日(5 月 22 日)　看本家及邻居。

十九日(5 月 23 日)　看本家及邻居。

二十日(5 月 24 日)　与乡里父老谈,甚觉有味。

二十一日(5 月 25 日)　连年水涝,春种维艰。

二十二日(5 月 26 日)　鸿辰由都来。

二十三日(5 月 27 日)　淘塘得鱼甚多,饱餍乡味。

二十四日(5 月 28 日)　文彬从堂弟娶亲未及百日而亡,乃弟文标时复作暖,玉堂伯仅留一线之延,可悯也。年岁不登,家境败落,三枢未葬,为之愀然。

二十五日(5 月 29 日)

二十六日(5 月 30 日)

二十七日(5 月 31 日)　捡点行李,作回任计。

二十八日(6 月 1 日)　乘舟离乡。

二十九日(6 月 2 日)　午刻至芦台,当即雇车,每辆东[钱]一千,运行李至火车栈。一钟开车,三钟抵津。住潘家店,地名官汛。

眉:天津河北大街路西长兴、茂盛车厂,均有单套车。

三十日(6 月 3 日)　移至西关源发店。

---

①　铁老鹳庙胡同,今为铁鸟胡同,是晚清民间报房报纸发行活动中心,聚升为其中一家著名报房。

五　月

初一日（6月4日）　卯刻由津开车,静海尖,唐官屯宿。

初二日（6月5日）　门店尖,杜省宿。

初三日（6月6日）　怀镇尖,富庄驿宿。

初四日（6月7日）　巳刻抵任,阖署平善,慰甚,惟内人略瘦耳。

初五日（6月8日）　送同城礼。

初六日（6月9日）　拜孔吉斋大令。遣样子旋里,前后付渠东钱二十四千。寄家信一函,附四金。

初七日（6月10日）　热甚。

初八日（6月11日）　小占请午饭。

初九日（6月12日）　午后雨,未能沾足,农家望泽孔殷,奈何!

初十日（6月13日）　服"苓桂术甘"二剂,肝气略舒。

十一日（6月14日）　内人服"解恨煎"一剂,肝气亦好。

十二日（6月15日）　捡书籍。

十三日（6月16日）　祭关庙。孔吉斋大令请午饭。分购河间官书局《公》、《谷》①、《小学》、《丁祭谱》、《牧令辑要》,共用津钱五千八百四十文。

十四日（6月17日）　热甚。

十五日（6月18日）　拜文庙。义和请午饭。

十六日（6月19日）　少杰请午饭。

十七日（6月20日）　陈老殿请午饭。

十八日（6月21日）　大雨酬足,人心欢悦。

十九日（6月22日）　种花,以娱性情。

二十日（6月23日）　出阅课题,限五日缴卷。

二十一日（6月24日）　为刘熙亭茂才批改文字。

---

①　或指《公羊传》《谷梁传》。

二十二日(6月25日)　连日肝气甚旺,极力惩忿而未能。

二十三日(6月26日)　阴雨。

二十四日(6月27日)　阴雨。

二十五日(6月28日)　为辅臣作信,由义和兑渠京松银三十两。

二十六日(6月29日)　阅课卷。

二十七日(6月30日)　阅课卷。

二十八日(7月1日)　发辅臣信,并家信。

二十九日(7月2日)　阅课卷。

六　月

初一日(7月3日)　拜文庙。量关庙楹联尺寸(宽、长)。

初二日(7月4日)

初三日(7月5日)

初四日(7月6日)

初五日(7月7日)

初六日(7月8日)

初七日(7月9日)

初八日(7月10日)

初九日(7月11日)

初十日(7月12日)

十一日(7月13日)

十二日(7月14日)　请客。

十三日(7月15日)

十四日(7月16日)　早起濯足,踏破瓦盆,将左足划伤。

十五日(7月17日)　因伤足未拜文庙。晚间肝气大动,殊欠惩忿工夫。接李子如信,为印结事也。

十六日(7月18日)　接到聚升京报四十五本(四月十五至五月杪)。孔吉斋大令来拜,因伤足未会。少杰来看,亦未会。

十七日(7月19日)　肝气稍平。

十八日(7月20日)　足渐愈,尚不能着袜。

十九日(7月21日)　修改水沟,使从西南出,缘学署系子午向也。

二十日(7月22日)　史丙寅茂才来领题。

二十一日(7月23日)

二十二日(7月24日)

二十三日(7月25日)

二十四日(7月26日)

二十五日(7月27日)　足肿痂裂,流黄水,痛甚。

二十六日(7月28日)　写鸿辰、辅臣、子深信。问近况及少奶奶璋瓦□汇交辅臣七十金,嘱其交子深八金百六十千;付子深节略十四分。

眉:去腊交子深七十千,今百六十千,春间送纨扇、果席两种,今送席敬四金,送出名官备礼四金。共节略十四分。

二十七日(7月29日)

二十八日(7月30日)　由津德丰寄鸿辰信,首二纸与前同,后二纸嘱其海运不成,急谋京馆。

二十九日(7月31日)

七　月

初一日(8月1日)　足未愈,未拜庙。

初二日(8月2日)

初三日(8月3日)　发鸿辰(秋间第一号)、子午、辅臣、子深、郑璇信。未接家信,收到辅臣代买各件。

初四日(8月4日)　将足上结痂洗去。

初五日(8月5日)

初六日(8月6日)

初七日(8月7日)　二十年来只身作客,今日始同过七夕,令人增伉俪之情。

初八日(**8月8日**)

初九日(**8月9日**) 寄子年信,付李贯三,问家中近况及旱涝,嘱其由局来信。

初十日(**8月10日**) 病足将近一月,终日不离卧榻,肝气甚旺,闻人言辄怒,又不能沉心读书以平矜躁,涵养之谓何?

十一日(**8月11日**) 为义兴成作信,托买川冬菜、玉兰片、青笋、香肠。为岳母作信,寄银五两,并寄桂外甥一两,内人附零星物件,倩滕时五带去。

十二日(**8月12日**) 大雨倾盆,房屋皆漏。未[知]桑梓作何景况,殊深念念。

十三日(**8月13日**) 作冷作烧,周身骨节疼痛,心中扰乱,咽喉右边疼痛异常。以"冰硼散"吹之,红瘇不少减,晚间服药一剂。

十四日(**8月14日**) 喉痛少减,晚间服药一剂。

十五日(**8月15日**) 喉间白出,疼痛尤甚,"冰硼散"加"珍珠牛黄"、熊胆吹之。

十六日(**8月16日**) 喉间白少退,夜间又增。

十七日(**8月17日**) 五鼓起,换"凤衣散"吹之,似效于"冰硼散"也,早饭后喉间白少退。足病始愈。

十八日(**8月18日**) 又退。鸿沅喉间亦瘇,用"贴喉散",贴之而愈。

十九日(**8月19日**) 退尽,瘇亦渐消,惟右舌根上若有芒刺,自十五日起,至今尚未消也。

二十日(**8月20日**) 仍吹药。

二十一日(**8月21日**) 芒刺渐消,即不吹药。自喉症起至愈,皆多容甫看视、吹药,极为尽心,殊令人感激也。

二十二日(**8月22日**)

二十三日(**8月23日**)

二十四日(8月24日) 胸中犹热,食西瓜半个,泄两次而愈。

二十五日(8月25日) 出门小步,腿脚犹软。夜三鼓,内人喉间瘙痛,急以"贴喉散"贴之。致函容甫,嘱其速来。

二十六日(8月26日) 内人喉症午后见轻,稍觉放心。为鸿辰作信(秋间第二号),寄去二十金,问家中近况及旱涝,嘱其试策着意行气,看子①、汉文,求深厚。为辅臣作信,汇交渠京松六十金,托其代寄家中二十金,并购"万应锭"、指甲套、《白喉忌表抉微》、银顶针、洋蜡等件。容甫傍晚来视内人喉症。

二十七日(8月27日) 内人喉左侧微见白,午后退。

二十八日(8月28日) 内人喉见愈,惟两点微红。闻东河决口、西河水涨,深虑桑梓复为泽国,而鱼雁渺然,何胜念念。

二十九日(8月29日) 内人喉愈。

三十日(8月30日)

八 月

初一日(8月31日) 拜庙,起跪吃力。

初二日(9月1日) 祭文昌,未去。

初三日(9月2日) 祭丁,起跪仍吃力。

初四日(9月3日) 祭坛,未去。

初五日(9月4日) 每日徐步一、二里,以习脚力。

初六日(9月5日)

初七日(9月6日)

初八日(9月7日) 内人梦一花面者,执笔上座,一士子缴卷跪求,花面者未即许可,余从旁代请始允。家中无人入场,或阜城有中者乎?

初九日(9月8日) 连日念念于秋试诸君,屡为内人嘲笑,而依

_____

① "子"疑指先秦诸子。

然情见乎词,真结习之未忘也。

初十日(9月9日)

十一日(9月10日)

十二日(9月11日)

十三日(9月12日)

十四日(9月13日)

十五日(9月14日)

十六日(9月15日)

十七日(9月16日)

十八日(9月17日)　接鸿辰六月十五日信,太夫人肝旺,三锡房出售,水涝未详深若干尺。复[鸿辰]第二号[信],付二十金,示以入不敷出,勿再戒[借]辅臣钱。并寄辅臣(兑六十金,借二十金)、郑璇(止报)各一信。

前梦荫农清癯鹤立,疑其已故,函询乃侄稼亭,今闻仙逝,为之不快者累日。

十九日(9月18日)　桑梓水灾几二十年,荡析离居,民不聊生,薪桂米珠,家计日拙,虽有薄俸,入不敷出,闷甚!念甚!

二十日(9月19日)　得悉顺天题目。

二十一日(9月20日)　温理故业,为明年会试计。

二十二日(9月21日)　奎哥读书顽钝,遂致肝气大动,并迁怒于内人,惩忿之谓何?此后当优而柔之,不宜束缚驰骤也。

二十三日(9月22日)　与念斋访子钧一谈,以联络同寅。

二十四日(9月23日)　孔吉斋送来山东题目。

二十五日(9月24日)　忿欲并作,屡戒不悛,恐成内伤,再不惩窒,是惮于改过,戒之,戒之!

二十六日(9月25日)　写试策起。每日看《庄子》几页,以药胶滞。

二十七日(9月26日)　因奎哥而肝气又大动,复迁怒内人,旋戒旋犯,何不自爱乃尔?

二十八日(9月27日)　惩忿而并窒欲,誓从此努力为之。

二十九日(9月28日)　建莲一两、薏米四两、山药一两、云苓一两、江米四两,为细面,加白糖冲服,健脾去湿,多容甫传方,名"健脾散"。

九　月

初一日(9月29日)　拜庙。晚饭因小事又动肝气。

初二日(9月30日)　肝气仍未平。接鸿辰七月二十九日信,父亲戒烟瘦甚,母亲肝旺旧症复发(两月余);白庙可获《毛诗》,尚在未办;薪米过于珠桂;水深九尺余,逃难每村十之八九,少亦过半;四叔十七日来信,计在途中。

初三日(10月1日)　肝气又动,与内人反目,此后戒之。

初四日(10月2日)　付刘熙亭《水心稿》二本、《墨选定群》一本,经畲堂一篇,嘱其代钞十三首。

初五日(10月3日)

初六日(10月4日)

初七日(10月5日)

初八日(10月6日)　陈庆祥来,嘱以换缺达其师崔君,会试后定局。伊通州学缺每年进款八百金,学额二,新增二,滨黑龙江,距山海关千七、八百里。

初九日(10月7日)　接四叔七月十二日信,父亲有来阜之议,土债五十余千,寄款另包;子年九月初一日信,三人分产。

初十日(10月8日)　由马递(托荫之交德丰)复四叔信,土钱略迟即寄,不必来。并寄鸿辰三纸(第三号),示以前付念金,速觅京馆;劝祖父不必来,冬间再寄款;以互换伊通州学正缺,商之家中。

十一日(10月9日)　接鸿辰五月念八日信,即复(第四号)。

十二日(10月10日)　闻是日揭晓,阜城脱科,未知宝坻若何?念念。

十三日(**10 月 11 日**)

十四日(**10 月 12 日**)　肝气动。

十五日(**10 月 13 日**)

十六日(**10 月 14 日**)　肝气又动。

十七日(**10 月 15 日**)　极力惩忿,肝气稍平。

十八日(**10 月 16 日**)　梦史竹孙赠以"五世同堂"额,系大龙头一具,顶有"圣旨"二字,金碧辉煌。

十九日(**10 月 17 日**)　孔吉斋大令送来题名,顺属中式者五十二人,宝坻四人:郑棣芳、徐炽、李广生、韩桂攀。

二十日(**10 月 18 日**)　少杰送《先正事略》,兼请便饭。座间廉松屏少尉,浙人,住京五世。

二十一日(**10 月 19 日**)　写试策半扣,手腕生劲,覆车伤臂,兼多日不写故也。

二十二日(**10 月 20 日**)

二十三日(**10 月 21 日**)　孔吉斋大令来谈。

二十四日(**10 月 22 日**)

二十五日(**10 月 23 日**)

二十六日(**10 月 24 日**)　访吉斋,订于十月十一日送学。

二十七日(**10 月 25 日**)　送来秋季廉俸等银,二十三两八钱九分七厘。

二十八日(**10 月 26 日**)

二十九日(**10 月 27 日**)　吉斋请同寅商办团练事。

三十日(**10 月 28 日**)　接鸿辰九月初六日由崇宅发信,八月念七由家起身,八日抵都,就崇宅书启一席,受翁①万寿②后赴任,并辅

---

①　崇礼,字受之,日记亦称崇少司农、崇受之都护、崇受翁。据《德宗实录》卷 347,光绪二十年(1894)八月,崇礼以理藩院尚书调为热河都统。

②　此处"万寿",指即慈禧太后生日,农历十月初十,本年为其六十大寿。

臣信(购件及子深代办旌表文底十四分)。即复,探八月十八日寄家念金发否? 又寄家信,附六金。

十 月

初一日(10 月 29 日)

初二日(10 月 30 日)

初三日(10 月 31 日)

初四日(11 月 1 日)

初五日(11 月 2 日)

初六日(11 月 3 日)

初七日(11 月 4 日)

初八日(11 月 5 日) 请客。

初九日(11 月 6 日) 发旌表文底十四分,差燕林往报。

初十日(11 月 7 日) 万寿行礼坐班。

十一日(11 月 8 日) 新生送学。

十二日(11 月 9 日) 迩来忿欲并动。

十三日(11 月 10 日)

十四日(11 月 11 日)

十五日(11 月 12 日)

十六日(11 月 13 日)

十七日(11 月 14 日)

十八日(11 月 15 日) 吉斋请帮办劝捐。

十九日(11 月 16 日) 辅臣来信,并清单一纸,又代买诸件;云鸿辰九月二十回家酌去否,初一日梅邨催其来都。即复。又寄四叔、鸿辰、梅邨信,嘱梅邨携鸿辰随崇受之都护同去。午后泽园来。

二十日(11 月 17 日)

二十一日(11 月 18 日)

二十二日(11 月 19 日)

二十三日（11 月 20 日）

二十四日（11 月 21 日）　连日肝气旺，固由于不如意事常八九，而实因无学问涵养，以致于此。

二十五日（11 月 22 日）

二十六日（11 月 23 日）

二十七日（11 月 24 日）

二十八日（11 月 25 日）　子如来，告以宋款落实后，付渠松银六两；刘某欠渠七十五千，饬差去催。

二十九日（11 月 26 日）　雪

十一月

初一日（11 月 27 日）　未晴，午后雪止，深二尺余。

初二日（11 月 28 日）　请客。

初三日（11 月 29 日）　数日闷闷，未读时文，愧不自刻励。

初四日（11 月 30 日）　念斋邀午饭。写家信、京信。寄家十金，寄辅臣三十金，均由义和汇兑。家信系父亲、四叔各一封，禀明年前不再寄款。

初五日（12 月 1 日）

初六日（12 月 2 日）

初七日（12 月 3 日）　标车来，发家信、辅臣信。共汇寄辅臣京足银四十两，托付家十两。辅臣来信，梅邨、鸿辰于十月念四日随崇受翁赴任，家中安善，前寄念六金均到。辅信未及答，于信皮注"收到"。

初八日（12 月 4 日）　小占请午饭。

初九日（12 月 5 日）　奎甲近来功课颇好，因此肝气略平。

初十日（12 月 6 日）　与少杰、念斋同访吉斋，为子如托事。

十一日（12 月 7 日）　闻旅顺有失守之信，劝泽园勿赴宁海。

十二日（12 月 8 日）　四叔及鸿辰来信。鸿辰月八金，节十二金;少奶奶瘟疫误药,危而复安;小孩名连报;吉林之行,家中嫌远;长幼平善;双四定亲,三锡近况甚坏,姑奶奶欲合住,四叔决计不留;有信交崇宅,可致热河。

　　十三日(12月9日)

　　十四日(12月10日)

　　十五日(12月11日)

　　十六日(12月12日)

　　十七日(12月13日)　　雪,寒甚。

　　十八日(12月14日)　　梦振裘作病瞿昙状,己亦现僧形,为之诵偈,渠首肯。醒时忘却谒语,仿佛有"汲水佛功德,栽花佛情性"之句。振裘湛深佛理,亦有谓我前身为僧者,此梦不异,所异者振裘病甚,大有示寂之状。今夏梦荫农憔瘦,果仙逝,复梦振裘如此,为之惴惴。

　　眉:"孝友一身肩,尘根六字净。汲水佛功德,栽花佛情性。"细忆,似此四语。

　　十九日(12月15日)

　　二十日(12月16日)

　　二十一日(12月17日)

　　二十二日(12月18日)

　　二十三日(12月19日)

　　二十四日(12月20日)　　接鸿辰热河来信。

　　二十五日(12月21日)　　寄四叔信并一金。

　　二十六日(12月22日)

　　二十七日(12月23日)

　　二十八日(12月24日)

　　二十九日(12月25日)　　由马递复鸿辰信,示以寄家五十金,欠辅臣、义和各五十金,并沅文、奎甲字。

　　三十日(12月26日)

嘉平(十二月)

初吉(12 月 27 日)　拜文庙。

初二日(12 月 28 日)　帮孔吉斋挑勇。

初三日(12 月 29 日)

初四日(12 月 30 日)　接辅臣来信,凤皇城、九连城、旅顺、金州久失,近日复州又陷。杞人之忧,正未有已,当即复函。

初五日(12 月 31 日)

初六日(1895 年 1 月 1 日)

初七日(1 月 2 日)

初八日(1 月 3 日)

初九日(1 月 4 日)

初十日(1 月 5 日)　遣人邀建桥村董七人,十二日来署办捐。

十一日(1 月 6 日)　泽园旋里,送盘川津蚨五千。寄四叔信。

十二日(1 月 7 日)　客到,张少燕以不在家未至。

十三日(1 月 8 日)　多树之坚执免差之说,激怒孔吉斋,遣人提取,与念斋、少杰为之求情,俾代捐六十千乃罢。

十四日(1 月 9 日)

十五日(1 月 10 日)　请方董代吉斋劝捐,约渠等即办即交。

十六日(1 月 11 日)　梦周子方购古碑四,内有大足年碑一,又石龙一,夭矫如生,称羡未已,腾空而去。

十七日(1 月 12 日)

十八日(1 月 13 日)　衍圣公过境。请方董。

十九日(1 月 14 日)　封印。文钟来。

二十日(1 月 15 日)　寄鸿辰信,嘱其明春早来京,托饶阳标局之便。

二十一日(1 月 16 日)

二十二日(1 月 17 日)　接辅臣信。

二十三日(1 月 18 日)

二十四日(**1月19日**)

二十五日(**1月20日**)

二十六日(**1月21日**)

二十七日(**1月22日**)

二十八日(**1月23日**) 梅邺、鸿辰由滦阳来信(冬季第四号)。

二十九日(**1月24日**) 津报冬月初九:倭兵犯沈,易、程二军门①设伏,毙其万六七千人。渠又袭海城,又被伤亡数千。十四等日,聂、吕两军门②在大孤山、凤凰城,宋、马两军门③在海城,徐、高两军门④在盖、金、复三州,共六十余营,均大获胜仗,毙其千余人,由岫岩州牵马岭直追,退至旅木桥,旅顺船坞有英兵船八只,倭不敢问,已

---

① 易军门未详其人。程军门当指程允和。程允和,字平斋,安徽阜阳人,晚清将领,甲午时随聂士成赴朝鲜,平壤失守后,回国驻防旅顺,与徐邦道、姜挂题等在土城子成功阻击日军。

② 聂军门当指聂士成,字功亭,安徽合肥人。1894年6月,清政府应朝鲜政府之请,派兵援朝,以聂士成为前锋,后退回辽东,驻守摩天岭等处,1894年11月收复连山关。聂士成是以谋略见长的高级将领,甲午之前,料定俄、日虎视眈眈,将有事于东边,亲往东三省考察,编《东游纪程》一书。吕军门疑指吕本元,字道生,安徽滁州人,甲午之时,奉命增援朝鲜,后退守辽东。

③ 宋军门当指宋庆,字祝三,山东蓬莱人,毅军统帅,甲午战争时为清军鸭绿江防线主将。马军门当是马玉昆,字景山,安徽蒙城人,宋庆麾下爱将,本年以记名提督授山西太原镇总兵。甲午战起,奉命率两千人赴朝参战,后退守辽东。毅军在朝鲜及辽东战场表现最为英勇卓绝,可圈可点。马玉昆在朝鲜取得四战皆捷的战绩。在辽东战场,宋庆以古稀之老将,率"木部残卒数千,无坚甲利炮,无策应救援,大战七次",其中田庄台战役,"迄三昼夜,纵横荡决,前者既死,后者继进"。1898年,光绪皇帝亲敕在锦州建立昭忠祠,以纪念甲午陆战中为国捐躯的毅军将士。

④ 徐军门当指徐邦道,字见农,四川涪州(今属重庆)人,甲午战争时以正定镇总兵协守大连湾、旅顺,苦战金州、旅顺,土城子阻击战系其指挥。高军门未详其人。

退出。聂军门连战于大高岭,夺回连山关,因该处雪深数尺,倭不能为。嘉平十四,吴清帅①由渝关来,张星使②由京来,即日赴东议和。

三十日(1 月 25 日) 　早间大风,冷甚。

正月念一日由京起标,念八日到阜。二、三、四月,初六、念一日由京起标,十三、念八日到阜。五、六、七、八月,十六日由京起标,念八、九日至阜。九、十、[十]一、腊月,与二、三、四月同。

袄二尺二寸,袖宽七寸,长二尺二寸。裤挺二尺七寸,腰二尺。共洋绉二十七尺。

漆二十斤。

阜城至富庄驿四十里;

驿至商家林七十里;

林至河间二十里铺五十里;

铺至任邱五十里;

邱至赵北口五十五里;

口至孔家马头五十里;

马头至渠口五十里,至固安八十里,至于栻百里;

栻至黄村四十里;

村至京四十里。

---

　　①　吴清帅指吴大澂,字清卿,江苏吴县(今属江苏苏州)人。同治进士,学者,著名金石学家与书画家,于整军、治河亦有建树。甲午中日战争时,主动请缨,以湖南巡抚率湘军北上,帮办东征军务,此时驻山海关即渝关,不久以田庄台失守被议。

　　②　张星使指张荫桓,字樵野,广东南海(今属广东佛山)人,曾任总理衙门大臣,擅交涉,懂洋务。甲午年底,被任命为全权大臣出使日本议和。而另一位议和代表,清廷派定的是邵友濂,而非报纸传言之吴大澂。

光绪二十一年乙未(1895)

正 月

初一日(1月26日)　拜牌,行香,贺年。去岁以养亲、读书、惩忿、窒欲自誓,乃寄家仅五十金,不足供甘旨;涉猎载籍未尝终篇;遇事暴怒,无容人之量;又不能寡欲清心,爱啬精神;年近五十,不肖乃尔! 此后养亲以竭力为本,读书以有恒为本,惩忿以理遣情恕为本,窒欲以去私防淫为本,勉旃,勉旃!

初二日(1月27日)　接陈方伯宝箴①。今岁拟读《荀子》《庄子》《曾文正集》,即以文正为法。

初三日(1月28日)　请客。

初四日(1月29日)　闻文钟将行,肝气稍平,前此郁积,实褊浅也。

初五日(1月30日)　作岳母、四叔、少奶奶、君赐各信。

初六日(1月31日)　遣文钟旋里。发各信。寄母亲零花银二两四钱,岳母及妻妹各一两。

初七日(2月1日)　阅曾稿。

初八日(2月2日)　阅曾稿,稍觉有味。

初九日(2月3日)　迎春。

① 陈宝箴,字右铭,江西义宁(今属江西九江)人,咸丰举人,清末维新派大臣。《德宗实录》卷351,光绪二十年(1894)十月,陈宝箴以湖北按察使升为直隶布政使。

初十日（2月4日）　五鼓雪。未拜牌，闻同寅皆去，深用愧歉。辰刻鞭春。

十一日（2月5日）　肝气复旺，悔未能惩忿。

十二日（2月6日）　肝气平。鸿辰来信（第五号，嘉平廿三日发），开印后，由滦阳旋里。

十三日（2月7日）　阅曾稿。

十四日（2月8日）　阅曾稿。

十五日（2月9日）　演出，遣内人携子孙辈往观，以破其积闷。

十六日（2月10日）　暖甚。

十七日（2月11日）　西南风，极凉。守君子如避石矢之戒，未敢出门。鸿沅不慎感冒风寒，头痛欲裂。

十八日（2月12日）　鸿沅鼻衄，头痛顿减。盖皮毛外闭，风寒旁无出路，发于鼻孔，管血随而上送，虽同汗解，损伤稍重。

十九日（2月13日）　辰刻开印。鸿沅汗，头痛痊可。由马递寄鸿辰信（托史荫之外史送德丰帽铺，转致家中也，第一号），示以二月半北上，借此省亲。午后观出，演《四郎探母》，大动乡思。

二十日（2月14日）　大雪。鸿辰有今日偕梅邮起程之信，未知滦阳雪否？念念。

二十一日（2月15日）　惩忿之功稍进，未能窒欲，切戒，切戒！

二十二日（2月16日）　燕林自济南来，有烟台十四日失守之信，果尔，则杞忧未有已也。

二十三日（2月17日）　内人感冒风寒，以赴谷太太之约，归来加重。

二十四日（2月18日）　为内人取汗而未得。

二十五日（2月19日）　用黄酒、芫荽擦之，内人大汗淋漓。

二十六日（2月20日）　内人又复感冒，夜间仍以黄酒、芫荽取汗。

二十七日（2月21日）　内人稍愈，因女仆无知触怒，病仍未减。

二十八日(2 月 22 日)　内人仍以女仆之故,肝气大作,多方劝慰乃解。接四叔嘉平十八日信,母亲作嗽,气息不匀,虚肿,饭亦不多,由思想子孙、忧虑年岁所致。拟借会试到家省亲,将奎留下,以慰亲心。由京寄鸿辰第二号信,示以虑倭来津,由沧登岸,北行尚未敢定。复辅臣一函,询其所谋及铺事若何?兼告以行期未定(接信在后,发信在先,因有北行未定之说)。

二十九日(2 月 23 日)　内人肝平,病亦小愈。念鸿辰此刻由滦阳旋里,母亲见之忻慰,或病当少减。又思今科不会试,可省百金,家中、任上皆从容。先将春季俸银寄去,以供甘旨,母亲心慰,病即可愈,胜于省亲一次,徒费十余金也。第母亲思奎子甚切,或者鸿辰中后将奎甲送去,或命鸿辰来将渠等携回;或请父亲来署住一、二月,俾母亲得以静养,父亲回家再将奎子带去。又想鸿辰束脩无几,一接济家中,必至空空妙手,或借义和念金,或函托辅臣付渠三十金,以便下场,不足则渠或向花农①借,或再向辅臣借也。

三十日(2 月 24 日)　拟为鸿辰写信,犹豫而未果,所谓"欲作家书下笔难"也。

二　月

初一日(2 月 25 日)　转瞬一月,未能读书,可谓虚度光阴,拟从此用功起。孔吉斋大令请帮察义学。

初二日(2 月 26 日)　吉斋请晚饭,席间鱼片甚佳,归来颇动州县想,是谓务外;又闻烟台未失,为之忻然。

初三日(2 月 27 日)　祭文昌,去得太早,风寒逼人,归来筋作痛,饮酒半碗,取汗,稍愈。刘聚五许到京措三十金付辅臣,转致鸿辰作考费,差慰。

---

①　疑指徐琪。徐琪,字花农,浙江仁和人,光绪六年(1880)进士,工书善画能文。据徐琪《莲因室词跋》及张鸿辰《玉可庵词存跋》,可知张鸿辰是徐琪门生。

初四日（2月28日） 梦徐中堂①写一大字，问作何解？答以内功、外功皆见于此。曰：非也，解见朱子《名臣言行录》。

为鸿辰、辅臣作信。

初五日（3月1日） 祭至圣先师。

初六日（3月2日） 以纵欲误祭，愧歉之至。接四叔正月十五日来信，母亲就痊，欣甚，慰甚！而于泽园之旋里与否，词意未能明晰，殊为念念。将已发之信取回，再加一纸去问。来信有今春做木料之语，复信求四叔监造，改日再问。

初七日（3月3日） 托刘聚五带去四叔、鸿辰、辅臣各信（各信系初五缄，初七重缄）。寄家京足银十两。由义和兑三十金，付鸿辰。

初八日（3月4日） 不能惩忿窒欲，深悔，深悔！

初九日（3月5日） 奎甲功课好，为之怡然者终日。

初十日（3月6日） 早间奎子倍［背］、读均劣，肝气遂动，以致心思恶乱。曾文正谓养生以少恼怒为本，信哉！辅臣信内复夹一单（重缄），托其代购《尔雅直音》、《书经集传》、《项水心稿》、《崇辨堂墨选》、腰子、靴子各种。闻烟台、复州各大捷，为之欣然。

十一日（3月7日） 至沈尚书茔一游。沈，名冬魁，号立斋，阜城人，明嘉靖时官南京尚书。其茔在城东南一里许，尚书主穴，其子旁葬，余昭穆葬，明堂甚开展，翁仲、石马皆残毁，茔内耕为田，不胜禾黍之感。子钧以余不欲北上，谓再数年更加懒惰，闻此语顿兴髀②肉再生之叹。步行六、七里，归来小憩，觉通身松活，益信曾文正饭后三千步得养生之要也。

---

① 当指徐桐。据《清史稿·大学士年表二》，徐桐自光绪十五年（1889）任协办大学士，而徐郙任协办大学士自光绪二十六年始，故此处"徐中堂"可排除徐郙。徐桐是理学名家，保守派领袖，《清史稿》本传曰："崇宋儒学，守旧，恶西学如仇。"

② 原文"髀"字仅书"月"旁，猜测一时或忘字形，事后未予补全。

十二日(3月8日)　梦在岳阳楼上,令鸿沆赢玉笛一枝、端砚一方。

十三日(3月9日)　内人力劝北上;斗役柳书泰代为措赀,计偕之;计乃决,拟于十七日起程。

十四日(3月10日)　捡行李。耿汉卿代定桑庄彭八之车,言明不管人畜吃,车价十八千,先付定钱一千。

十五日(3月11日)　捡行李。

十六日(3月12日)　少杰饯行。雪大甚。

十七日(3月13日)　午刻开车,雪大甚,住富庄驿,计行四十里。

十八日(3月14日)　雪尤大,路间覆车,幸无恙,奎子怯甚。住献县,计行四十里。

十九日(3月15日)　雪止,住河间二十里铺,计行△△△①。

二十日(3月16日)　住郑州,计行△△△。

二十一日(3月17日)　住白沟,计行△△△。

二十二日(3月18日)　住涿州,计八十里。

二十三日(3月19日)　住长新店,计行九十五里。

二十四日(3月20日)　进京,住打磨厂宝盛合店。此行八日,得七绝句,而冰、雪、水、泥几没车毂,颠簸之状,如珠走盘,可谓备险阻矣。

　　　　杨柳春来梦未醒,东风料峭雪零星。
　　　　书生结习难忘却,捡点新诗写驿亭。集庄驿

　　　　残砖三字迈斯冰,开馆招贤史册称,
　　　　我欲停车荐鸡酒,逢人辄问献王陵。献县

---

①　原文缺里数。类似情况,不一一注明。

一竿红日下帘钩，赵女新妆倚市头。
无那消魂是行客，琵琶声里过任邱。 任邱

红桥十二跨春波，两岸垂杨倒影多。
绝似江南好风景，阿谁此地筑吟窝。 赵北口

一衣带水分南北，笑宋筹边计亦疏。
我渡白沟三太息，东风吹雪雁来初。 白沟河

督亢一纸饵秦王，此计终难制虎狼。
纵使荆卿娴剑术，功成依旧促燕亡。 涿州

五更残月渡卢沟，千里泥沙挟浪浮。
畿辅年来苦河患，冯瓀从此幸安流。 卢沟桥

二十五日(3月21日) 为辅臣送去红绳、小菜各一种。午后三弟、五弟来，询知家中平安，鸿辰不日来京，慰甚。

二十六日(3月22日) 寄四叔、鸿沅、少杰、念斋各一信，由局发。闻廿一日有倭船二只，在津沽窥探，因冰冻，不及岸而去；又闻东边道①，倭已改为东洋府，设官安民。杞人之忧，正未有已。

二十七日(3月23日) 梦鸿辰临宋拓本帖，圆秀紧严，后有汪柳门侍郎②跋，系汪以三百六十金购得者；鸿辰以第三人及第，其第

---

① 即分巡奉天边关兵备道，简称东边道，光绪三年(1877)所设，管辖区域主要包括今吉林省的通化、白山两市及辽宁省的丹东、宽甸、桓仁等地。民间习惯上也称东边外。

② 汪鸣銮，字柳门，浙江钱塘(今属浙江杭州)人，原籍安徽休宁，著名学者、藏书家。同治四年(1865)进士，自光绪十四年(1888)，任工部侍郎多年，后转吏部。与光绪帝师翁同龢关系较密，甲午之时主战拒和，光绪二十一年(1895)十月以"信口妄言，迹近离间"被革职。此是仍在工部左侍郎任上。

一人王姓，彼时有"王马苏张，逃出太仓"之谣。

二十八日（3月24日） 读安侍御维峻弹李合肥奏稿①，深服其敢言。闻东省之将帅，有避敌者、纵敌者、通敌者，为之愤然！

于琉璃厂文远堂购水心（三千）、简斋（二十五千）稿各二分，共京票十一千。闻鸿辰二十六日由家起程，今日尚未到，想系道路难走，念甚。

二十九日（3月25日） 闻倭人有每日给渠四百万员［元］始停战议和之信，为之愤然！闻诸大老有迁都之议，为之慨然！时事如此，科名何为？酌之冯伯言，亦以不下场为是。拟住三五日，候鸿辰到，一询家事，即行回任。

三 月

初一日（3月26日） 观出，稍破积闷。

初二日（3月27日） 以众人劝勉，始作进场计。托子深办卷，借义和京足、市松各十金。午刻鸿辰抵都，询知家中长幼平安，甚慰。惟母亲仍未十分大愈，不胜念念。

初三日（3月28日） 晤蓉第，提及鸿沅毕婚，当在今年九月、来年三月；竹斋丁内艰，尚未发引。托蓉第代商，或在阜城，或在西寨，以后通信定局。又求蓉第代致礼障、赙赀，兼赙子恒处。

初四日（3月29日） 鸿辰携奎子去，如释重负。

① 安维峻，字晓峰，甘肃秦安（今属甘肃天水）人，光绪六年（1880）进士，著名谏官。光绪二十年（1894），中日甲午战争时，上《请诛李鸿章疏》，直指李鸿章"不但误国，而且卖国"之罪，并有"皇太后既归政皇上矣，若犹遇事牵制，将何以上对祖宗，下对天下臣民"之语，因而被革职流放。《清史稿》本传："维峻以言获罪，直声震天下，人多荣之。访问者萃于门，饯送者塞于道，或赠以言，或资以赆，车马饮食，众皆为供应。抵戍所，都统以下皆敬以客礼，聘主讲抡才书院。"安氏以"敢言"获时誉，然其所指李鸿章之罪，多不属实，参见文后《附录》之《请诛李鸿章疏》。

初五日（3 月 30 日）　捡行李、考具，正如已老秋娘重整嫁衣，愧甚，懒甚！

初六日（3 月 31 日）　移至炮厂，与谷蔼亭年侄同寓，各出租银两半。

初七日（4 月 1 日）　晤王元甫，兴致勃然，无退缩气，对之有愧。

初八日（4 月 2 日）　入场，坐东芥拾号。

初九日（4 月 3 日）　作文毕，夜半作诗。

初十日（4 月 4 日）　申刻出场。

十一日（4 月 5 日）　入场，坐东金三十号。

十二日（4 月 6 日）　作文四首，夜半作一首。

十三日（4 月 7 日）　申刻出场。

十四日（4 月 8 日）　入场，坐东丽四十号。

十五日（4 月 9 日）　五策俱毕。

十六日（4 月 10 日）　巳刻出场。

十七日（4 月 11 日）　搬回宝盛合店。

十八日（4 月 12 日）　定做女衣：镶褂十一两一钱，素褂四两三钱，裙二两一钱。

十九日（4 月 13 日）　观出，十三旦演《梅降雪》，真妖物也。

二十日（4 月 14 日）　以众人劝阻，仍作候晓之计。借义和市松十七两五钱，又货价一两五钱七，共十九两零七分。眉：隆裕兑来京足银三两，一并收到。

二十一日（4 月 15 日）　寄内人信，告以在京候晓，中则复试后回任。

二十二日（4 月 16 日）　寄父母亲（附市松银五两，劝赴热河）、四叔信一函，君赐、蓉第（附泥障八尺半，京松二金）各一函。

二十三日（4 月 17 日）　付集雅斋京松一金。辅臣留万福居便酌。

二十四日（4 月 18 日）　问石印殿板《汉书》，价十三金，太昂，买否尚未定也。

二十五日（**4 月 19 日**） 鸿辰来，与之商定，倘榜发不中，便分发江西。缘时事如此，不必专走正途也。

二十六日（**4 月 20 日**）

二十七日（**4 月 21 日**） 写卷子两扣。闻和议已成，割台之半，听其自取，台不受命；割辽阳以南，奉亦不受命；苏州准其通商；高丽自主之国；赔兵费二万万（二十年清）。俄法已有后言。杞忧正未已也。

眉：割全台；苏、杭、沙市、重庆四口通商；在内地设机器局，改造中国土货；天津、威海驻兵，兵费由中国出，每年五十万；倭在内地通商，减收税则；我前诸军撤炮台、器械。①

二十八日（**4 月 22 日**） 寄鸿沅信，付和议一纸。

二十九日（**4 月 23 日**） 夔子随其舅旋里。送辅臣寿星、铃锁，贺生子也。各省公车及台求都宪代奏，阻和议也（为割地及兵费之多）。

三十日（**4 月 24 日**） 为辅臣乃郎批四柱：乙未、己卯、庚申、丁亥，身弱化强，财旺生官。

四　月

初一日（**4 月 25 日**） 拟折稿，托王子余求人入奏（请饬奉粮出境，并援案为宝坻、武清筹款加抚，招商平粜），因红粮每斗银五钱，饿死者甚众也。

初二日（**4 月 26 日**） 闻林京卿绍源出饷，刘提镇永福出兵，打坏日本等船九只，为之快甚。倭取台，英等分取……。

初三日（**4 月 27 日**） 雨。

初四日（**4 月 28 日**） 雨。

初五日（**4 月 29 日**） 晴。占验家云："丙不藏日"，信夫。子年来，云八月节恐被逐。此事早料及，嘱渠刻墨盒，渠不听，今果尔，奈

① 中日《马关条约》文本见《附录》。

何？甚矣，人不可不自立也。

初六日（4月30日）　昨目微痛，失眠之故。

初七日（5月1日）　辅臣答贺，观德处①、顺林②《五花洞》，金秀山③、孙处④《羊桥关》《忠杰烈》演出，甚快。

初八日（5月2日）　饱睡一昼夜，心气稍足，目亦见愈，写试策一扣，较前差胜。访王红轩（名雨），未晤。

初九日（5月3日）　鸿辰饭后吐泻交作，彤轩谓木旺土弱，兼积聚虫所致，为之念念。

初十日（5月4日）　凤仪请饭。饭后观桂官⑤演《雅观楼》一出，真妙品也。

十一日（5月5日）　冯伯言同年托人探诸礼部，据云：余与鸿辰名在一百几十左右，惟籍系江南耳。红录至一百十八名，已散，而店中亦无人来报，无从证其真伪也，只好明日看榜。子深来探信，谈及和议，愤愤。

十二日（5月6日）　阅题名，知昨日讹传，盖缘一百九十四名张拱辰，江西人耳。借义和市松银十两。

十三日（5月7日）　领照。集雅斋送来残本《琅琊碑》，价六钱；《小玉烟堂》，价四金，已付三金。

眉：宝坻辽《广济寺碑》，宋璋撰，重熙五年立在寺。景州《汉丞相条侯庙记》，《明一统志》云：在州五里，其旁有墓。宋塔砖刻，元丰时

---

①　德处，即德珺如，著名京剧小生，出身满族贵族，穆彰阿之孙、崇绮之甥，由票友而下海。与谭鑫培结儿女亲家，谭富英即其外孙。

②　顺林，即吴霭仙，著名旦角。

③　金秀山，满族，亦由票友下海，工铜锤花脸，金少山之父，金派创始人。

④　孙处，即孙菊仙，著名老生，与谭鑫培、汪桂芬齐名，被誉为京剧第二代"老生三杰"。其演唱风格"天马行空，奇峰突起"，世称孙派。

⑤　桂官，即王楞仙，著名小生。"所能极博，文武兼长"，时论徐小香之后，当推为小生第一。

人名在开福寺①。

十四日(5月8日) 集雅送来《乐毅》(一金)、《十三跋》(一金)、《圭峰》(三金半),代少杰购也。

十五日(5月9日) 捡齐行李。寄岳母信,附二金。

十六日(5月10日) 从虎坊桥砖儿胡同四顺店,雇定方姓车,价津钱二十四千,先付十三千。霭堂代借裕泰号市松银七两。

十七日(5月11日) 巳刻开车,宿庞各庄。

十八日(5月12日) 宿新庄。

十九日(5月13日) 宿赵北口。

二十日(5月14日) 宿任邱,不堪歌妓之扰。

二十一日(5月15日) 宿河间。午刻遇雨。

二十二日(5月16日) 宿献县。

二十三日(5月17日) 申刻抵阜。

二十四日(5月18日) 拜客送礼。

二十五日(5月19日) 吉斋回拜,未见。借户房库平银十五两,高椿年经手。

二十六日(5月20日) 吉斋来商修补文昌宫,其二世兄来拜。

二十七日(5月21日) 寄家信(父母亲、四叔各一函)、辅臣信,共三函,交辅臣京足银二十两,换松银寄家。

二十八日(5月22日) 陈余村昆仲、刘熙亭三人来接风。留四十千存恒聚泰,不足用,可多使。

二十九日(5月23日) 为余村改诗二首。小占来,未晤。

五 月

初一日(5月24日) 拜庙。察学。回拜委员及孔二世兄。

---

① 河北景县开福寺舍利塔,建于北魏,曾于宋元丰二年(1079)重修,其壁镶有《宋元丰二年维修碑记》,上有捐资修塔者姓名。

初二日(5月25日)　看《金石三例》起。

初三日(5月26日)　拟临《皇甫》《砖塔》《玉烟》等帖，而心格格不入，由于精力与学力俱退也。

初四日(5月27日)　捡点家中寄款及亲友往来数目，深愧禄养之薄，而于人之所施多未能报。

初五日(5月28日)　寄余村昆仲课作。为集雅作函，并致银一两六钱，付义和，嘱其将少杰退帖二本（《快雪》两种）、银三两五钱（圭峰价），一并觅便寄去也。由津寄四叔一函，告以标车未来，二十金尚未寄去，并询鸿辰近况也。

初六日(5月29日)　少杰请便饭。

初七日(5月30日)　将集雅帖封好（即《快雪》二种），付义和，俟标便。

初八日(5月31日)　午后观出。

初九日(6月1日)　将批文、印票、回任执照移县，文内系二十三日回任，封皮系二十九日也。

初十日(6月2日)　接鸿辰四月二十五日信，云花农赠念金，函致李傅相、王夔帅①，谋一津局中差，闰月内可成，即于念五日旋里，在家候信。复鸿辰，由津致函，示以措出念金，专俟标便；夔可携津，不可携留家，秋间携至津，遣人迎至阜。

十一日(6月3日)　因桑梓饥馑，念及家中并亲友，甚为闷闷。

十二日(6月4日)　因标车不来，未能寄银家中，连日闷闷。

十三日(6月5日)　由饶阳寄辅臣信，托先措二十金，或十金，或五、六金寄家，早备半月薪来，俟此处二十金到，渠再收下。未审能否如愿否？念念。

十四日(6月6日)　连二日肝旺，殊少惩忿之功。

---

①　王文韶，字夔石，浙江仁和（今属浙江杭州）人，咸丰进士，于光绪二十一年(1895)接替李鸿章，任直隶总督兼北洋大臣。

十五日(6月7日)　义学学生因麦秋告假,未查。

十六日(6月8日)　荐滕时五监修文昌宫。

十七日(6月9日)　与时五商定,将正殿翻盖,可延数十年。

十八日(6月10日)　有人干没数金,胸中不能释然,是我之量小,古人银杯羽化,何其通达!

十九日(6月11日)

二十日(6月12日)　因天热,写字读书工夫间断,是我之无恒。

二十一日(6月13日)

二十二日(6月14日)　与屠户淘气,是我之褊急。

二十三日(6月15日)　肝气稍平,深咎前数日之非。

二十四日(6月16日)　雨,稍凉。

二十五日(6月17日)　仍雨,夜气如秋。

二十六日(6月18日)　未能窒欲,悔甚。

二十七日(6月19日)　为辅臣作函,嘱其代存皮袄,秋后寄来,垫银照数扣下,否则全行寄去。此信缄入四月二十七日函内。

眉:寄岳母信并四金,后闻赴石河,未发。

二十八日(6月20日)　行步迟重,骨节作痛。

二十九日(6月21日)　内人亦然。

三十日①(6月22日)　感冒,少杰请饭,几不能下箸。观少杰令祖息凡先生(名钟祥,举人,教习,知县)②《鸿爪八图》,写、画、题咏俱佳,深服老辈精力之过人。

---

①　原文作"二十三日",明显笔误,改之。

②　陈钟祥,字景勋,号息凡,祖籍浙江绍兴,生长于贵州。道光十一年(1831)举人,曾充京师左翼宗学教习、四川青神、绵竹、大邑知县、河北沧州知州、赵州知州。在赵州任上,汇集整理《赵州石刻全录》。工诗词,善绘画,著有《依隐斋诗钞》《夏雨轩杂文》《香草词》《楹贴偶存》等。

闰(五)月

初一日(6月23日)　病,寒热往来。内人同病。

初二日(6月24日)　病皆加重。

初三日(6月25日)　延常襄臣茂才来诊,云表症均退,惟肝经各病,余肝热,内人肝郁。各服药一剂,病见轻。

初四日(6月26日)　仍服前方,又轻。

初五日(6月27日)　余渐愈,惟嗽痰,即不服药。内人未愈,仍服药。

初六日(6月28日)　内人亦渐愈,不服药,亦嗽痰。

初七日(6月29日)　嗽痰均未止。

初八日(6月30日)　仍未愈。

初九日(7月1日)　各服一剂,均愈。

初十日(7月2日)　接鸿辰五月初八日信,由辅臣处寄来。父亲瘦,母亲嗽,待哺孔殷,而所措念金无从寄去,不得已由省寄辅臣一函(五月十三日已函托,恐未到,又托),托其代垫数金寄家,以救眉急。

十一日(7月3日)　将辅臣、鸿辰两信写讫,信皮标十四日,又注十八日由省发。

眉:示鸿辰在津不谈时事,津局不成,来阜读书养疴。

十二日(7月4日)　托户中科将信由省寄京。连日念斋催详,焦元凤苦劝不听,令人闷闷。

十三日(7月5日)　户中科将信遗去,奈何! 念斋有见怪之意,实所不料,杜诗云:"小心事友生",盖深于阅历之言也。

十四日(7月6日)　焦元凤虽保匿丧,而业经退保,实无可革之罪。且念斋禀稿牵率多人,兼有"该①生贿买院书、批驳详禀"之语,寔难出详,而遂欲赴府,以不肯详禀揭,实出意外。

---

①　原文"该"作"贼",当属形讹,改之。

十五日（7月7日）　以念斋事告吉斋，渠亦骇然。

十六日（7月8日）　焕章、警臣力劝焦元凤，为念斋具悔过禀。吉斋亦遣乐卿开导念斋，渠之气稍平。

眉：辅臣来函未复，注数语于前信。豫丰带来夹袄。

十七日（7月9日）　乐卿、子钧、焕章、警臣诸人，代焦元凤递悔过禀，诸多劝解，念斋未收禀，允许诸人必不出详。

十八日（7月10日）　反复自思，并无开罪念斋之处，而渠如此，可见处朋友之难。然不得自信太坚，或者我有不谨慎处，此后接物须小心。

十九日（7月11日）　责甲子稍严，甚悔，甚悔！此后宜从宽。

二十日（7月12日）　闻念斋疑团未释，草木皆兵，此后要谨慎，要涵容，能心小而量大，何人不可处？勉旃，勉旃！

眉：细思我之于人，涵容处多而谨慎处少，宜多加谨慎，庶不开罪于朋友。

二十一日（7月13日）　读《庄子》起，思药操切之病。心平则气和，庶于养生有益焉，宜熟读《养生主》。所谓操切者，于内人及子孙辈，责之备、求之全也，庄子之所谓束缚驰骤者，戒之、戒之！

二十二日（7月14日）　吉斋因亏空，请客告贷，嘱作陪，辞不获已，此事甚不易也。

二十三日（7月15日）　责鸿沅太严，此后戒之。

二十四日（7月16日）　吉斋事果不易办。

二十五日（7月17日）　鸿沅字骤进，气为之平。读《庄子》，略觉有味。

二十六日（7月18日）　入伏数日，犹行秋令，恐多时疫，养生者起居宜慎。

二十七日（7月19日）　陔苏不守分读书，为之深虑。

二十八日（7月20日）　始知惩忿窒欲之难。

二十九日（7月21日）　接四叔、鸿辰、君赐各信。复君赐，渠为体端借款久不归,答以止利,年底或赔本一半,或全赔。四叔无甚事。鸿辰遣佑卿赴都探花农之信,云父亲尚瘦,烟不足,念念;母亲稍愈,仍服丸药,稍慰;夒格《诗经》毕,将读《左传》;粮价略平,水深一尺,秋稼无望。蓉第亦来信,鸿沉毕婚,竹斋请俟明春;又询水陆程途。四叔、鸿辰、蓉第以仓卒未复。前二十金及各信,始付标车带去。

六　月

初一日(7月22日)　《庄子》内篇读毕。

初二日(7月23日)　张师黄大令来拜,名石,浙江人,实授新河,未到任,而署阜城也。当即回拜。

初三日(7月24日)　因陔荪事甚盼少杰回。

初四日(7月25日)　予与内人俱停饮,鸿沉作烧声重,各服药一剂而愈。

初五日(7月26日)　闻少杰由山东回,为之欣然。

初六日(7月27日)　少杰来,得悉台北失守,刘永福退至台南。时事不可为矣,李鉴堂中丞①一腔忠愤,令人感佩。

初七日(7月28日)　责鸿沉太过。

初八日(7月29日)　责内人太过。连日操切,殊失南华之旨。嘱少杰务将陔荪携去,既不使废学,且免意外之虑,所谓"忠告善道"也。恐其不以为然,托捷三重申其说,商定一、二月之内即接渠入省。

初九日(7月30日)　鸿沉稍知用工[功],差慰。

初十日(7月31日)　《庄子》未阅毕,复阅《曾文正文集》,文正

① 即李秉衡,字鉴堂,奉天海城(今属辽宁鞍山)人,刚正清廉,潜心吏治,有"北直廉吏第一"之誉。甲午战起,朝廷以山东为"畿辅屏藩",位置关键,调李秉衡任山东巡抚,以防守山东半岛。旅顺、威海失守后,闻中日议和,李秉衡"忧愤填膺","电阻疏争,至于再四"。其《奏力阻和议折》《奏再沥愚忧力阻和议折》见文后《附录》。

所谓无恒者,非耶?

十一日(8月1日)　少杰因乃郎在此吃饭,欲有所赠,力辞而止。

十二日(8月2日)　照《续古文辞类纂》,圈点《文正文集》。

十三日(8月3日)　汪乐卿来谈,印德敬,桐城人,署阜城典史也。

十四日(8月4日)　觉脐下微痛,孔吉斋谓是湿气。

十五日(8月5日)　脐上、下皆肿,行步重赘。

十六日(8月6日)　延常襄臣茂才诊视,开"理湿方",未服药,而脐出水少许,肿略消,似得力洗澡。服药后小便甚利,肿又退。

十七日(8月7日)　服药一剂,肿又退,仍出水,仍洗澡一次。

十八日(8月8日)　勿药,仍洗澡一次,肿渐愈,亦不出水。

十九日(8月9日)　全愈。

二十日(8月10日)　汪少尉来视。

二十一日(8月11日)　鸿辰来信,母亲痊愈,忭甚,慰甚!

二十二日(8月12日)　请少杰便饭,渠云到省托吴质甫①,代鸿辰荐武邑书院山长。

二十三日(8月13日)　复鸿辰信(蓟、武两山长,红袄、皮袄及首饰)、蓉第信(吉期三月,岁杪索绵袄、首饰),由义兴成寄豫丰京足银九两八钱九分(鸿辰款秋后寄),俱付义和,候标便。

二十四日(8月14日)　忿欲并作,不能自持,始信克己之难。

二十五日(8月15日)　肝气未平,内人痢,鸿沅疟。

二十六日(8月16日)　肝气仍未平,虽有小不顺意事,究由于度量之不大,涵养之不深。

---

①　当为吴汝纶。吴汝纶,字挚父,也作挚甫、质甫,安徽桐城人,同治进士,曾参曾国藩、李鸿章幕府,奏疏多出其手,后出任深州、冀州知州。光绪十四年(1888)任保定莲池书院山长,在任凡十三年,锐意革新,中西并重,畿辅风气为之转移,人才云集,一时称盛。此时正在莲池书院山长任上。

二十七日(8月17日)　史闰生来,嘱其代延乃祖。

二十八日(8月18日)　闰生与乃祖来,为看学署,择于初二日动工,令上房略高,中层略低,彻前小院,影壁略南、略高大,废西角门,于巽方另开角门。

内人病甚,至夜稍安。

二十九日(8月19日)　内人略愈。

七　月

初一日(8月20日)　内人及鸿沅皆愈。

初二日(8月21日)　动工修署上房、中层,工竣。

初三日(8月22日)　彻小院,修影壁。

初四日(8月23日)　修影壁。

初五日(8月24日)　影壁工竣。

初六日(8月25日)　修补门房,开角门。

初七日(8月26日)　修角门。

初八日(8月27日)　角门工竣。自上月半以来,看书临帖之功俱废,孤负光阴,何胜愧愧!

初九日(8月28日)　角门改后,巽水来朝,得东方之秀气,于学于己,俱有裨益。

初十日(8月29日)

十一日(8月30日)　责人无已,不能优而柔之,有愧刑于之道①,何胜歉歉!

十二日(8月31日)

十三日(9月1日)　不能惩忿,总由于无学无养,愧怍之至。

十四日(9月2日)

---

　①　"刑于"本意为以礼法待其妻,刑于之道指夫妻和睦之道。《诗·大雅·思齐》:"刑于寡妻,至于兄弟,以御于家邦。"郑玄笺:"文王以礼法接待其妻。"

十五日（9月3日）　心气渐就和平。

十六日（9月4日）　阅《曾文正奏稿》，并写小楷，拟每日以此自课。

十七日（9月5日）　小楷尚未间断，而《奏稿》每日或未阅一篇，又复涉猎他书，何无恒乃尔？

十八日（9月6日）　拟措念金寄家，恐未能如数，只好从库房借二十金，寄家一半，还梦云一半。

十九日（9月7日）　暂停《奏稿》而阅《日记》，借以为针砭。

二十日（9月8日）　天气陡凉，感冒风寒，喉间作肿。

二十一日（9月9日）　喉肿略退，复作泄。

二十二日（9月10日）　喉愈，仍作泄。父亲由家来，船在连镇，遣占永来要车，车阻水不通，只得雇驴。

二十三日（9月11日）　占永五鼓以驴往迎，携津钱十千。仍作泄，服"加味平胃散"，增山查、麦芽各一钱而愈。

二十四日（9月12日）　父亲未到，甚为悬念，半夜未睡。

二十五日（9月13日）　已刻父亲到，家中安善，慰甚，忻甚！

二十六日（9月14日）　因长门有过鸿沅、过报之议，思立词以拒之，半夜未睡。①焕章、寿堂来看父亲。

眉：论过沅、过报各有八不可，嘱四叔拒之。嘱鸿辰勿株守京信，速来阜养疴。

二十七日（9月15日）　少杰、念斋、乐卿来看父亲。寄辅臣、集雅信，询前款到否？

二十八日（9月16日）　为四叔、鸿辰、次瑄师、君赐作信。

二十九日（9月17日）　各信写迄。连日少杰、念斋、容甫、警臣为父亲接风。

---

　　①　"焕章"以下文字，另书」"二十六日"下，以至日记有两个二十六日，猜测由事后补记所致，今合而并之。

三十日（9 月 18 日） 从利源和借松江十二金（三千合价）、足纹三金，以备分寄。此银秋会时俸银到，已如数还讫。

八 月

初一日（9 月 19 日） 遣占永旋里，付渠盘费两千，并送一金。寄家十三金，母亲、鸿辰夫妇各二金，四叔一金，六金备薪米之需。又莲子、丸子、酱豆付、酱小菜、点心各种，并信四函。李妈借一金带家。

初二日（9 月 20 日） 数日未写字，今始为之，深愧余之无恒。

初三日（9 月 21 日） 与人谈而有诶词，深愧余之不诚。

初四日（9 月 22 日） 因鸿沅作字不好，肝气大动。父亲戒以少怒，恐致疾；内人劝以少怒，恐拂老人之心；甚为愧悔。父亲病疟起，自以为偶然感冒，未提。

初五日（9 月 23 日）

初六日（9 月 24 日） 申刻父亲先寒后热，热至二更始止。

初七日（9 月 25 日） 延常襄臣为父亲医治，用"小柴胡汤"方加减，兼理脾胃。

初八日（9 月 26 日） 父亲寒多热少，作泄二次，腹中略觉松利。

初九日（9 月 27 日） 父亲又服药一剂。祭先师。

初十日（9 月 28 日） 父亲寒热均减，胸腹觉舒畅，医云将愈，加常山、乌梅以裁之。

十一日（9 月 29 日） 父亲服药一剂，自云稍愈，饮食略有味。

十二日（9 月 30 日） 灯下父亲寒少热多，半夜乃止。

十三日（10 月 1 日） 父亲早间倦甚。

十四日（10 月 2 日） 医为更方，父亲未服，亦未发疟。

十五日（10 月 3 日） 父亲甚精神。

十六日（10 月 4 日） 早间鹊噪，未知何喜。余自十一日作泄，十三日始止，后腹鸣，系风气所致。服"加味平胃散"二剂，"胃苓汤"一剂。

十七日(10月5日)　腹愈。

十八日(10月6日)　容甫、莲峰送来三十千,言明暂收,俟见宋年伯璧谢。

十九日(10月7日)　接本府吴太尊,遇雨,二鼓始到。

二十日(10月8日)　巳刻送太尊。将容、莲送来三十千,托义和缴还宋年伯,并寄陈芝祥茂才课题。

二十一日(10月9日)　接辅臣七月十一日信,前二十金尚未寄家,豫丰银已代送;京师地面萧条,瘟疫流行。接内人女弟六月二十六日信,岳母病痢十余日,索银几两,并丸药、膏药,愈后赴石河。接集雅七月八日信,并《圭峰》一本,前寄银五两一钱、《快雪》二本,渠已收到。

二十二日(10月10日)　临《琅琊碑》起,觉手腕稍松活。

二十三日(10月11日)　阅《道德经》起,每日点三章。

二十四日(10月12日)　因时令不好,饮食起居皆留意。

二十五日(10月13日)　心气渐就和平,细思内人之肝气,皆我之苛责有以激之,此后于语言之间不必深究,而优游以养其天,庶气顺而病亦愈矣。

二十六日(10月14日)　未阅《道德经》。

二十七日(10月15日)　县内移文盘仓。

二十八日(10月16日)　盘仓。

二十九日(10月17日)　盘仓。

九　月

初一日(10月18日)　盘仓。

初二日(10月19日)　盘仓。午后赴会,买零件。

初三日(10月20日)　未盘仓。

初四日(10月21日)　盘仓,因雨巳刻止。辅臣来信,前二十金已于七月二十三日托其张令亲带去。五弟来信索款,答以月杪兑去。

初五、初六、初七、初八日（**10 月 22、23、24、25 日**）　捡行李。

初九日（**10 月 26 日**）　辰刻开车，赴河间，宿献县。

初十日（**10 月 27 日**）　午刻抵府。

十一日（**10 月 28 日**）　念斋禀我护庇廪保，我未知也。

十二日（**10 月 29 日**）　太尊由津旋府，晚间张楚峰携念斋禀帖，传太尊命和解。

十三日（**10 月 30 日**）　诸同寅劝勿禀念斋，余虑两败俱伤，听同寅语，不与之较。见太尊，面禀：始据谷某一面之词，许其详革廪保，嗣闻渠与廪保因廪粮有隙，且该训导禀稿有贿买院书等，恐学宪问，不敢出详，并非护庇。太尊示以宜和协，遵命而出。

十四日（**10 月 31 日**）　学宪申刻下马。风雪，寒甚。

十五日（**11 月 1 日**）　晚间楚峰约同戴文钦、苟德新，为两人和解，彼此一揖而罢。

眉：是日放告，焦元凤控念斋，因廪粮有隙，不准出保。

十六日（**11 月 2 日**）　考童古。

十七日（**11 月 3 日**）　考生古。

十八日（**11 月 4 日**）　头棚童。移文阜城县（外一函），求书大计考语。

十九日（**11 月 5 日**）　古复试。接鸿沅信。

二十日（**11 月 6 日**）

二十一日（**11 月 7 日**）

二十二日（**11 月 8 日**）

二十三日（**11 月 9 日**）

二十四日（**11 月 10 日**）

二十五日（**11 月 11 日**）

二十六日（**11 月 12 日**）

二十七日（**11 月 13 日**）

二十八日（**11 月 14 日**）

二十九日(11月15日)
三十日(11月16日)

十 月

初一日(11月17日)

初二日(11月18日)　接振裘由大名府来信,深以酬应为苦,每年不过四百金,诚"所见不逮所闻"。

初三日(11月19日)　借小占府平乾白银十两。

初四日(11月20日)　寄鸿沅信。马射。

初五日(11月21日)　马射。以下未记。

十三日(11月29日)　学宪起马赴申。

十五日(12月1日)　回署。先后接鸿辰冬季第一、二号信及首饰、衣服各件,渠携夔于二十四日赴丰润毛家坨①张宅馆。

二十八日(12月14日)　由京寄凤仪、鸿辰信,示以年前未必寄款,衣饰已到。

二十九日(12月15日)　由津寄君赐及鸿辰信,告以年前不寄款,二月必寄。

冬月(十一月)

十三日(12月28日)　寄鸿辰信,与前信同,多铁路上谕一纸,嘱家中遣佑卿送去。寄蔼如信,嘱以李姨奶奶入茔不阻。寄辅臣信,告以年前后还款。寄凤仪信,告以宋君过班,不必来,欠款迟迟必到。

眉:缴还集雅斋《丰峰帖》,询有《万安桥》片否?寄岳母信并六金,托辅臣交霞港文钟处。

十九日(1896年1月3日)　付义和十五千,老爷交。

二十五日(1月9日)　付义和十千,陈庆交。

---

①　原文"坨"作"坨"字,应属形讹,改之。

二十八日（1月12日）　寄辅臣信，托配底。寄老梦信并京足银十两零五钱，由义和兑，外托云阁、佑之取付。又寄鸿辰信，示以款年前未必到，铁路有保则谋，否则止；赎青布、羊皮袄或打利。

是日接到鸿辰初二日由毛家坨来［信］云，馆况尚好，借此用功，下科背城一战。慰甚。辅臣来信云，友人嘱其万不可船未覆而先下水，但可整理，全始全终，如不能收拾，另有人成全。所见极是。内人之妹来信要钱及衣片。

三十日（1月14日）　付义和二十千，少爷交。

嘉平（十二月）

二日（1月16日）　付义和四十八千（谷老爷代交），又十五千（少爷交），又七十千。

四日（1月18日）　付义和四十千，老爷交，利源和兑。

八日（1月22日）　寄吉斋信，询其亏款若何？

九日（1月23日）　付义和四十千，老爷交。

十二日（1月26日）　借义和乾白银十五两，老爷取。初九日占永来，家中平安，索二十金，今日遣其旋里。寄家十两零一钱，并烟土二两，咸肉二肘。寄君赐五金，赔陈楷借款，许明春再赔五金。付占永四金，嘱其代典茔边地，将契交鸿辰。寄四叔、鸿辰各一函。

十三日（1月27日）　寄辅臣函，还渠三十金，余俟续寄，托其代还豫丰之款。寄梦云一函，问前银到否？

眉：豫丰款鸿辰自寄，辅臣未还。

十九日（2月2日）　封印。阜城王大令晋羲、名伯鹅①到任。未刻回拜。

---

①　王伯鹅，字晋羲，山东福山（今属山东烟台）人，监生。据《清代缙绅录集成》，王伯鹅于光绪二十一年（1895）至二十九年（1903），任阜城县知县。另据《德宗实录》卷498，王伯鹅因广宗教案，被革阜城知县职。

寄家五两,分赀二两。

紫蓦本、夹马褂,四两三钱二分八。

菜盒,三千七百。

扇面,一千二百。

铃锁,二两一钱。

对联,四千三百、四千五百。

来川十两,回川八两一钱六分。

洋标二十尺,冈青二尺,鞋面裤腿各十双,一两五钱七分。

绿皮丈绳、计念、腿带、辫绳,一两七钱。

苏镶女夹褂,十一两一钱。

小帽,三钱九分。

素女绵褂、半绸大衫,共九两七钱七分。

洋绉单袄,二两一钱。

靴子,二两七钱。

女帽花,七钱七分。

洋腊台,四千。

女帽旁花,六钱三分。配底二钱五分。

环子,七钱七分。

女扇,两千八百。

女平金补服,二两七钱五分。

女帽十个,一两四钱。

紫蔻,一两七钱。

围花八朵,八千四百。

发,二两十千。

正月廿一日由京起标,廿八日到阜。二、三、四月初六、廿一日由京起标,十三日、廿八日到阜。五、六、七、八月十六日由京起标,廿八、九日到阜。九、十、[十]一、腊月,与二、三、四月同。

阜城至富庄驿四十里；

驿至商家林七十里；

林至河间二十里铺五十里；

铺至任邱五十里；

邱至赵北口五十五里；

口至孔家马头五十里；

马头至渠口五十里，固安八十里，于椵百里；

椵至黄村四十里；

村至京四十里。

眉：雄县至白沟四十里；

沟至新城三十里；

新至方关二十里；

关至涿州三十里；

涿至琉璃河三十里；

河至豆店十五里；

店至良乡二十五里；

良至长新店二十五里；

店至卢沟桥五里。

女帽二个，纂罩二个，鞋皮二十根，青搭连五尺，点心一匣，茶叶，冈青鞋面、裤腿各十双，石蓝洋标二十尺，头发两缕，共二两。

冈青二尺，青大珠线四条，另腿带一付，辫绳两付。

李万祥住后门外驹儿胡同圆通寺。

眉：蓉第信交柳树井德隆酒店转致渠口德泉烧锅。

边：借梦云京足银十两四钱二分，借余村七十五千。鸿辰借瑞生祥市松银二两五钱。

光绪二十二年丙申(1896)

正 月

十九日(3月2日) 开篆。曾文正谓养生以少恼怒为本,真金石之言,戒之,戒之!

二十八日(3月11日) 寄母亲信,附十金。寄四叔信,嘱修墓及挑月河,有小费来信。寄岳母信,附五金并茶叶、香肠、衣服等件。寄君赐信,附五金,赔陈楷借款,亦以今年无力再赔。寄辅臣信,汇四十金,嘱渠收一半,其一半代换松银,随信分寄家中、岳母、君赐各处(即附各信者)。寄蓉第信,嘱代商竹斋送女来,少带嫁装。寄鸿辰信,示以将《快雪》两种及含玉镯,交阎宅携来;不及,则托辅臣寄到。

二 月

十一日(3月24日) 因入不敷出,连日肝气大作,以致长幼不安,殊觉愧悔。

十二日(3月25日) 函致辅臣,不必代买宁绸、半绸、洋绉等件,节冗费也(此信未发而买件已到)。

十三日(3月26日) 令内人做衣服不用针工,节冗费也。因财而气,既鄙且愚,惩忿之谓何?戒之,戒之!

十七日(3月30日) 酌定每年老太爷烟钱百千、衣饭钱百千,寄家二百千,与内人及孩子们五人共饭钱三百三十三千,另女仆饭钱百千,共合东钱两千五百缗,下余作衣服工钱、零用之费,仍有入不敷出之虑。

十八日（3月31日）　遣价赴阊亲家处，送聘礼十金，即请其携新娘同来，付价盘川及买物钱二十五千。肝气稍平，深悔前日之失。

十九日（4月1日）　辅臣来函（二月二日发），并寄到代买之件（豫丰来单，共市松银二十两九钱九分），当即复信，嘱其问义和正月二十八日四十金汇款，缘来信仅云嘉平汇三十金已到，未及此款也。

二十八日（4月10日）　辅臣来函（二月十七日发），四十金已汇到，各银随信分寄，代买之件已捎来，标车云数日内即带到。当即复辅臣函。辅垫银九钱、京票四十七千二百四十文、豫丰银八钱。

三　月

十三日（4月25日）　由酒店（瓜市永恒）寄鸿辰信，示以因郁而怒，因怒而病，现拟节俭，作就馆想；现拟排解，作出家想；今年寄家二、三十金，命渠接济。收到鸿辰二月九日信（十九日到），木旺火亏，用心则不寐。又收到寄鸿沅贺联，并辅臣三月三日信及渠与义和代买各件，未复。

十五日①（4月27日）　竹斋送女来阜。

十七日（4月29日）　鸿沅完婚。前后数日阴雨，是日晴霁。花烛之时，月明如昼，子时拜堂。早间来紫燕一双营巢，可喜也。

二十二日（5月4日）　竹斋亲家旋里，送程仪津钱二十千。为老太太带去京足银十两零二钱，烟土二两，禀明秋间鸿沅夫妇回家磕头。寄岳母银五两，土四两，交君赐代交，并询君赐前后十金到否。寄蓉第信，谢冰。

二十四日（5月6日）　鸿辰来信（并镯、帖），老太太感寒发喘，少奶奶呕痰带血，均愈；渠心亏肝郁，食少眠减，服汤丸未效。示以服"归脾汤"，吃元肉、莲子、薏米，勿为庸医所误，以地黄滋阴。寄辅臣数语，未汇银。内人之妹来信，岳母误吃毒药，未愈；去冬带去银六两

---

① 此日日记补书于页眉。

及衣服各件，未到。

四 月

八日(5 月 20 日) 为辅臣作信，带去京足银四十两，付豫丰二十两零九钱九分，又八钱；源昌永二两五钱；凤仪、子深各二两；李永十五千；余渠收，问欠渠若干？托买胰粉各件，并染洋绉片；兼询捐监、捐五品衔费若干，及去冬岳母之银、件渠收到否？示鸿辰：老太太宜"二陈汤"加桂术；少奶奶当是胎气，勿妄治；渠戒茶酒，服"归脾汤"，吃莲子、薏米、元肉，弃庸医之汤丸，看《黄八种》，①防为庸医所误；索帖、砚及岳母来往帐。复内人之妹：外甥不必来读，衣、布有妥便带，寄膏药四帖。均俟十三日发。

十三日(5 月 25 日) 标车未来，银、信均未寄，闷闷。

二十三日(6 月 4 日) 木郁土湿，少腹停水，小便不利，服药数日未愈。闷极，闻声则怒，为之奈何！

二十五日(6 月 6 日) 由马递寄鸿辰信，示以肝气甚旺，闻声则怒，倘选后将家眷送回，自己到任，静养半载当愈。此信未知能到否？

五 月

八日(6 月 18 日) 由马递寄督署许启亭信(附楚峰名片)，询其仍否代为领凭？许住天津西门内街南、会友轩胡同南头路西大门。领凭一切费，共津钱一百零八千，张楚峰云云。

二十二日(7 月 2 日) 为辅臣作信，告以选期不远，倘在远处，求其代筹盘费，俟念八日与前函并发，由马递寄函。汪乾斋托其代探：究竟可否由津考凭？

二十七日(7 月 7 日) 接辅臣十六日信，渠世兄出花已愈，又领

---

① 即《黄氏医书八种》，成书于乾隆年间，系辑清代医家黄元御所撰医书八种。

源和东去冬十三日信,于四月十九日收到,想岳母之衣、银不至失落矣。前染片、信件及四十金,至此始寄去,路远之难也。

眉:岳母之件,辅臣五月念六日托人寄去。

二十八日(7月8日) 连日肝气大动,怨天尤人,几不自解,昔时何等超脱,今日何等拘滞?读书养气之谓何?况以细事而失天伦之乐,鄙甚,悖甚!

六 月

初五日(7月15日) 乾斋来信云:客冬教官考凭,回话粗率,致干宪怒,传谕以后概由省辕发凭,吾兄至省领凭为是。来此开端,更受刁难。

二十八日(8月7日) 许启亭(行三,名元恺,住西门内大街南致家、梁家杂货铺对过路西、督署许寓)来信,云领凭可办,实缺人员须由本任起文,或盖用空白申文一件,空白印结一纸,空白申封筒一个;代办亦可;各样空白多备一分,以防错误。尤妙。

近来得父亲之欢心,而与内人常反目。此后宜深伉俪之情,俾一室太和而无乖戾。

七 月

初一日(8月9日) 接辅臣信及代买各件,未及复信。带去家信(附十金未及带)、竹斋信各一封,辅臣信一纸(附二十金未及带),其世兄靴、鞋各一双。

眉:共二十金,嘱辅臣收一半,寄家一半,均未带去,俟改日寄三十金,十金寄家,廿金还辅臣。

初二日(8月10日) 接鸿辰五月十四日来信,母亲戒酒,每饭两余,而肝气常发;渠戒酒三月,湿气稍减,饮食大进,心气仍亏,腹中仍膨胀;大少奶奶病四十日而愈;仲龙亦病疟;张馆修菲,拟仍谋铁路事。君赐四月十八日来信,源盛二百四十余千,宝华二百五十余千,索之甚急。

十二日（**8 月 20 日**） 由津寄鸿辰信，示以铁路之五百金者不能到手，其三百金者，除浇裹不过百金，不如就馆，为下场计；学医从黄氏入手，佐以徐、陈，余不必看。并复君赐，源盛、宝华明春考后寄款，只可分年带还，不能一气清结。

二十八日（**9 月 5 日**） 寄辅臣信并京足银四十两（托其代买各件。银汇和，八月二十日后交付义兴诚），嘱其收一半，其半随家信寄去，为家中薪米之费。寄君赐，告以源、宝之款须考后，此次念[金]勿还渠等为要。家信仍示辰儿不必谋铁路。

近来手生眼花，写字甚吃力，拟每日用试卷临《乐毅》一半扣，以熟之。

八　月

初六日（**9 月 12 日**） 收辅臣信，无甚事。又收内人之妹信，要三两重镯一付，又洋白铜镯及坠子。此日标车始将上月念八日辅臣信、家信并四十金带去。

十七日（**9 月 23 日**） 由马递复振裘信。

二十三日（**9 月 29 日**） 复乐卿信，即托其代止冉报，求星垣寄。眉：九月十四冉彬来，收片并乐卿回片。

九　月

初六日（**10 月 12 日**） 赴河间送考，十月初六日回署，承太尊赏识，共留场七次。

初八日（**10 月 14 日**） 接到鸿辰九月十五日来信，老太太病疟喘嗽；鸿辰腹中坚劲，而健饭面肿。并接辅臣九月念一日信，又壬水金丹、和络丹各十丸，玉兰片一斤。

初九日①(10 月 15 日)　开工,重修明伦堂。

二十五日(10 月 31 日)　寄老太太、四叔、鸿辰一函,并京足银十两零五钱。又寄岳母信并五金,又托君赐将岳母银信交王副爷代致。又寄内人之妹羊皮各件。

冬月(十一月)

十三日(12 月 17 日)　辅臣来信,靴、鞋均收到。

二十七日(12 月 31 日)　寄鸿辰信,问其妇来否? 寄辅臣信,托买紫摹本、长袖绵马褂、火锅、黄历。

嘉平(十二月)

念三日(1897 年 1 月 25 日)　为鸿辰作信,示以明春老太爷、甲子、李妈借竹斋迎妇之便旋里,甲子可留则留,否,仍来皋(津信注:甲子不去);考试已改,鸿沅不能往迓乃嫂,倘积闷可随新妇来。致信君赐,考试改期,须秋间寄款。由京(念三日)、由津(念五日)各发一函也。

除夕(2 月 1 日)　为余村、闺生批改诗文。

---

①　此日日记补书于页眉。

光绪二十三年丁酉(1897)

正　月

初一日(2月2日)　寒甚。拜牌拜庙,贺同城节,为老太爷叩节受贺。今年五十矣,向慕曾文正,而于学问、省克两事并不努力,即颐养一道亦复缺如,愧甚,悔甚!

初二日(2月3日)　仍寒。与内人反目,旧症复作,不能惩忿窒欲,以至于此,殊为谬妄,此后力戒。

初三日(2月4日)　老太爷生日,备席一桌,令鸿沅、赓纶侍坐,老太爷甚欢喜。兼请念斋、星桥诸人。

初四日(2月5日)　仍寒。

初五日(2月6日)　仍寒。

初六日(2月7日)　晋羲请晚饭,饮酒数杯,周身皆暖,回署后饮茶一钟(戒茶已旬日),夜睡甚佳。与内人分房,为惩忿窒欲计。

初七日(2月8日)　小占请晚饭,虑归来感寒气,未赴约。作泄二次,下痰、水各少许,服"千金子"之力也。

初八日(2月9日)　念斋请午饭,饭后腹痛,作速回署。而鸿沅与女仆口角,再四劝谕始罢。此皆平日不能正色率下之过,此后须笑謷不苟。

初九日(2月10日)　余村昆仲及宋汝言来贺节,大醉而去。此后须戒鸿沅勿强酒。

初十日(2月11日)　义和请午饭。

十一日(2月12日)　饮茶一钟,胸胁停饮,气为之滞,睡时哼哼数次。

十二日(**2月13日**)　饮茶一钟,病如前。

十三日(**2月14日**)　午后雪。午后肝气复发。饭后饮茶一钟(文焕堂请),晚间病甚于前,从此戒茶。心如带来黄玉镯一只,甚劣,拟退回。

十四日(**2月15日**)　早晴,大风,寒甚。服"小半夏加茯苓汤"一剂,半夏四钱、茯苓八钱、儿草二钱、姜五钱、苍术四钱。夜间停饮作响,并未哼哼,小便亦利。

十五日(**2月16日**)　稍暖。停饮稍消,肝气渐平,夜眠甚佳。

十六日(**2月17日**)　暖。午刻肝气又作,极力遏抑而止。

十七日(**2月18日**)　因琐事[与]内人反目,不能惩忿窒欲,以致旧病复作,悔甚! 写辅臣、竹斋信。

十八日(**2月19日**)　暖。肝气略平,令瞽者唱曲,以消家人之郁闷。

十九日(**2月20日**)　暖甚。开印。内人肝气甚旺,极力劝解,尚未平复。寿堂请其壁间画右军、渊明、茂叔、和靖[像],衣纹古雅。

二十日(**2月21日**)　暖甚。令鸿沅、赓熙入学。反复开导,内人肝气略平。

二十一日(**2月22日**)　暖。劝解内人,以尽伉俪之情。曾文正谓养生以少恼怒为本,当日日三复斯言。接太尊招考瀛洲书院札,嘱杜秀林出示。

二十二日(**2月23日**)　早间微风,午后甚暖。与星桥、心如共议丁祭事。肝气极平,饮茶一钟亦无碍。

二十三日(**2月24日**)　甚暖。早起肝气微动,力遏而止。午刻访子钧一谈,据云李合肥将有英国之行,未知确否? 发竹斋、鸿辰二信,付倪姓交大口屯。竹信系少奶奶催其来接;辰信则示以老太爷、甲子不去,诸人不服水土;捡米字《罗汉》两卷,端、沙两砚,《十三跋》《元妙观》《快雪》等帖,俟新妇带回也。

二十四日（**2 月 25 日**）　暖。肝气甚平。

二十五日（**2 月 26 日**）　暖。接竹斋信，其太夫人二月七日发引。当即复信，由京寄去，鸿沅不能去送，速迎少奶奶来为妙，此事秘而未宣。

二十六日（**2 月 27 日**）　暖。见内人肝平疾愈，为之欣然。批改沅课文二首，喜其笔意精悍。晚间肝气又动，惩忿之难如此。

二十七日（**2 月 28 日**）　半阴，风，微寒。早间肝气犹未平。又复竹斋信，仍速其来接也。梦见李合肥夫子。

二十八日（**3 月 1 日**）　雪，寒甚。接鸿辰春季第一号信，老太太冬月始痊，刻间肝气又作；大少奶奶有喜；四叔窘甚；三、五弟赋闲；梅邨病疝；鸿辰秋间或来阜一省，手卷等已捡妥。

二十九日（**3 月 2 日**）　晴，仍寒。内人肝旺，因之口角，愧不能情恕。

二　月

初一日（**3 月 3 日**）　早间微风。拟定遣鸿沅送妇归宁，就便到家省视。与晋羲、星桥商酌整顿祭牛。

初二日（**3 月 4 日**）　暖甚。与念斋商定，偕鸿沅至津，准十二日起程。

初三日（**3 月 5 日**）　暖甚。王德铭来拜门，其人身短、耳重听。

初四日（**3 月 6 日**）　半阴，暖甚。劝内人并训戒鸿沅夫妇。

初五日（**3 月 7 日**）　暖甚。数日未生气，颜色较好。

初六日（**3 月 8 日**）　暖甚。为琐事暴怒，因怒而嗽，已成内伤之象，此后戒之。

初七日（**3 月 9 日**）　阴。与星桥、念斋整顿祭牛，略有起色。

初八日（**3 月 10 日**）　阴，寒甚，傍晚微雪。感冒，头微痛，鼻流清涕，胸中发热，夜间尤甚。祭先师。

初九日（**3 月 11 日**）　雪止，仍阴，寒甚。内人近有心疾，为之奈何。备银五两、烟土二两送老太太,又土二两送四叔,又银二两四钱送大少奶奶,俟鸿沅携去。

初十日(3月12日)　写鸿辰、四叔、君赐各信。示辰贫病交攻,不堪设想,秋间来可将家眷携去。此信未发。

十一日(3月13日)　因泥融,道不易走,遂止鸿沅夫妇之行。信件均未发。

十二日(3月14日)　派陈庆送李妈回籍,付路票一纸,川资十九千;兼致竹斋信,托其遣车送李妈至八门城;并嘱渠来接新妇,早来约四月杪回署,晚来约八月杪回署。李妈来阜三年,无甚错失,濒行不能恝然。

十三日(3月15日)　午后北风,寒甚。携星桥诸人赴东南关观出,以畅胸臆,而归来仍未快快。

十四日(3月16日)　半阴。寄刘熙亭信,嘱其代招门下。因内人语言琐碎,肝气又作,有不能自御之势,为之奈何?

十五日(3月17日)　微寒。赴东南关一游,胸襟稍畅。

十六日(3月18日)　肝气渐平。

十七日(3月19日)　晋羲请帮劝捐书院经费。未能谨言,此后宜守口如瓶。少杰来,快谈半日,闻其世兄陔苏捐典史,分赵州,颇为热中。

十八日(3月20日)　肝气平,略有兴致。改课文二首。

十九日(3月21日)　微风。请绅董商修文庙。

二十日(3月22日)　文阁失竖柱六根、长檩三根、短檩四根、插三根、插椽四根、檩牵大小六根,嘱晋羲缉捕。据象九云,系朱柱盗去。

二十一日(3月23日)　阴,微风。拟修节孝祠,嘱书办办捐册,以备募化。

二十二日(3月24日)　五鼓寒甚,早起雪深寸许。肝气又发。

二十三日(3月25日)　雪止。观出以行肝气。

二十四日(3月26日)　大雪,夜间寒甚。

二十五日(3月27日)　雪止,仍阴。缴陈庆祥昆仲课文三本。阅《国朝先正事略》。李厔园先生①尝曰:"无欲则心清,心清则识朗,识朗则力坚",三复斯言。

二十六日(3月28日)　阴。诞辰。因细事肝气又动,惩忿之难如此。

二十七日(3月29日)　夜雨,至辰刻止。屋均渗漏。

二十八日(3月30日)　阴。腰脚连日作痛。

二十九日(3月31日)　晴。竹斋仍遣陈庆、李妈来接新妇,未携川赀来,累我多费津钱二十一千,甚为闷闷,固由此刻奇绌,亦襟怀之未能超脱也。

三十日(4月1日)　微雨。检点寄家之件。

三　月

初一日(4月2日)　晴,午后半阴。遣新妇归宁,就便至家叩见老太太,为老太太带去银五两、土二两、咸肉二块;为大少奶奶带去布一卷、银二两四钱。寄鸿辰一纸,索手卷、砚台、法帖、古钱等物。

初二日(4月3日)　雨。不能惩忿,肝气勃然。

初三日(4月4日)　责人无已,以致决裂,悔甚,悔甚!

初四日(4月5日)　为书院事,有轻人语,有自矜语,由于胸襟狭小,此后戒之。缴汝言、瑞图课文。

初五日(4月6日)　写试策起。心气渐就和平。

初六日(4月7日)　晴,热甚。忿欲交攻,不能惩窒,奈何,奈何!

初七日(4月8日)　夜雨早晴。忿欲之根不除,旋捺旋起,以致饮食起居为之不适,反不如少年之斩铜截铁,盖血气之衰使然也。愧

---

①　李天植,因居厔园,人称厔园先生,明末清初浙江平湖乍浦(今属浙江嘉兴)人,重气节,贫饿而死,著有《厔园文集》等。

无学问,愧无涵养,读书之谓何? 汗颜,汗颜!

初八日(4月9日)　心气渐平,涉猎时文起,从此起早。

初九日(4月10日)　临《等慈寺》起,觉写字略有味。

初十日(4月11日)　大风。阅时文,略有味。迩来气滞,脐下胀,小便不利。考之方书,是谓"气淋",服"假苏汤"一剂,略轻。荆芥、香附、炒麦芽、瞿麦、赤苓、木通、陈皮各二钱。

眉:阅课,文题:"唐棣之华"至"未之愚也";诗题:"碧草含情杏花喜",得花字。

十一日(4月12日)　夜雨,风大甚。拟课卷。服"假苏汤"一剂。

十二日(4月13日)　半阴,东北风,寒甚。购《苻公碑》法帖,价二千。

十三日(4月14日)　晚阴,约绅士捐修节孝祠,众情踊跃,可望有成。"人之欲善,谁不如我?"诚哉是言!

十四日(4月15日)　寄辅臣、鸿辰各一信,此信二十日付标车,四叔信未发。辅则嘱其催火锅,马褂做则带来,否则罢论。鸿辰则询李妈嫁否,兼索手卷等件也。此刻奇窘,而见《李太尉祠堂记》(给六千未售)及《道教碑》,尚恋恋,是真结习难忘。卫玠云:"人有不及,可以情恕;非意相干,可以理遣。"常味此言,可免许多闲气。

十五日(4月16日)　忿不可遏,有伤天和,理遣情恕之谓何? 旋戒旋忘,能勿汗颜?

十六日(4月17日)　闻某人为庸医所误,多嘲笑语,殊失忠厚。

十七日(4月18日)　大风,夜尤甚,吹得腰疼。陈庆由杨村回。

十八日(4月19日)　内人夜睡不安,颇动伉俪之情。

十九日(4月20日)　晤念斋,谈及斗役一节,嘱其斟酌。

二十日(4月21日)　接鸿辰二月十日春季第二号信,有云心气大亏,腹疾增剧,为之念念;又云老太爷旋里,不如任上安逸,此语甚是。又老梦准二月念九日毕姻,须四百千,此刻不能为力,秋后当小有资助。

二十一日（4 月 22 日） 因内人多病健忘，米盐等事自任之，始知烧煤较烧柴每日可省一半，深悔向之漫不加意也。阅课毕，缴陈芝祥文。

二十二日（4 月 23 日） 雷发声，五鼓雨，早间止，仍阴。午后又雨，晚间止。

二十三日（4 月 24 日） 阴。办晓谕东南路诸生及挂役等票。肝气又作。借捕厅绍酒一坛，食柳芽，甚佳。

二十四日（4 月 25 日） 派定斗役王锦堂走东南路。

二十五日（4 月 26 日） 发四叔、鸿辰各一函，一贺五弟完姻，秋间补助；一问虫疾何如，兼询家中近况。两信均问李妈嫁否？明春有起用之意，今年不必来，令其稍受折磨，以消盛气。

二十六日（4 月 27 日） 派礼生于每月初二、十四日宣讲。

二十七日（4 月 28 日） 热甚。肝气微动。将门下课艺阅讫。

二十八日（4 月 29 日） 择定节孝祠四月初六日开工。

二十九日（4 月 30 日） 缴汝言、熙亭、瑞图课文。

三十日（5 月 1 日） 热甚。内人服药四剂，渐痊。

四 月

初一日（5 月 2 日） 一家气象均好，慰甚。阅丙申八月二日《新闻报》：俄罗斯历法考，俄罗斯中秋节后即雪，明年清明乃止；冬日仅巳、午、未三时无须灯火，夏则终夜不黑，日落壬方，随见红光渐移而东，不逾时则日出癸方。

初二日（5 月 3 日） 邀绅董商办节孝祠开工事。眉：此日宣讲圣谕起，每月准于初二日、十四日。

初三日（5 月 4 日） 王辅廷来，谈及外国遣人至泊头一路量地，杞人之忧，正未有艾。人云城西、城北每夜有星火数点，发乱以前如此，嘱其饬勇丁夜间至城外察看，果有星火否？午间访訾义一谈，晋义嘱察义学。

初四日(5 月 5 日)　沉阴,早间微雨。致四叔(夏季第一号)、竹斋各一函,勿令李妈随少奶奶来阜。晚间肝气发动,至第二日午后乃平。

初五日(5 月 6 日)　晴。发信,缴瑞图课文。

初六日(5 月 7 日)　惑于风水之说,房上修筑子墙,所费不赀,殊嫌多事。谚云:"土木之工,不可擅动",诚见道之言。

初七日(5 月 8 日)　作文半篇,夜深始成寐。由于久不为此,文境太生,又忿欲交攻,心力渐弱。五十无闻,真不足畏。

初八日(5 月 9 日)　停饮作患,甚为不适。

初九日(5 月 10 日)　接四叔、鸿辰各一信(三月二十七日发,春季第三号),阅及崇禧各事,为之闷闷。即复函,由马递寄津,托德丰帽铺带去,嘱勿遣李来。另信禁止崇来。崇弟于申刻来署。

初十日(5 月 11 日)　见崇弟,未假以词色,恨其已往之谬妄也。

十一日(5 月 12 日)　付崇弟五千,遣之去。去后怅怅,渠非水尽山穷,不肯来阜;我非两手空空,亦不肯待之如此之薄,骨肉相关,恨之而又怜之也。寄四叔信,告以入不敷出,且不服水土,秋间将送全眷回家。此信并付鸿辰一看。

十二日(5 月 13 日)　束装以待。

十三日(5 月 14 日)　卯刻开车,巳刻富庄早尖,晚住商林。崇弟在臧家桥逗留,申饬数语,令其旋里。又方姓在献县,疑是力田,恐两人至署搅扰,拟寄鸿沅、福泽各一纸以防之。

十四日(5 月 15 日)　辰刻抵河间府。连发二信,即谕鸿沅、福泽各函也。

十五日(5 月 16 日)　谒太尊。拜客。殿筹邀便酌。

十六日(5 月 17 日)　吴云迟大令(国栋,浙人)[1]请晚饭,求其题

---

[1]　据《赵州名宦录》:吴国栋,字云墀,浙江归安(今属浙江湖州)人,监生,光绪四年分发直隶,历静海、庆云、枣强、东光、河间、清苑等县知县,十四年任衡水知县,二十八年任赵州知州,三十年改任定州知州。

吴贞女。归来作泄两次。

十七日(5 月 18 日) 早间作泄,舌疼停饮。连日燥热,饮茶太多也。

眉:尹衡甫云,苦果一粒泡水,每晨饮一碗,苦味尽再换,治服诸病,花者亦可不花。

十八日(5 月 19 日) 学宪下马。

十九日(5 月 20 日) 学宪谒庙放告。

二十日(5 月 21 日) 考古。

念一日(5 月 22 日) 头棚童。

念二日(5 月 23 日) 古复试。

念三日(5 月 24 日) 二棚童。

念四日(5 月 25 日) 提复。

念五日(5 月 26 日) 考生。

念六日(5 月 27 日) 提复。

念七日(5 月 28 日) 童合复,考贡、考优、录科补考。

念八日(5 月 29 日) 生复试。

念九日(5 月 30 日) 考拔。

五 月

初一日(5 月 31 日) 考拔。

初二日(6 月 1 日) 拔复试。

初三日(6 月 2 日) 奖赏,起马,即于午后出府。

初四日(6 月 3 日) 回署。因琐事与内人口角,未免不情。

初五日(6 月 4 日) 内人服烟,用人乳、鸭血、防风水救活。

初六日(6 月 5 日) 史丙寅来谒,先一日闻内人之信,即来探问也。

初七日(6 月 6 日) 为史丙寅办册结详府,并付渠二千,嘱由津代买各件。

初八日(6月7日)　星桥来,商办王老太太寿仪。

初九日(6月8日)　内人已愈,仍复作烧,令人深伉俪之情。

初十日(6月9日)　因入不敷出,肝气又作,此后宜旷怀,不可较及锱铢也。

十一日(6月10日)　复吴稱陶信,兼寄代征诗词。寄史闰生四金,嘱购《随园三十六种》,又加六钱六分,买拜毡、镜子、蟹肉等件。寄鸿辰夏季第一号信,示以考毕,署内平安,询其生男生女?并示以月杪致意辅臣,借三十金寄家。

十二日(6月11日)　辅廷来,将稱陶信托其代致。

十三日(6月12日)　致严竹泉信,为晋羲借梨园子弟,并云秋爽赴渠署快谈数日。时竹泉权交河县篆也。竹泉,名倍烈,癸酉同年,陕西人。①

十四日(6月13日)　肝气又动,愧无惩忿之功。

十五日(6月14日)　至子钧、辅廷处各小坐。

十六日(6月15日)　为晋羲之太夫人祝寿,观出一日,即从竹泉借来者也。

十七日(6月16日)　子钧来。

十八日(6月17日)　遣沅、甲观出,欲渠辈之活泼天机也。

十九日(6月18日)　观出。在县晚饭,与正甫诸人一谈,稍快胸臆。

二十日(6月19日)　仍遣沅、甲观出。此日梨园移县署外也。

二十一日(6月20日)　约同寅公祭小占之太夫人。

二十二日(6月21日)　多睡伤脾,非养生之道,戒之、戒之!

二十三日(6月22日)　函致竹泉,谢借戏。

---

① 据民国《交河县志》《望都县志》,严倍烈,陕西西安府渭南县人,拔贡,光绪二十三年(1897)到任交河知县,光绪二十六年(1900)九月到任望都知县。在望都任上,因牵连庚子教案被革职。此时正在交河任上未久。

二十四日(6月23日) 热甚。城隍演出,内人往观,不胜其劳。

二十五日(6月24日) 嘱内人静养。

二十六日(6月25日) 因入不敷出,不能节冗费;儿辈委靡,不知自立;郁闷之至,奈何,奈何? 眉:将正案清册二本详府,二十七日由号发,二十八日府札复来催。

二十七日(6月26日) 函致辅臣,借京松十五金,为家中寄去。外信一件,禀之老太太,印费未到手,先借十五金以救眉急,收到速来一信。寄语君赐,将此银换钱交老太太,源盛等事,不必着急,迟迟[必]①带去也。

二十八日(6月27日) 午睡起,心境快活[开]朗,吟米元章"垂虹亭"之作,有声出金石之致。单园泉来议节孝祠六月初开工。

二十九日(6月28日) 与星桥访正甫,未晤。托心如致谢,代办发信。

三十日(6月29日) 闻津门拍花者甚伙,刻及阜城。妖人猖獗,殊堪痛恨。

六 月

初一日(6月30日) 昭烈之抚髀,士行之运甓,古人于闲旷时何等刻励? 余在京二十年,未尝不振刷精神,及来阜城,渐就委靡,愧不能克治身心,又不能训迪子弟,而忿欲交攻,以致精力迥不如前,何甘自暴弃也? 此后思力矫前非,勉旃,勉旃!

初二日(7月1日) 公祭小占之太夫人。

初三日(7月2日) 阅《石索》之碑碣,为之神怡。

初四日(7月3日) 因入不敷出,每每较量锱铢,虽境遇使然,究由心地褊狭。

初五日(7月4日) 不能源源接济,得母亲之欢心;又不能不惜

---

① 原文后一"迟"字,疑为"必"字的笔误。

小费,得父亲之欢心;四叔翘盼;崇弟远来;岳母待升斗以活;均不能如愿而偿。伤哉,贫也!因窘而郁,因郁而病,伤哉,贫也!

初六日(7月5日) 极力排解,胸中稍觉舒畅。

初七日(7月6日) 史闰生由津代购各件来,据云津门拍花者甚伙,泊头亦然。

初八日(7月7日) 灯下读《随园诗》一卷,有声出金石之致。

初九日(7月8日) 子钧来,谈及作官须谨慎,洵老成之言也。托高椿年代致冉报局京足银二两,去冬今春两季报资也。

初十日(7月9日) 史闰生请饭。热甚,归来遇雨。史氏家法甚好,且高年矍铄者二人,令人生羡也。

十一日(7月10日) 为鸿沅生日,面甚佳,合署欣然。

十二日(7月11日) 念斋将赵书办革除,为其舞弊也,然其人甚苦,虽由自取,不能不为之恻然。

十三日(7月12日) 近来心境不似从前之超脱。

十四日(7月13日) 宣讲圣谕,而听者寥寥,"从善如登",信然。

十五日(7月14日) 查学,学生聪秀者参半,而句读多误。热甚不可当。

十六日(7月15日) 午前仍热,午后稍凉,夜雨不止。

十七日(7月16日) 早晴。阜城境内业已优渥。

十八日(7月17日) 酌定每日临松雪①《洛神》数行,以活指臂。

十九日(7月18日) 命鸿沅间日看诗文,摘其佳者,先令属对,对毕再看。

二十日(7月19日) 天不甚热,夜尤凉,非绵被不可。起居要慎,而尤虑秋水之为灾也。

二十一日(7月20日) 肝气微动,极力抑遏而止。

---

① 赵孟頫,字子昂,号松雪道人,浙江湖州人,宋末元初书法大家。

二十二日(**7 月 21 日**)　肝气又动,不能抑遏,殊非养生之道。

二十三日(**7 月 22 日**)　晚间肝气又动。

二十四日(**7 月 23 日**)　晚间肝气又动,惩忿之难如此。

二十五日(**7 月 24 日**)　阅《随园文集》起。阅米、董①诸帖以陶情,而两公之小楷尤爱不忍释。

二十六日(**7 月 25 日**)　肝气渐平。

二十七日(**7 月 26 日**)　鸿沅对诗工夫有进,为之稍慰。

二十八日(**7 月 27 日**)　寄四叔四金;岳母十金;君赐二十金,嘱其付源盛八金,宝华八金,并商之二家止利归本,赔款四金。又寄王副爷夫妇信,询岳母近况,并致此十金。共汇寄辅臣六十金,除托其分寄上三项共三十四金,下二十六金归渠,除还其代寄家十五金,下十一金归渠,未知尚欠渠若干。

二十九日(**7 月 28 日**)　辅臣来信,连前及寄家十五金,共欠渠十六两零三分,此次归渠二十六金,尚存十金之谱。

七　月

初一日(**7 月 29 日**)　微雨,热甚,未去察学。

初二日(**7 月 30 日**)　雨,未宣讲。

初三日(**7 月 31 日**)　肝气又旺,连日大热,胸中焦燥所致也。

初四、五日(**8 月 1、2 日**)　代闰生作七绝四首,祝黄母李太夫人五十寿也。

初六日(**8 月 3 日**)　将门下课文批缴。

初七日(**8 月 4 日**)　寄李子深仪部三金,求代办旌表,嘱土德铭

---

①　指米芾、董其昌。米芾,字元章,湖北襄阳人,北宋著名书法家,与蔡襄、苏轼、黄庭坚合称"宋四家",尤以行书成就最高,"超逸人神,沉着痛快"。董其昌,字玄宰,号思白,松江华亭(今属上海)人,明代著名书画家、理论家,其书法"飘逸空灵,风华自足",对后世影响极大,于清初领袖文坛数十年。

交凤仪转致也。眉：景州张自公庄张友曾之妻谭氏，祁丕绪托办也。

初八日(8月5日) 门下士刘熙亭、宋汝言、陈遇村昆仲来，热甚，挥汗如雨，不能久谈也。

初九日(8月6日) 热不可当。

初十日(8月7日) 星桥请午饭。归来，其热非常，一夜几不能睡。

十一日(8月8日) 写家信。

十二日(8月9日) 托史闰生寄家信，问辰寄款到否？又付渠四千，托买煤炉、腰子、虾米、蟹黄等件。

十三日(8月10日) 由马递函致张楚峰、章春舫两广文，托其照拂陈庆，云渠太笨，又初次当识认之差也。

十四日(8月11日) 由马递函致竹斋，嘱其八月间将少奶奶送来。

十五日(8月12日) 立秋后天气稍凉，肝气亦稍平。

十六日(8月13日) 入不敷出，为之奈何？然焦愁无益，须达观一切为佳。

十七日(8月14日) 因女仆难使，内人欲买婢，余游移而不决也。

十八日(8月15日) 肝气渐平，不似前此之动则嗔怒也。

十九日(8月16日) 细思女仆无益而有损，拟暂且不用。

二十日(8月17日) 斗役柳书泰可用，颇有赐环①之想。

二十一日(8月18日) 阅《随园诗话》起。

二十二日(8月19日) 多日不临池，手腕生劲之极。

二十三日(8月20日) 家庭有和顺之气，慰甚。由恒聚太再致

① 赐环，指放逐之臣遇赦召还。《旬子·大略》："绝人以玦，反绝以环。"杨倞注："古者臣有有罪待放于境，三年不敢去，与之环则还，与之玦则绝，皆所以见意者。"

宋年伯四十千（前已致四十千矣），以清借款并道谢。李德峻来，据云兑交宋年伯百千，今日之四十千因而未致。另函嘱宋年伯，收到李款作速来信。

二十四日至二十六日（8月21日—23日） 其热非常，终日挥汗如雨，较三伏尤甚，都中谓"秋老虎"，洵不诬也。

二十七日（8月24日） 雨。

二十八日（8月25日） 凉爽。

二十九日（8月26日） 辅臣七月十五日来信，鸿辰旧馆未定，芋楼荐盘山馆亦未定，家乡秋收可望。君赐六月十八日来信，欠源盛本钱二百三十千，外利钱八十千；欠宝华二百五十千有零。

三十日至八月初四日（8月27日—31日） 无事可记，惟近来眠食俱好，肝气亦平。老太爷有节俭之意，太太无乖谬之语，可慰可喜！

八 月

初五日（9月1日） 鸿辰来信，境遇窘迫，面貌憔瘦，馆局未定，尚乏枝栖，为之闷闷。当即作信，嘱其九、十月间携夔哥来阜，作会试工夫。

初六日（9月2日） 由马递发鸿辰信，并函托史闰生代谋武备学堂。

初七日（9月3日） 函致吴称陶，托其为鸿辰吹荐山长、文案、书启、教读各学堂等席；兼寄马君及儿辈咏吴贞女之作。

初八至十六日（9月4日—12日） 肝旺者二日，余心气和平，是以入秋以来较前稍胖也。

十七日（9月13日） 由马递寄王副爷信并鸿辰前信。岳母银到，来函。

十八日至月杪（9月14日—25日） 心气均和平，惟十余日未记事，不免怠惰之至。

九　月

初一日(9月26日)　因鸿沅不遵教训,迁怒于太太,以至肝气又犯,至初八日而不止也。

眉:初五日接辰七月二十日第五号信,夔疟愈,报病齿亦愈,老太太便血亦痊;水涝尺余不长,可抽粮,牛庄子不及去年。又接辅臣八月十三日信,四叔及君赐、源盛、宝华、岳母各银均寄去。

初八日(10月3日)　鸿沅执意回家,禁之不可,肝病益甚。

初九日(10月4日)　老太爷欲就便旋里,备烟土二十两,银五两,以便到家之用。函示辰,无馆来阜。

初十日(10月5日)　起早,老太爷携沅言旋,派柳书泰护送,本日到泊头,再由天津而杨村,而西寨,而至家也。

十一日(10月6日)　因入不敷出,老太爷来署二年,多不遂意,禄薄养缺,思之难受。太太、乐哥又执拗妄作,令人不堪,肝病较昔尤甚,奈何!盼鸿辰来,稍畅胸臆也。今日南风大作,老太爷若雇妥船,一日夜便可抵津。

十二日(10月7日)　统筹全局,量入为出,使家中、任上均可敷衍。以五十金为家中浇裹,每日合东钱一千有余;再按人津贴,以补不足,老太爷二十金,老太太十金,辰夫妇二十金,沅夫妇十五金;了补积欠二十金,秋收稍觉从容,岁欠亦可将就;又寄岳母十金,君赐五金,共合百五十金之数。下剩署中用度之外,以备还王姨、又袁亲家借款,及将来旋里之用。拟明年试办起,庶不致日夜焦愁,因贫而病,而辰亦专心仕宦,可免内顾之忧也。

十三日(10月8日)　本来入不敷出而仍多冗费,禁之不能,劝之不可,郁极而愤,至于痛哭,肝病大作。不得已为家中写统筹全局之信,又虑老太太之不知而不能阻也,嘱辰妇及君赐代禀。

十四日(10月9日)　借座义和,请谷蔼堂年侄,邀星桥作陪。

十五日(10月10日)　恐辰有馆而不得来,为之作信,示以统筹全局、量入为出各节,使渠振刷精神,以图进取,千万勿令老太爷来阜而败全局(每年花百余金,去则处处不足矣)。

眉:各信均标十七日。一,二十日付京便;一,二十二日付津便。由京寄者,十月初三日辅臣信云已带去。由津寄者,二十七日付德丰帽铺矣。

十六日(10月11日) 雨。令甲子入学。

十七日(10月12日) 星桥请陪蔼堂午饭。

十八日(10月13日) 天气渐凉,着薄棉袍。将寄家各信封好。

十九日(10月14日) 因近来拂乱太甚,抑郁无聊,肝气大作,面见黄瘦。曾文正云:"养生以少恼怒为本",明知非益寿延年之道,而咄咄逼人,未能遣此,奈何!

二十日(10月15日) 察义学,定上等六人,中等七人,下等四人。眉:辅臣来信,都中钱少物贵,大受铁路之病;并寄子深代办旌表底稿一纸。

二十一日(10月16日) 抑郁太甚,思有以排遣之,阅《儿女英雄传》起。

二十二日(10月17日) 太严厉则束缚驰骤,毫无天趣,处家庭尤非所宜,此后戒之。人、己各遂其天,而肝气均平矣。

二十三、二十四日(10月18、19日) 肝气稍平。

二十五日(10月20日) 借玩味古钱、调弄草虫以消遣,稍得天趣。

二十六日(10月21日) 眠食较前稍好。

二十七日(10月22日) 接王文山九月十七日信,家岳母欠安,前寄十金尚未到,要布,做单衣用。

二十八日(10月23日) 念家岳母之景况,为之闷闷。

二十九日(10月24日) 作文山回信。

三十日(10月25日) 察义学,定上等六人,中等七人,下等三人。

十 月

初一日（10月26日） 由马递复王文山信，托其照料家岳母，纠资赡养，余每年寄十五金、二十金之谱。并将辅臣八月十三日信带去，以示十金之非虚。又嘱辅臣告渠何人捎带，以便往取。兼复岳母（渠十五日发京信），由京再寄五金，布可自买。

初二、三、四日（10月27日、28日、29日） 偶感风寒，声重，鼻流清涕，服"午时茶"取汗，稍愈。

初五日（10月30日） 病痊。女工来，差可驱遣，命福泽回家医治。

初六日（10月31日） 近来肝气稍平，胸襟略畅。得力阅《儿女英雄传》，以活其心；玩古钱草虫，以陶其情也。

眉：接李子如信及银一两五钱七分，托办旌表。银不足用，拟便中去信。冬月二十二日复函。

初七日（11月1日） 阴，北风甚紧。儿辈若来，有不得泊之利，未知其动身否？念念。

初八日（11月2日） 夜雨，屋漏，汉瓦条幅淋坏，可惜也！

初九日（11月3日） 缄致辅臣信（初一日写书，十一日付义和，十三日标车携去），托其措京松五金，交王文山转致家岳母，并示以前十金何人捎带，以便文山寻取也。

初十日（11月4日） 雨。察义学，学生有太不自爱者，极力成全而不得。

十一日（11月5日） 沅去一月，尚未回署，为之念念。

十二日（11月6日） 近来心境差强。

十三日（11月7日） 辅臣寄来辣子滰、卤虾、小菜、辣豆腐、臭豆[腐]各一篓，墨三锭。臭豆腐百块，二千二百六十；辣豆腐百块，二千一百六十；辣子滰半斤，三百六十；小菜一斤，五百六十；阆苑仙葩二锭，二千；龙翔凤舞一锭，四千八百。

十四日（11月8日） 见晋义，嘱其招童生入义学，又整顿告假之过多者。

十五日（11月9日） 史闰生来。

十六日（11月10日） 与内人各服药一剂，饮食稍佳，而停水仍未净尽也。

十七日（11月11日） 闰生复来，示以锡乃馆事无成。

十八日（11月12日） 临董思白《文赋》以消遣，略有味。拟常为之，未致[知]必能有恒否也？

十九、二十、二十一日（11月13、14、15日） 临《文赋》，手腕稍活。

二十二日（11月16日） 与念斋同请客。察学委员陈乃庵印庆夔，持道宪札来，有"阜城祖仁，再不整顿，将官绅记过"之语，乃庵与晋义商定明讲：沧州张蓝田（名玉臣）教读，照章每年由上发束脩二百千，发茶水、煤炭等费二十千，不准勒索学生；学生以寒苦而聪秀者为主，宁缺勿滥，不拘拘于二十之数。

柳书太由家回（二十一日到家，初四日起身），持来老太太、四叔、鸿辰、君赐各信并照像片等件，辰貌略丰，字亦腴润，为之稍慰。

二十三日、二十四日（11月17、18日） 写家信。

二十五日（11月19日） 写家信毕。始冰。

二十六日（11月20日） 为辅臣写信，托其代寄沉笔、墨、衣服等件。即于是日托义和，俟标车来付之。

二十七日（11月21日） 阴。

二十八日（11月22日） 雪。

二十九日（11月23日） 晴。凉甚。

十一月

初一日（11月24日） 暖甚。喉肿微痛。

初二日（11月25日） 服"除瘟化毒汤"。

初三日、初四日(11月26、27日)　喉仍未愈。眉:复少杰信,补送分赀一金,交捷三代寄。

初五日(11月28日)　再服前药。

初六日(11月29日)　愈。外间喉证甚多,天暖所致也。

初七日至十六日(11月30日—12月9日)　仍暖甚。

十七日(12月10日)　陡寒,换大毛皮衣。访晋羲,求代催印结,谈及德人有事于胶州,杞人之忧,正未艾也。

十八、九日(12月11、12日)　回暖,仍换小毛皮袄。眉:县移文知会:腊月二十日辰刻封印,正月十九日午刻开印。

二十日(12月13日)　查学。

二十一日(12月14日)　写信。

二十二日(12月15日)　由马递发文山、岳母、鸿辰各信件。

二十三日至二十七日(12月16—20日)　停饮,因之气滞,肝木略旺,连日观剧以舒之。

二十八日(12月21日)　冬至节。接辰、沆、辅臣、贵子、乃庵各信(十月念七、冬月廿、十月初十),儿辈用功,家中平安,慰甚。辰云:我夫妇肝经受病已深,宜加珍卫,年逾半百,不可不自顾惜。言婉意深,是谓善谏,我夫妇当相爱,勿令儿辈悬系。辅臣云:十月初九属寄岳母五金,付妥人寄去无误,前十金系托独树庄张茂才鸿钧出场携去,已函嘱文山遣伻走取;胶州之事已和,大失国体。贵要袖要银,十月十日岳母尚未接到两次寄款。

二十九、三十日(12月22、23日)　停饮等症略减。

嘉平(十二月)

初一日、初二日(12月24、25日)　写辰、沆、岳母、文山各信。

初三日(12月26日)　由马递发各信,嘱儿辈放心,示以肝平貌丰,琴瑟静好;命辰候晓,予三十金(向辅借,出我账),勿多借,中后不拘,沆不必来,明春携甲去一看,不会试。托文山代取前十金(辅臣附去），禀岳母前后十五金（贵信附去），均带去，收到来信。贵子信看不清，石河未来信，勿传闲话，袖领不易带。

初四日、初五日(12月27、28日)　停饮等症仍未愈，肝气又动。

初六日(12月29日)　托高椿年代寄冉报局一金，欠一金明春补送，嘱其将报年底止住，明年不必再来。

初七日、初八日(12月30、31日)　甚暖。

初九日(1898年1月1日)　寄少杰信，告以同人奠分俟便再寄。公奠小占之太夫人。

初十日、十一日、十二日(1月2、3、4日)　非常之暖。

十三日(1月5日)　微雪。

十四日(1月6日)　景州城东史庄史祥甫茂才（书云），托办旌表二分，先交银三两，其半明年带来，或交景之学书。

眉：刘玉振之女嫁赵庄孙锡龄为妻，同治七年锡龄身故，氏矢志守节，现年五十八岁，计守节三十年。王文章之女嫁史庄增生史书麟为妻，同治九年书麟身故，氏矢志守节，光绪二十一年氏卒，计守节二十六年。二节妇均景州人。

十五日、十六日、十七日、十八日(1月7、8、9、10日)　仍暖甚。停饮未痊，肝气又旺，思所以医之而未得其法也，奈何！

十九日、二十日至念四日(1月11、12—16日)　肝气稍平。

念五日(1月17日)　心内热甚。王文山来信，岳母已愈，前后十五金已寄到，渠带霞港十金，俟明春岳母由霞港来，再交五金。

二十六日、二十七日、二十八日(1月18、19、20日)　心内热退，肝气益平。

二十九日(1月21日)　午后微散雪花，晚间沉阴。

封皮：清苑正堂
信皮：清苑县正堂 门政爷台饬送 冀州直隶州右堂谢、冀州督粮厅高人发三钱、牛角三钱、红谷小米三钱、老醋三片，熬膏，贴折骨极神效。

奉天教授三：奉天府、锦州府、昌图府；

吉林教授二：吉林府、长春府；

直隶教授十一：顺天府、保定府、承德府、永平府、河间府、天津府、正定府、顺德府、广平府、大名府、宣化府。

除顺天、承德扣选外，计缺十四。乙未四月查六缺到班，六月见吉林、宣化二缺后，又见顺天一缺。

光绪二十四年戊戌(1898)

正　月

初一日(1月22日)　昨晚沉阴,元旦开晴,为之欣然。风定日暄,丰年之象,惟申刻日食,美中不足。然康熙、乾隆年间亦尝有之,未[必不]为承平之景,或者不足畏乎?

初二日(1月23日)　尤暖。肝气略动,遏之而止。

初三日(1月24日)　为家严生日,署中吃面。念斋、星樵拉往致远、辅廷两处小坐,回署倦甚。

初四日(1月25日)　与星桥约定,早晚访心如一谈。灯下接少杰元旦信。

初五日(1月26日)　微阴,较前日稍凉。早间肝气又动,极力遏之而止。年来肝家受病甚深,虽遏之而止,正如以石压草,稍纵仍发,奈何!缘学力既不足以胜之,而境遇又多拂逆,故和平之日每月仅得其半。近来较前稍好,然一遇烦琐,勃然而动,其根蒂盖深且固也。万一有大喜庆事,或者因之而愈乎?盼甚,盼甚!闻某令不阅帐簿,二百钱之物,而家丁、幕友浮开两千,自奉甚俭而债累山积,可见治家亦居官第一义。

初六日(1月27日)　大风。子如来信,请旌罢论,费存义和。肝气又动,殊非养生之道,以后力戒。张香帅《戒缠足会章程叙》,[①]言之极为痛切,南省业已倡办,北省转瞬风行,拟示知儿辈,毋为小女

---

① 张之洞《戒缠足会章程叙》见《附录》。

子缠足。

初七日(1月28日)　吴桥戴文钦来议换缺,据云为同寅不合起见,果尔,拟与之更调;倘为公事有棘手之处,便作罢论。吴、阜之缺,不相上下,特阜城太鄙陋耳,又风劲水寒,不甚相宜,自以更调为是。

初八日(1月29日)　小占请饭,席间有银鱼、子蟹、铁雀,此寻常之物,而阜城极罕见,其陋可知。

初九日(1月30日)　以更调之事函商殿筹。

初十日(1月31日)　寄辰、沅信(戊戌第一号,托文山转致),示以戴君有换缺之议,月杪定局,彼时为家寄款。并寄文山一函,道费心,托以后岳母作何光景务函示。

十一日(2月1日)　范星樵少尉请饭,亲手烹调,有京味,令人动春明之想。

十二日(2月2日)　女仆张妈有万不能容之过,善词遣之,甚惜其才,仍有起用之意。

十三日(2月3日)　迎春。早间小雪,至晚乃止,而天仍沉阴也。

十四日(2月4日)　午晴,暖甚。近来署中和顺,貌皆丰腴,与从前另一气象。

十五日(2月5日)　肝气又动,因使令之无人,而迁怒于内人,戒之,戒之。

十六日(2月6日)　男仆赵福泽日就颓惰,不堪造就,善词遣之。居官在外,仆辈若家人父子乃能得力,到任数年,绝无可靠之人。甚矣,此辈之难养也。

十七日(2月7日)　滕深荐高妈来,人尚可用。

十八日(2月8日)　肝气又动,遏抑而止。义学先生张蓝田(名玉成)茂才来,携有察学委[员]陈乃庵信,嘱为安置住处。姑留署内,徐为图之。

十九日(2月9日)　开印。与星樵少尉商定,义学宜立新章。晋羲明府未回,开馆暂缓数日。

二十日(**2 月 10 日**)　拟借六十金，一半寄家，一半为辰儿考费。

二十一日(**2 月 11 日**)　谋之库房不遂，不得已告贷于宋年丈，未知何如？

二十二日(**2 月 12 日**)　阅正月六日京报："总理衙门会同礼部议奏贵州学政严修一折，奉旨：特科、岁举两途，洵足以开风气而广登进，著照所请行。该大臣等如有平素所深知者，出具切实考语，陆续咨送，至百人以上举行特科，以资观感。至岁举既定年限，该督抚学政各将算学、艺学各书院学堂，切实经理。该生监等亦当思经济一科，与制艺取士并重，将此通谕知之。"此后人才蔚起，争胜泰西，庶不至为白人所鱼肉也。杞人之忧，为之稍宽。拟函示辰儿，令夔格走西学一路，然非携之京津及各省垣不可也，容徐图之。

二十三日(**2 月 13 日**)　为辅臣作信，托其将带去京松银三十两寄家(老太爷、老太太、辰、沉各五金，日用十金)，京足银(改松江)三十两，付鸿辰作考费，并求其代觅清静店房，督鸿辰作朝殿工夫。史祥甫专函来，将史节妇节略撤回，托专办孙节妇旌表。告以二月抄函致京友宋年丈，代措八十千，一半为陈宅之束脩，一半乃借贷也。

二十四日(**2 月 14 日**)　库房送来十金，借春季俸工也。

二十五日(**2 月 15 日**)　柳书泰来。

二十六日(**2 月 16 日**)　嘱文焕堂、恒聚太代买松江银。肝气大动，不能御也。

二十七日(**2 月 17 日**)　寄辰、沉各三十金(辰信第二号，沉信第三号)；附君赐信，告以秋后寄款，不必着急；又李子深三金；均交辅臣代致(辰银存京，沉银寄家)，又托辅臣照拂辰儿，付豫丰裱片·件。各信均标二十九日。嘱义和托标车带去，求其二月内带到也。眉：示以换缺罢论，三月、闰月间甲回家。

二十八日(**2 月 18 日**)　将银信已付标车寄去。接鸿辰客腊十一日信及分析禀稿，崇为其子争文镜之继，而彬妇砌词于彬有过沉之议，盖借以敲崇，而又为将来讹赖张本。禀稿八面玲珑，甚为得体，宜县尊之见许也(批出后,彬妇专与崇为难矣)。

二十九日(2月19日) 作家信,云:彼如再持过沉之议,以沉少彬一岁,沉媳长彬妇二岁拒之;彼如改持过报之议,以报出五服以外,且絜昭穆之序拒之(律载:以侄孙嗣叔祖,乱昭穆之次,失尊卑之序,杖六十)。又恐信到太迟,拟二月初送甲旋里。

三十日(2月20日) 晋义明府席间谈及德人又围即墨,夷人要挟百端,恭邸主战,董福祥回甘募勇。时事艰难,杞人之忧,未已也。

二 月

初一日(2月21日) 雪,午后晴。

初二日(2月22日) 求念斋占讼事,据云于子孙无碍。

初三日(2月23日) 祭宣圣、文昌。

初四日(2月24日) 祭社稷、风、云、雷、雨、城隍。

初五日(2月25日) 考《四圣心源》:气积臕腹左胁,宜补肝脾以升之。服"达郁汤",乃半补半行之品,左胁下稍觉松动。

初六日(2月26日) 起早。仍服"达郁汤",腹中作响。

初七日(2月27日) 将行李捡妥,准十五后遣书太送甲格旋里。

初八日(2月28日) 为子深作信,代祁丕绪办旌表二分。信及六金即嘱丕绪托人寄去也。

初九日(3月1日) 晤陈少杰贰尹,据云十六日北上,托其为辅臣及辰儿寄信。

初十日(3月2日) 邀少杰便酌。辛卯腊月在保府借郝筱村四金,无便奉环,兹闻其已莅武邑教谕之任,托少杰便道代为归赵也。信注本日。

十一日(3月3日) 拟借少杰赴都之便,携早格、书太①至津,再托竹斋由西寨送至家。

---

① 原文"书太"后又有"携"字,应系衍字,删之。

十二日（3月4日） 托少杰寄辰第四号信及《盛世危言》，并寄辅臣信，托代买女袖、顶针、青缎、洋蜡、马褂各件，准十八日遣书太随早格至臧家桥，候少杰船一同至津，第天太寒，恐彼时河冻，不能行也。

十三日（3月5日） 由标局寄辰信（第五号，未注），示以甲不果行，天暖再遣之去。

十四日（3月6日） 仍服"达郁汤"。

十五日（3月7日） 辅臣来信（初七日发），初四日接到银信，家中三十金已寄去；子深三金送到（眉：此三金系景州史祥甫茂才代孙节妇请旌之件）；鸿辰考费到京面交，小寓拟租巾帽胡同，相距较近，督其作朝殿工夫为便。真益友也，令人感泐之至。

十六日（3月8日） 二月以来，天气阴寒，凉风砭首，今日午晴，较前稍暖。

十七日（3月9日） 拟将复室扫除，明窗净几，终日静坐，稍避喧哗，以养心、肝两家之病。

十八日、十九日（3月10、11日） 将复室收拾妥当。

二十日（3月12日） 在复室坐起，俟天气略暖，即在此宿。

二十一日（3月13日） 慎起居、节饮食、少恼怒、寡贪欲，其延年之道乎？

二十二日（3月14日） 天气稍回暖，而运河仍未开通，甲格之行尚须时日。

二十三日、二十四日、二十五日（3月15、16、17日） 近来心绪略清，肝气稍平，得力于复室之习静也。晋羲移文：三月初四日文童县试头场。

天已回暖，拟月底、月初送甲子旋里，似以去两人为妥，或车或舟，直抵家，不必纡道西寨也。

二十六日（3月18日） 又复停饮气滞。晚间为辰作信。

二十七日（3月19日） 为辰发第六号信，示以甲三月初旋里，务在京候晓,不必以讼事分心。

二十八日(3 月 20 日)　接辅臣信并袄子一件,辰于十七日到京。即于辰之信面复辅臣,匆匆不另作函。

二十九日(3 月 21 日)　服"厚朴大黄汤",痰饮未下。

三　月

初一日(3 月 22 日)　午后雪。肝气又动。

初二日(3 月 23 日)　仍服"厚朴大黄汤",下痰三次。

初三日(3 月 24 日)　钤县试卷。

初四日(3 月 25 日)　县试头场。接辰儿第二号信并沇儿信两件。

初五日(3 月 26 日)　复辰、沇儿信,并写四叔、岳母、君赐各信。

初六日(3 月 27 日)　将甲格行李捡齐。

初七日(3 月 28 日)　遣柳书太、陈庆送甲格旋里,付川赀二十千,带去箱两只、肉十块、银十二两(老太爷五两、日用五两、四叔二两),辰、沇、四叔、岳母、君赐各一函。辰信第七号,由津寄京。岳母信附银四两五钱、烟土四两、绵衣一件,由君赐交文山转致。

初八日、初九日(3 月 29、30 日)　南风,甲格开船,当有利不得泊之势。

初十日(3 月 31 日)　微雨。服"苏合丸",无效,非痰之故。

十一日(4 月 1 日)　暖甚。拟服"七气汤",未知何如?

十二日(4 月 2 日)　服各剂均不见效,肝木之受病,深矣。拟从此不药,以静养为主。

十三日(4 月 3 日)　接辅臣寄来各件及信,即复,以威县民团与教堂构衅,不甚要紧,可无虑。

十四日(4 月 4 日)　葛车夫云:甲格初九日登舟,风大,未必开行。

十五日(4 月 5 日)　观出,以舒郁结。

十六日(4月6日) 肝气稍舒。今日辰儿会试完场,未知交代何如?甚为念念。

十七日(4月7日) 肝气又动,忿不可遏,受伤不少。

十八日(4月8日) 闻之把总孟兰亭(阜人,官通化,现办铜矿):去腊日本击沉俄人兵船四只;又俄人用重价买牛,储为兵粮;以两千洋元聘去某孝廉教读,已改用前代衣冠。杞忧正未艾也。

午后雷发声,始雨,惜少刻即止。未审甲格已否到家?念念。晓间作烧,腰腿疼。

十九日(4月9日) 未愈,忌生冷,恶油腻。内热,见风即疼。缘夜间发汗,又伤风也。

二十日(4月10日) 泄数次,热稍退,病略减。

二十一日(4月11日) 夜受风寒,腰腿复疼,鼻流清涕,作烧作冷,内热依旧。

二十二日(4月12日) 仍作疼清涕,内热稍愈。

二十三日(4月13日) 服"羌活汤"一剂,疼稍减。

二十四日(4月14日) 小愈。

二十五日(4月15日) 大愈,拟养息几日再出门。

二十六日(4月16日) 阴而不雨,麦苗望泽甚殷,未知何日霑足?

二十七日(4月17日) 常襄臣茂才为诊脉,据云五脉和平,惟胃脉稍滑耳,可勿药。

二十八日(4月18日) 柳书太送甲格回,家中长幼平安,为之忻慰;带来端砚、沙砚各一方,摩挲玩赏,借以陶情。

二十九日(4月19日) 赏书太等四千,并来往川赀,共三十千之谱。

三十日(4月20日) 闻文标处有白色鼠狼吸烟、说话,衰气所致也,已捉住毙之。

闰(三)月

初一日(**4 月 21 日**)　看武童马射。

初二日(**4 月 22 日**)　寄辰第八号信,示以甲格十八日到家,家中长幼平安。

初三日(**4 月 23 日**)　看步射。

初四日(**4 月 24 日**)　看技勇。接辰三月念五日发第三号信及诗文稿,辰住冯伯言处。大连湾、旅顺口已与俄人。

初五、初六日(**4 月 25、26 日**)　内热痰盛。

初七日(**4 月 27 日**)　病。

初八日(**4 月 28 日**)　病甚,周身疼痛,五内如焚。

初九日(**4 月 29 日**)　病略减。

初十日(**4 月 30 日**)　仍未愈。

十一日(**5 月 1 日**)　小愈。

十二日(**5 月 2 日**)　寄辰第九号信,嘱其中后专力作朝殿工夫,缘岁考在即,将调缺事从缓。襄臣来诊,据云肺肝俱热,外感甚轻。

十三日(**5 月 3 日**)　服药两剂,内热已退。

十四日(**5 月 4 日**)　热甚,将绵衣脱却。都中想已揭晓,连朝翘盼捷音。

十五日(**5 月 5 日**)　始愈。

十六日(**5 月 6 日**)　始出门。

十七日(**5 月 7 日**)　阅题名,鸿辰未中,甚为闷闷。

十八日(**5 月 8 日**)　由津寄辰十号信,嘱其改教。傍晓雨,未透。

十九日(**5 月 9 日**)　由玉田仍寄辰改教信(嘱文山、岳母小包到后来信),并示以病况,及秋间考后寄款。

二十日(**5 月 10 日**) 闻如太尊①节前后回任,府考尚无定期。秦栗庵传接骨仙方。

眉:仙传接骨方:大个崇宁钱一枚,烧红,好醋染七次;用甜瓜子四十八个,同嚼碎咽下;无论骨碎若何,自能接好,数日后如常,神妙之至。

二十一日、二十二日(**5 月 11、12 日**) 农夫望泽孔殷,而密云不雨,为之奈何?

二十三日(**5 月 13 日**) 近来闷甚,求一排遣之术而未得,为之奈何?

二十四日(**5 月 14 日**) 寄辰信(第十号,二十二日交义和,俟二十八日付标车),仍前改教事,共发三封。

二十五日、二十六日、二十七日(**5 月 15、16、17 日**) 近来肝气较前稍好。

二十八日(**5 月 18 日**) 辰来信,当即于前信中夹一纸,示以东使随员甚好,南河督幕亦可,下此,则不如改教之为妙也。

二十九日(**5 月 19 日**) 连日阴而不雨,农民望泽孔殷,未知何时霑足也?

四 月

初一日(**5 月 20 日**) 闻股票未派教佐,督宪之体恤也。金蓉卿来信,若缓验,须润笔八两八钱。答以秋间考后量力寄去,早则棚下托眼镜铺,或另候妥便,至迟则交钱粮车带去不误。付专足一千。

---

① "如太尊"当指如松。据《清代官员履历档案全编》:如松"光绪二十一年(1895)六月奉旨补授河间府知府,领凭到省,十一月接印任事。二十五年(1899)十二月,蒙藩司檄委,调署顺德府知府,二十六年(1900)三月初十日接印任事。"可知此时正在河间府知府任上。

眉:闰月十七日,藩宪札催验看。

初二日(5月21日)　连日肝气又动,戒之,戒之!

初三日(5月22日)　接到辰上月二十日信。

初四日(5月23日)　写信。

初五日(5月24日)　由津寄辰第十一号信,仍示以改教事。

初六日(5月25日)　张蓝田茂才以诗见赠,奖誉太过,未免汗颜耳。

初七日(5月26日)　肝气又动,戒之,戒之!

初八日(5月27日)　寄辰第十一号信,仍前事,交燕林带去。

初九日(5月28日)　旱甚,奈何!

初十日(5月29日)　外夷相逼太甚,瓜分势成,愚民积不能平,教案四起,蒿目时艰,为之长叹!

十一日(5月30日)　雷声殷殷,浓云泼墨,[雨则]两点三点而止,可惜也。

十二日(5月31日)　芒种近矣,以未雨,故不能种谷,人心惶惶,将何以堪?

十三日(6月1日)　辰来信(并扇一柄),云四月初一日旋里。当即谕示十二号[信],以教之宜改。

十四日(6月2日)　肝气又动,热使之然耶,水使之然耶?极力排遣之而止。

十五日至二十四日(6月3—12日)　得雨,可种秋稼,人心稍定。

二十五日(6月13日)　函托章元伯买婢。

二十六日、二十七日(6月14、15日)　又得喜雨。

二十八日(6月16日)　拟寄辰、沆十三号手谕,并家中薪米费二十金。标车未来,盼盼。再寄郝筱村信(马递),询春间银信到否?

眉:五月初四日到京,辅臣代寄家矣。

二十九日(6月17日)　始将银信带去。

三十日(6月18日)　年来心肝交病,怔忡、惊悸、奔豚,皆略得其仿佛,奈何,奈何!

五　月

初一日(6月19日)　儿辈旋里,署中人少,殊为寂闷。

初二日(6月20日)　种花两株,借以消遣,亦无聊之极思也。

初三日(6月21日)　上月念三日谕旨:候补、候选府道州县以下官,准入京师大学堂肄习。① 拟函示辰儿,询诸京友,可否入学?

初四日(6月22日)

初五日(6月23日)　晚间肝气动,一夜失眠,殊非养生之道。

初六日(6月24日)　心木冲动,肝气仍未平也。由津寄辰十四号信,示以学堂事,并嘱前念金收到速复。

初七日、初八日、初九日(6月25、26、27日)　连日肝气冲动,求排遣之术而不得。

初十日(6月28日)　早间访高致远千戎一谈,亦无聊之极思也。回署后,郝筱村学博由武邑来,卅年旧雨,六载阔别,他乡晤遇,快何如也!谈及京华旧友,寥落无多,各有今昔之感。筱村以有事不能久留,去后甚为黯然。

十一日(6月29日)　早起,访星桥少尉一谈。拟每日出门,以谈笑代医药也。捡《缙绅》,锦如师②调补永福县,怀疑丰裁,始悉开缺之由;又南湖同年衔名犹在,想当无恙,为之忻慰!

十二日(6月30日)　托史闰生寄家十金(十五号信,眉:老太爷及辰各五金);寄子深三金办旌表(孟传习之妻葛氏);又银一两五钱,买铁炉、篆粉。

---

① 光绪二十四年四月乙巳上谕见《附录》。

② 据光绪《顺天府志》及《清代缙绅录集成》:宗式坊,字锦如,同治元年壬戌恩科举人,进士,宝坻(今天津)人,时任广西省桂林府永福县知县。

十三日(7月1日)　陈余村茂才来,嘱渠八比将废,趁银价烂贱,不如昆仲捐官。

十四日(7月2日)　阅邸抄,初五日上谕废时文,考策论。[①] 盖穷则变,变则通,时势所逼,必然之理也。

十五、十六日(7月3、4日)　天气甚热,挥汗如雨。

十七日(7月5日)　尤热。购《魏高贞》《高庆》两墓志,价津蚨千半。晚雨。

十八日(7月6日)　购《鲁公竹山连句帖》,价津蚨千半。

十九日、二十日(7月7、8日)　夜凉,缘十七日雨雹也。

二十一日(7月9日)　由津寄辰十六号信,示以前两次带三十金;八比已废,可读昌黎、柳州、东坡、半山诸论,而参以《东莱博议》。

二十二日(7月10日)　雨。新种花都活,为之快然。味随园诗、思白帖以怡情。

二十三日(7月11日)　阅邸抄:十二日上谕[②],御史宋伯鲁请将经济岁举归并正科,生童科岁试迅即改试策论[③],抢才大典,以乡会试为纲,经济岁举自应并为一科考试,以免纷歧,各省学政奉到此次谕旨,即行改试策论,无庸候至下届。

二十四日(7月12日)　抄上谕三道,并作信,示辰读昌黎、柳州、东坡、介甫诸论,看《宣公奏议》《东莱博议》《经世文编》《时务报》,益考究西法;陕督陶[④]奏武童不由学臣,秀试不拘旧额。果尔,于教官不利,改教一节,俟部议定准再酌为妙。

二十五日(7月13日)　由津寄十七号信,示辰暂缓改教,上谕等件由京另寄。午刻标车来,前信(十八号)即由京寄去。接辅臣

---

① 光绪二十四年五月初五日上谕见《附录》。
② 光绪二十四年五月十二日上谕见《附录》。
③ 宋伯鲁折见《附录》。
④ 指陕甘总督陶模。其《请变通武科折》见《附录》。

信，复。

二十六、二十七日(7月14、15日) 热甚。

二十八日(7月16日) 入伏，尤热。接辰五月二日第七号信。儿辈不知自立，闷闷。习洋学固佳，特恐沉无恒耳。

二十九日(7月17日) 函示刘熙亭茂才学作策论。

三十日(7月18日) 闻大清河北决雄县其鱼。

六 月

初一、二日(7月19、20日) 奇热非常。

初三日(7月21日) 得雨，热为之退。

初四日(7月22日) 为辰、沉作信。

初五日(7月23日) 作信毕，腕臂酸软，有渐入老境之意。奉到兵部奏改武科章程，各州县武童，派就近武职官考课、弹压，如此，则进款去三分之一矣，奈何！

初六日(7月24日) 由津、京各发一函(第十九号、二十号一样)，示辰入大学堂肄业，谋小学堂教习(□修俸供三人零费，有修俸供沉一人局费)；措赀捐花样投供；送沉、燮入小学堂；兼觅京馆，勿改教；秋间赴都统筹全局。

初七日(7月25日) 节录前信(二十一号)，由玉寄去；兼询文山，岳母之带件到否？

初八日(7月26日) 因暴怒而出言不检，戒之，戒之！

初九日(7月27日) 微雨，凉甚，仿佛深秋也。

初十日(7月28日) 阅英人哲米生《中国度支论》[1]，为之慨然。中国之空虚若此，士大夫不能总核其数，而洋人乃了若指掌，噫！

---

[1] 书名当为《中国度支考》，英国人 George Jamieson(通常译为哲美森)编撰，1897 年由图书集成局出版。George Jamieson 于 1891 年始担任英国驻上海领事，1897—1899 年任总领事。

入者：

田税，二千五百八万八千两；

粮米合银，六百五十六万二千两；

盐税，一千三百六十五万九千两；

洋关税，二千一百九十八万九千两；

厘金，一千二百九十五万二千两；

华关税，一百万两；

土产鸦片税，二百二十二万九千两；

杂税，五百五十五万两；

以上共结八千八百九十七万九千两。

出者：

神机营及部费与官费，一千九百四十七万九千两；

北洋水师五百万两，南洋及福建、广东水师又五百万两，各口防营及西法练军八百万两，满洲防营一百八十四万八千两；北塞防营四百八十[两]；云贵协饷二百五十万两；

铁路五千万两；

黄河及长城工程一百五十万两；

各关经费二百四十七万八千两；

十八省官俸及陆营三十六百二十二万两；

以上共结得八千八百九十七万两。

接王文山把戎五月二十四日信，岳母无恙，三月带件已交到。

十一日（7月29日） 阅邸抄，五月秒上谕：乡会试第一场，试中国史事、国朝政治论五道；第二场，试时务策五道，专问五洲各国之政、专门之艺；第三场，试《四书》义两篇、《五经》义二篇。首场按中额十倍录取，二场四倍录取。取者始准试次场，每场发榜一次，三场完毕，如额取中。其学政岁、科两考，经古一场，专以史论时务策命题。正场四书义、经义各一篇。至词章楷法，虽馆阁撰拟应奉文字，未可尽废，如需用此项人员，自当特降谕旨考试，不为常例。嗣后一切考试以实学为主,不得凭楷法之优劣为高下。其未尽事宜,该部随时妥酌具奏。钦此。

十二日(7月30日)　肝气大旺,戒之,戒之!

十三日(7月31日)　陈余村茂才来。

十四日(8月1日)　大雨酣畅淋漓,人情欣慰。

十五日(8月2日)　雨止。余村去,切嘱其报捐小京官,携乃弟在都用功。去后,函示以郑奏请停捐①,捐官宜早。

十六日(8月3日)　节录前信,并五月抄上谕,附郑奏,由玉为辰寄去(二十二号),兼复文山。

十七日至念一日(8月4—8日)　时文诗赋之不能治民也;劲弓刀石之不能御敌也;捐项不停,官才日坏也;律例不删,吏缘为奸也;此皆杞人素所深忧者。今朝廷毅然行之,黄人快心,白种失色,中兴之机,其在此乎?钱法、关税,亦宜整顿,盼甚、望甚!

二十二日(8月9日)　备册结移县,求加结出考,以备验看。

二十三日(8月10日)　致函沈梅亭,问河间何时岁考?

二十四、二十五日(8月11、12日)　热甚,终日挥汗如雨。

二十六日(8月13日)　闻斗役卢玉奎一睡而逝,为之惨然。

二十七日(8月14日)　接辅臣信,闰生携去十金,并五月念五日信,均为家寄去。午刻闰生来,胰粉带到,铁炉托人改日携来。傍晚雨,稍凉。

二十八日(8月15日)　仍热甚。家中迩来无信,未知旱涝如何?念念。

二十九日(8月16日)　热极,夜不得眠。

---

① 郑,指御史郑思赞。《德宗实录》卷421,光绪二十四年(1898)六月上之上谕:"谕内阁。御史郑思赞奏请停捐纳一折,著户部体察现在情形,妥议具奏。"

七　月

初一日(8月17日)　雨,午后始晴。

初二日(8月18日)　宣讲礼生任意不到,将其差使开除,以警效尤。

初三、四日(8月19、20日)　稍凉。

初五、初六日(8月21、22日)　仍热。月余未接家信,盼甚。

初七、初八、初九、初十日(8月23、24、25、26日)　气滞腹痢,作冷作烧。

十一日(8月27日)　夜间尤甚。

十二日(8月28日)　延常襄臣诊视,据云受暑,兼脾胃不和,速服二剂,稍愈。

十三日(8月29日)　接辰、沅六月七日第八号各信,两老人安健,儿辈病痢皆痊;已发水,若不再长[涨],牛庄尚可分粮;索《中西算学大成》《数理精蕴》《御批通鉴辑览》及洋学等书。俟赴河间时可购,已有《时务通考》《梅氏中西笔算》《时务要览》《代数通艺录》《西法算学入门》。

十四日(8月30日)　早间雨,未宣讲。

十五日(8月31日)　凉甚。为辰辈作信,速速入都,或来阜,勿以夔辈自误;老太爷花用再增,东院勿管。

十六日(9月1日)　仍作信。

十七日(9月2日)　改方,服一剂,未效。拟暂且勿药,强饭少怒以养之。将二十三号信交范村范永龄,为辰寄去。其人在宝坻西关路北,开三义公带子铺。

十八、十九日(9月3、4日)　气滞甚,昼为之不适,虽肝家使然,亦耳根不净也,奈何!

二十日(9月5日)　阅《校邠庐抗议》《劝学篇》,喜中国之有人,果起而行之,何至有瓜分之虑也。

眉:《守约》云:如资性平弱者,先读《近思录》《东塾读书记》《御批通鉴辑览》《文献通考》,详节于中,学亦有主宰矣。

二十一日(9月6日) 再录前信以寄辰,注二十四号,二十五日俟标车到即发也。近日胸中烦闷,精神疲倦,眠食皆为之不佳,或者到河间,耳目一新,遂勿药有喜乎?

二十二日(9月7日) 气稍舒畅,为梅邨、辅臣作信。眉:嘱梅促辰西上,辅买绿皮军机封。

二十三、二十四日(9月8、9日) 雨。捡点行李,以备念六日赴府。

二十五日(9月10日) 仍雨。

二十六日(9月11日) 辰刻冒雨而行,宿单家桥。过富庄驿有感,口占二绝。

二十七日(9月12日) 雨仍不止。宿商家林。

二十八日(9月13日) 抵府。

二十九日(9月14日) 便衣拜客。

三十日(9月15日) 谒赵太尊,号赞臣,甚谦和,江西人。

八 月

初一日(9月16日) 太尊入贡院。

初二、初三日(9月17、18日) 考古。

初四日(9月19日) 正场,献、阜、吴、东。

初五日(9月20日) 论场。

初六日(9月21日) 正场,交、景、宁、固。

初七日(9月22日) 论场。

初八日(9月23日) 正场,河、肃、任。

初九日(9月24日) 论场。

初十日(9月25日) 空。

十一日(9月26日) 古复。

十二日(**9 月 27 日**)　初复。

十三日(**9 月 28 日**)　空。

十四日(**9 月 29 日**)　初复。

十五日(**9 月 30 日**)　空。

十六日(**10 月 1 日**)　次复。

十七日(**10 月 2 日**)　次复。

十八日(**10 月 3 日**)　空。

十九日(**10 月 4 日**)　合复。

二十日(**10 月 5 日**)　空。

二十一日(**10 月 6 日**)　总复,文童试毕。

二十二日至二十六日(**10 月 7—11 日**)　阅邸抄:康有为等结党营私,杨深秀、杨锐、刘光第、林旭、谭嗣同、康广仁斩决,徐致靖监禁,张荫桓军台,康有为、梁启超在逃。中国贫弱极,宜变法以图富强,乃奋发伊始,渠辈乘此而谋不轨,所谓"为鬼怪辈坏事也",惜哉!

二十七、二十八、二十九日(**10 月 12、13、14 日**)

九　月

初一日(**10 月 15 日**)

初二日(**10 月 16 日**)　张文宗①下马。

初三、四日(**10 月 17、18 日**)　考生、童古。

初五日(**10 月 19 日**)　童。

初六日(**10 月 20 日**)　古复。

初七日(**10 月 21 日**)　童。

初八日(**10 月 22 日**)　提复。

初九日(**10 月 23 日**)　童。

---

①　张文宗指张英麟。据《德宗实录》卷 408,光绪二十三年(1897)八月,礼部侍郎张英麟被任命为顺天学政。

初十日(10月24日)　提复。

十一日至十二日(10月25—26日)　提复。

十三日(10月27日)　生。

十四日(10月28日)　教、贡、优。

十五日(10月29日)　生。

十六日(10月30日)　童合复。

十七日(10月31日)　生合复。

十八、十九、二十日(11月1、2、3日)　马射。

二十一、二十二、二十三、二十四日(11月4、5、6、7日)　步射。

二十五、二十六日①(11月8、9日)　劲弓。

二十七日(11月10日)　默圣谕。

二十八日(11月11日)　武童合复。

二十九日(11月12日)　奖赏。

眉：二十五日托双元斋寄金蓉卿缓验费四金，并一函。二十九日由桂馨斋函致蓉卿，嘱其银到来信。

三十日(11月13日)　起马。②

二十九日由河间起程，宿富庄驿。三十日到署。

十　月

初一日(11月14日)　送县厅各处礼。措建平松银叁拾两，为家寄去(二十五号)。嘱沅每月四课，辰改削，抄两课带来；附大便下血方。复辅臣信，托寄银信。眉：借义和京足银九十八两，汇交辅臣。

初二日(11月15日)　赴宋庄。

初三日(11月16日)　为宋年丈题主毕，即回署。

---

①　原文未书"日"，应系笔漏，补之。

②　自九月"初二日"至"三十日"，原文未一如既往按日分行，显系事后补记。此处"起马"，指张文宗。

初四日(11 月 17 日)　送营队冬酱菜二篓。

初五日(11 月 18 日)　王辅廷来谈。

初六日(11 月 19 日)　拟拜客,因微雨而止。

初七日(11 月 20 日)　微雪,凉甚。星桥请便饭。

初八日(11 月 21 日)　尤凉,水始冰。

初九日(11 月 22 日)　借钟心如解馆之便,寄金蓉卿一函,嘱其收到银信,速来回音。

初十日(11 月 23 日)　五鼓拜牌,寒甚,着裘。

十一日(11 月 24 日)　早间亦寒。

十二日(11 月 25 日)　样子来。晚间大雷以雪。

十三日(11 月 26 日)　寄辰、沅《劝学篇》《百芙堂算学丛书》《各国交涉公法论》,并二十六号手谕,示以初一日带去三十金,月内再分寄六十一金,家中撙节用之,留出春间之款,非三、四月不能寄去。

十四日(11 月 27 日)　样子去,赠盘川两千贰百。

十五日(11 月 28 日)　寄辅臣信,嘱其将由义和汇去京足银九十八两,换市松银,分寄老太爷十两、老太太五两、辰、沅各十两,四老太爷二两、家岳母十两、君赐四两,赔陈楷账尾又十两(收到文山来信,今年赔四两,以后不赔)。求君赐代沽补宝华、肉铺、源盛等账。共六十一两,下余三十七两,嘱辅臣将垫款收清,剩若干代存,以备明春寄家之用。寄辰、沅二十七号信,嘱其收到撙节用之,须三、四月再寄;疏通月河,莫管三锡事。眉:托辅臣带靴子、带子、鞋片、膏药、红格本,并问画报。

又接到辰、沅九月十二日各禀,示以老太太系血淋、沙淋,接赵子价医治亦佳;老太爷倘出牛庄地,须力阻之,一家性命所关,非细事也。赎地之款,明春可措齐,但恐寄到家,不赎地而作别用,命辰妥筹来禀。又寄岳母、文山、君赐各一信。

眉:计合年寄家日用六十五金,老太爷二十五金,老太太十金,辰二十金,又考费三十金,沅十五金,四老太爷四金,还林债十金,赔陈楷账四金,岳母十四金五钱,共一百九十七两五钱,家中共得百三十五金。又做寿器银十两。

十六日(11月29日) 又寄辰、沅二十八号信,抄示医淋三方;牛庄一节,若四老太爷不用全价,可年前、后两次分付,究不如明春较好;《经世文三编》购得,寄去。拟嘱辅臣买《陈十六种》,付辰、沅,专力八比,不必入学堂,改教何以专选学正? 老太太愈否? 速来信,不必专足。

十七日(11月30日) 请客。

十八日、十九日(12月1、2日) 重缄前信,所谓"行人临去又开封"也。

二十日(12月3日) 函致津门宝森书坊,索《经世文三编》及夷报,托多容甫觅便寄去,即将索件带来。

二十一日、二十二日(12月4、5日) 回暖。

二十三日(12月6日) 尤暖。

二十四日(12月7日) 接辰九月二十七日第十二号来信,老太太无碍,为之欣慰;梅邨一函,牢骚满纸,想亦境遇使然。即为辰复信(第二十九号),由辅臣处拨寄十金,以备木工、漆、铁之用。并函托辅臣寄此款,兼购《陈十六种》,为辰带去;又求其代买辣豆腐、信纸寄来。小占请便饭。

二十五日(12月8日)

二十六日(12月9日)

二十七日(12月10日) 将辰、辅两信各加数语重缄,牛庄一节,留四叔者,年前、后各寄价 半,剩小书者,正月初六日刘聚五赴都,可寄全价。嘱辰酌办。

二十八日(12月11日) 辰来禀,老太太见好,欣慰之至;又方杨拟为砚过沅,示以力辞,不获再说,此事须刘家有人,且非经官不可,方杨做不到。装入第二十九号封内。辅臣来信,寄款、汇款均到,有妥便寄家。

二十九日(12 月 12 日)　雪,午晴,风起,陡寒。

冬月(十一月)

初一日(12 月 13 日)　尤冷。

初二日(12 月 14 日)　复史祥甫茂才,孙节妇札文沉滞无碍,礼部一律汇题,并交行查底(三月办,天津孔传勋代请)。

初三、初四、初五日(12 月 15、16、17 日)　托沈小裴补送孔吉斋奠分二千。

初六日(12 月 18 日)　感冒,至初九日始愈。

初十日(12 月 22 日)　冬至。为家中作信。

十一日(12 月 23 日)　夜间热,泄三次。

十二日(12 月 24 日)　往奠高致远(一千)。回拜冷云峰,至辅廷、小占处各小坐。

十三日(12 月 25 日)　接辅臣冬月五日信及各件,前寄家各银信,渠已付三义公带去矣。复辅臣并寄辰儿三十号一函,仍申前信之义。

十四日、十五日(12 月 26、27 日)　暖甚。

十六日(12 月 28 日)　月蚀,大风,寒甚。暴怒伤肝,戒之,戒之。

十七日(12 月 29 日)　肝仍未平。

十八日(12 月 30 日)　发如太尊贺禀(回任)、吴和轩贺信(由河间训导选宁远教谕),并复楚峰。

十九日(12 月 31 日)　迩来肝气又旺,奈何! 眉:收到天津宝森堂楸木夹板两付,尚有《皇朝经世文三编》未到,在河间已付该价三千,未审何故? 来信系夹板二付。

二十日(1899 年 1 月 1 日)　与阎奉三畅谈,甚快。邀渠早饭,未扰,匆匆而去。闻大计缓期三月,改于明年。廷方伯(印杰)①甫到

---

①　廷杰,字用宾,瓜尔佳氏,满洲正白旗人。据《德宗实录》卷 427,光绪二十四年八月:"以奉天府尹廷杰为直隶布政使"。

任,例不出考。又闻周臬宪①(印莲,贵州人,少年翰林,由厦门道升此任)精明强干,办事有恒,不胜钦佩。

二十一日(1月2日)　见晋羲,商功牌减价;并求其保送卓异,正间谒太尊时吹嘘;均慨允。

二十二日(1月3日)　肝气稍平。梦卜居一宅,前有小溪,甚出雅撰,门联云:傲物何妨惊俗眼,出山未必定清流。

二十三、二十四日(1月4、5日)　痰饮,戒茶。

二十五日(1月6日)　致吴和轩、阎奉三各一信,托代觅保送卓异文底。

二十六、二十七日(1月7、8日)　服药二剂,稍愈。

二十八日(1月9日)　寄辰三十一号信,示以明正带百金赎牛家庄;来年无恩科,宜改教;有,则场后再酌。辅臣托罗姓(德顺,咸;字,号)寄来信纸、辣豆腐,前后七十一金,均由三义公寄家。《陈十六种》另寄,由标车复。

眉:并寄去现银三十两,当是一百一金之数,改日寄信再问。

二十九日(1月10日)

三十日(1月11日)

嘉平(十二月)

初一日(1月12日)　暖甚,冻解泥滑。

初二日(1月13日)　大风,陡寒,夜间尤甚。梦场前有人送画三幅,一喜鹊一双;一美人抱小孩,孩手执香橼三个,寓"喜报三元"之意;一其则不记也。名心久淡,此梦胡为胡来?致吴和轩、姚殿筹各一函,一询教谕卓异后,向例何如?一托其代请紫云也。

初三、四、五日(1月14、15、16日)　连朝寒甚,惜雪未足,然冬

---

① 周莲,字子迪,祖籍贵州贵筑,出生江苏如皋。据《德宗实录》卷426,光绪二十四年(1898)八月:"以福建兴泉永道周莲为直隶按察使。"

瘟可免,亦佳。

初六日(1 月 17 日) 奉三来函,催卓异文书。午后访小裴一谈,据云卓异引见可自行迟早,举办时须本县向太尊代求为妙。晋羲来,未晤,约明日再来。

初七日(1 月 18 日) 宋汝言及陈余村昆仲来。

初八日(1 月 19 日) 寄岳母、文山各一信,送岳母绵裤等件,送文山红绳一斤。宋峤仙同年送来绍酒、火腿、松花、青笋各件。

初九日(1 月 20 日) 有求全之毁,平心以处之,一则戒多怒伤肝,二则顾大局也。

初十、十一、十二日(1 月 21、22、23 日) 晋羲大令、星桥少尉为之调停,只好见怪不怪,不与之校[较]。大风吹倒梧桐树,自有傍[旁]人说短长也。

十三日(1 月 24 日) 接辰冬月十九、沅冬月十三日来禀,寄款均到,老太太已愈。欣慰之至,即复三十二号,示以来[正]寄银赎牛庄地。

眉:六、七十亩上下,每亩典价东钱十二千,共八百来千,约银秦关之数。

十四日(1 月 25 日) 访晋羲一谈,多、李之事。

十五日(1 月 26 日) 访念斋一谈,以释嫌疑。

十六日(1 月 27 日) 复沈梅亭昆仲。

十七日(1 月 28 日) 寄冉报局四金,补去年一金,清本年三金,无欠。

十八日(1 月 29 日) 托义和明正汇京足银百五十两。复辅臣。

十九日(1 月 30 日) 函托辅臣代取义和百五十金,速换京松,随信寄家。函示辰、沅三十三号,收到寄款,以百二十金赎地,以三十金日用,五月再寄款接济;倘赎地不成,或典房或还账均可。两函俱注二十。

二十日(1 月 31 日) 托刘聚五到京,即将函件送义兴诚,并兑汇款,兼致岳母布包一个。

二十一、二十二、二十三日(2月1、2、3日)　肝气又动,力捺而止。

二十四日(2月4日)　由津寄辰三十四号信,示以寄款赎地;函贺花农,即求向德筱翁①吹荐,并谋留奉,一举三得也;携回寄款亦直捷独行,而带重赀不妥,俟辅臣寄较稳洽。

二十五、二十六、二十七、二十八(2月5、6、7、8日)　催收结费,办理年事,接殿筹信。

二十九日(2月9日)　眉:史闰生岁秒奇窘,借以四千,渠不胜感激,送来绵鞋一双。

---

①　当指德馨,字晓峰,满洲镶红旗人,历任河南开归陈许道、河南按察使、浙江布政使、江西巡抚。1895年在江西巡抚任上被劾革职。1890年开复,办理奉天矿务。徐花农是浙江仁和人,德馨曾任浙江布政使,二人颇有交集,可能关系较密。

附　录

一、《清实录》有关张蓉镜父子记载

1.《宣统政纪》卷 15，宣统元年六月上（张蓉镜）

乙酉。谕内阁，袁树勋奏分别举劾属员一折。山东济南府知府张学华、署东昌府知府济南府同知黄笃瓒、济宁直隶州知州丁兆德、准补郯城县知县贾景德、署黄县知县补用知县武晰、试用知县卢士菜，既据该抚胪陈政绩，均著传旨嘉奖。

署鱼台县知县补用知县陈伯和，籍案苛罚，怨讟烦兴；试用知县张蓉镜，于署黄县任内，虐商殃民，声名狼藉；邱县知县孙景先，才庸识暗，治盗无能；署黄县黄山馆巡检试用典史黄廷谟，任意勒罚，众谤沸腾；清平县典史吴起鹏，年老多病，捕务废弛；候补同知郭昂，识暗才庸；候补同知梅兆棠，性情贪诈；候补知县林介策，派修河工，糜费过甚，著一并革职。陈伯和、黄廷谟并著查明罚款，按律究追。林介策有无浮冒侵蚀情弊，仍著查明核办。

（《清实录》第 60 册，中华书局 1987 年版，第 295—296 页）

2.《德宗实录》卷 531，光绪三十年五月下（张鸿辰）

谕内阁，袁世凯奏举劾属员一折。直隶开州知州胡宾周、唐县知县陈友璋、定兴县知县黄国瑄、威县知县岳龄、故城县知县林学城、广宗县知县张继善、雄县知县谢恺、新河县知县傅澄源、署南和县知候补直隶州知州毛隆光,既据该督声称"政绩卓著",均著传旨嘉奖。

广平县知县韩景儒,门丁用事,才具平庸;栾城县知县张源曾,信任家丁,性情暗弱;无极县知县李荫桓亲属招摇,颇滋物议;容城县知县陶承先,纵役滋扰,怨声载道;博野县知县许湘甲,徇庇差役,罔恤民艰;任县知县吴庆祥,役吏弄权,优柔昏聩,署曲阳县事任邱县知县周斯亿,捕务废弛,徒工粉饰;署清丰县事南和县知县黄文良,积压词讼,弊窦滋生;署怀安县事藁城县知县陈沐,懒惰因循,难期振作;龙门县知县张兆龄,性耽安逸,不勤民事;署丰润县事试用知县宁绌,执拗任性,办事糊涂,均著即行革职。

沧州知州王前彰,人地不宜;深泽县知县续曾,缉捕不力;东光县知县王安定,报案含混;正定县知县戴作楫,年力就衰;均著开缺另补。

另片奏,开州学正姜有范,目病已深,学务多旷;元城县教谕张鸿辰,性喜揽事,致招物议;沙河县教谕萧文治,声名平常,士有烦言;任县教谕王润,性近轻躁,不堪矜式;邢台县训导杜霖,年老昏眊,甚失士心,均著一并革职。

(《清实录》第59册,中华书局1987年版,第68页)

二、《张蓉镜日记》相关奏折、条约

1. 关于甲午和战及《马关条约》

(1) 安维峻《请诛李鸿章疏》光绪二十年十二月初二日

奏为强臣跋扈,戏侮朝廷,请明正典刑,以尊主权,而平众怒,恭折仰祈圣鉴事。

窃为北洋大臣李鸿章,平日挟外洋以自重。当倭贼犯顺,自恐寄顿倭国之私财付之东流。其不欲战,固系隐情。及昭旨严切,一意主战,大拂李鸿章之心。于是倒行逆施,接济倭贼米煤军火,日夜望倭贼之来,以实其言;而于我军前敌粮饷火器,则故意勒掯之。有言战者,动遭呵斥,闻败则喜,闻胜则怒。淮军将领,望风希旨,未见贼先退避,偶遇贼即惊溃。李鸿章之丧心病狂,九卿科道,亦屡言之,臣不复赘陈。惟叶志超、卫汝贵,均系革职拿问之人,藏匿天津,以督署为逋逃薮,人言啧啧,恐非无因。而于拿问之丁汝昌,竟敢代为乞恩。并谓美国人有能作雾气者,必须丁汝昌驾御。此等怪诞不经之说,竟敢直陈于君父之前,是以朝廷为儿戏也。而枢臣中竟无人敢为论争者,良由枢臣暮气已深,过劳则神昏,如在云雾之中。雾气之说,入而俱化,故不觉其非耳。张荫桓、邵友濂为全权大臣,未明奉谕旨,在枢臣亦明知和议之举,不可对人言,既不能以死生争,复不能以去就争,只得为掩耳盗铃之事,而不知通国之人,早已皆知也。

倭贼与邵友濂有隙,竟敢索派李经方为全权大臣,尚复成何国体。李经方乃倭酋之婿,以张邦昌自命,臣前已劾之。若令此等悖逆之人前往,适中倭贼之计。倭贼之议和,诱我也,彼既外强中干,我不能激励将士,决计一战,而乃俯首听命于倭贼。然则此举,非议和也,直纳款耳。不但误国,而且卖国,中外臣民,无不切齿痛恨,欲食李鸿章之肉。而又谓和议出自皇太后旨意,太监李莲英实左右之。此等市井之谈,臣不敢深信。何者?皇太后既归政皇上矣,若犹遇事牵制,将何以上对祖宗,下对天下臣民?至李莲英是何人斯,敢干预政事乎?如果属实,律以祖宗法制,李莲英岂复可容?惟是朝廷被李鸿章恫喝,不及详审利害,而枢臣中或系李鸿章私党,甘心左袒;或恐李鸿章反叛,姑事调停。初不知李鸿章有不臣之心,非不敢反,直不能反。彼之淮军将领,皆贪利小人,无大伎俩。其士卒横被克扣,则皆离心离德。曹克忠天津新募之卒,制伏李鸿章有余,此其不能反之实在情形。若能反则早反耳。既不能反,而犹事事挟制朝廷,抗违谕旨,彼其心目中,不复知有我皇上,并不复知有皇太后,乃敢以雾气之说戏侮之也。臣实耻之,臣实痛之!惟冀皇上赫然震怒,明正李鸿章跋扈之罪,布告天下。如是,而将士有不奋兴,倭贼有不破灭,即请斩臣,以正妄言之罪。祖宗鉴临,臣实不惧。

用是披肝胆,冒斧锧,痛哭直陈,不胜迫切待命之至。伏乞皇上圣鉴。谨奏。

(《谏垣存稿》卷4,甘肃人民出版社1991年版,第118—119页)

(2)**安维峻《力阻和议疏》**光绪二十年十一月二十九日

奏为风闻和议将成,国家大局可惜,敬陈利害,以备荛采,恭折仰祈圣鉴事。

窃自倭夷肇衅,本年七月初间,当事大臣,即有议和之说。其时诏旨严切,一意主战,而中外之人心一振。自停办庆典,召用恭亲王,而中外之人心,为之大振。自时厥后,征兵召将,筹饷购械,申失律之诛,严徇隐之罚,而天下臣民无不晓然于圣意之所在。智勇瑰奇之士,皆思乘时以树功名,而为国家雪仇耻。故虽牙山、平壤之败绩,九连城、凤凰城之失守,旅顺、金州之挫退,除二三大臣畏葸失措外,京师士庶固犹安堵如常。非不知我师挠败,天威屡损,兵凶战危,断难逆料也。以为我皇上赫怒之威,中兴全盛之力,仰荷祖宗德泽及皇太后明训,倭虽屡胜,终必覆亡;我虽屡挫,终必克捷。兵将虽利钝杂陈,而炼而益精,久而益习,必不至一蹶而不振;粮饷虽支绌时闻,而有源可开,有流可节,必不至一竭而无余。此不特中国人知之,欧洲万国亦莫不知之。即倭夷之夜郎自大,倒行逆施,其心亦未尝不深知之而深畏之。臣不知当事者何爱于倭奴,而必以和助其凶焰;何恶于中国,而必以和自误全局乎?

今虽未奉明旨,而道途之窃议者,已不乏人。万目睽睽,嗫嚅而不敢进。臣伏思之,可使朝廷并无此议,而言官受妄言之罪;不可使朝廷既有此议,议且垂成,而臣坐视而无言,欲言而无及。用敢以管见所及,为我皇上敬陈之。

臣之所谓大局者何哉?人才而已矣。自京畿达于行省,列仕版者以万计。而枢臣纲其内,疆臣综其外,国家即百年偃革,而枢臣之名曰军机大臣，是固以军机为事也。疆臣之名曰总督某省军务，巡抚则言提督某省军务，是固以军务为事也。康熙、雍正以来，名臣如图海、李之芳、李光地、鄂尔泰、阿桂、曾国藩、左宗棠等，入赞枢机，出领节钺，其所造人才，往往能备国家数十年之用。《诗》云："维其有之，是以似之。"是故有王琼之本兵，而后有王守仁、韩雍之督抚。有张居正之阁臣，而后有李成梁、马芳、俞大猷、戚继光之名将。虎啸而风生，云蒸而龙变，所谓物各从其类也。今之枢臣何如乎？清节重望，固不乏人矣，然能师干之寄者谁乎？皇上固虚己以听矣，然疆臣之知兵与否，能尽悉乎？提镇孰可专任，孰不可驱策？制兵孰可用，孰不可用？布置孰急孰缓，能尽得其情乎？徒闻今日遣一将，明日募一军，零星散布，毫无统摄。甚有廷寄朝下而暮竟忘者。枢臣如此，疆臣可知。其下效指挥、供奔走者，抑又可知。今倭氛之恶甚矣，人才之不振亦甚矣。然正赖此意外骚动，使我百司庶执事，皆抱卧薪尝胆之惧，庶人才可复出，国柄可复张，迅奋鼓荡，以期有成。历时愈久，物力愈臻，豪杰有为之士愈伙。将汉元朔、元至元之伟烈，不难再见于今。当事者胡为以议和沮天下英才，挫天下锐气乎？

夫道光壬寅粤东之和，以琦善、耆英之畏葸，而将领皆不悉兵故也。咸丰庚申天津之议和，以僧格林沁、胜保之败衄，而近畿并无可恃之兵故也。至光绪甲申越南之役，则岑毓英胜之于宣光矣，冯子材胜之于谅山矣，孙开华胜之于基隆矣，安见外洋必胜，而中国必败者？且英法之议和，欧洲去中国二三万里，彼能来而我不能往，跨海远征，难操胜算。彼协力以谋我，主客之情既异，多寡之数悬殊，不得不暂示羁縻耳。今之倭夷，有如英法之远隔重洋者乎？有如英法之士马雄富者乎？日者召将征兵，筹饷购械，将卒枕戈以待旦，志士拊掌而请缨。臣以为胜负兵事之常，我皇上中兴大业，正在于此。将来一怒安民，不难举长崎、横滨诸岛电扫而空之，扬燀赫之天声，憺威稜于海外，使俄、德、英、法、美诸国，百年之内不敢扬帆而东指。而乃戈甲甫修，貔虎甫集，战事方兴，忽然议和，是何异孟贲、夏育自縶其手足，而听国狗之狂噬；韬干将莫邪之锋，而令人无以铅刀迫我也。

且夫倭衅未开之先，叶志超、卫汝贵、丁汝昌、程之伟，固皆专阃大员也。一丘之貉，一哄之市，孰优孰劣，孰材孰鄙，其何由知之？一战而得失形矣，再战而强弱呈、高下出矣。使不经战事，则此数人者，蟒玉围腰，翠缨饰首。阅操则军容有荼火之观，会哨则伐极水陆之选，人自以为颇、牧，家自以为穰苴，其孰得而区别之？船厂、制造局、水陆武备学堂，皆三十年来未有之巨观也。枪则新旧毛瑟、云者士、林明敦，炮则格林、阿姆斯脱朗、克虏卜、霍斯盖斯，操演则华洋兼采，教习则中西分授。使不经战事，则枪火济用不济用，士兵之习与不习，其孰从而知之？

今儒生束发受书，志在进取者，皇上必命主试之官，校其艺之能否，以为等第去取。独主军者不然。其上者，课在职之勤惰而已。其下者，至视苞苴之多寡为殿最。虚伍、侵欺、干没诸弊，非无耳目，而概置不见不闻。疆臣以是为考校；枢臣以是为除授。贤者不见长，不肖者不见短。譬之洪炉炽，则金铁投而皆熔，大川流则净秽入而俱化，所谓澄清抑扬之术无有也。

兵事者考验人材之方，战场者较量英雄之地也。心之精光，淬而愈出；器之美窳，试而后知。当曾国藩、左宗棠督军之始，敢自谓战胜攻取，算无遗策哉？利害迫于外，毁誉劫于中，百折千炼，不得不出于殚精积苦之一途。小创则增小智，大创则增大智。阅历既久，胆识既坚。夫而后蹂踏纵横，无施而不可。然犹不敢谓平发捻者，即能蹶海夷；靖内乱者，即可御外侮。故其遗疏淳复，恒以因时激变为言。使二臣者，至今尚在，当此倭人渝盟，必且以是为作育将才，整顿海防之藉。必不以一再覆败，而甘心讲和明矣。

伏查乾隆二十四年平定回疆，高宗纯皇帝谕曰："此番遄返绥靖，我将军参赞以及一介执戈之士，无不得娴行阵，于国气人才，深有裨益。然非朕力为振作，信赏必罚，以淬厉之，其谁不畏难苟安，而坐希无事之福乎？"等因，钦此。仰见庙谟广运，瞻言百里，非世俗佳兵黩武之说,所可希其涯涘。臣愚以为目下将才,虽远逊于前,然如宋庆、董福祥、曹可忠、唐仁廉、程文炳辈,皆知名宿将。他如冯子材、娄云庆、刘永福、熊铁生、郭宝昌之徒,亦久著战绩。诚得一二知兵大臣,如刘坤一、李秉衡之伦,操纵而驱策之。用之而效,待以不赀之赏;用之而不效,临以不测之威。沙汰之法行,而滥竽充数者,无所措其面目。一夫善射,百夫决拾。将卒之勇怯廉贪,不能逃疆臣之耳目;疆臣之勇怯廉贪,不能逃枢臣之耳目;枢臣之勇怯廉贪,不能逃我皇上之耳目。考校严而真才出,真才出而国势强,较之武部之计资升迁,督抚之照例巡阅,其高下相悬,岂可以道里计乎?

夫朝为而夕堕之,不如其无为;既成旋毁之,不如其无成也。而言和者何也?海军之设于今几年矣,朝廷岁縻数百万金钱,购造铁甲,修理炮台,快船、碰船、鱼雷、水雷之属,月异而岁新。大东沟之战,定远铁甲,受炮子千二百而不伤,是我之船炮,非不如人,不如人者将才耳。牙山败而海军不前,旅顺失而海军不前,是海军有意与敌和也。平壤退后,淮军见贼即奔,是淮军有意与敌和也。此等顽顿无耻之徒,在前行者不过数人。今而和之一字,倡自中朝,是举天下节镇将帅,而皆使之为丁汝昌、叶志超也。当事者徒见如此覆败,以为此后战事恐无把握,遂欲以养痈为上策,以不着为高棋。夫淮军死贼者,数近万人,伤亡不可为不惨,然怯于杀敌而勇于扰民,律以国法,亦所不赦。但当亡羊而补牢,岂可惩羹而吹齑?或谓王者之师,有征无战,天戈所指,必无逆我颜行者。则当中法失和时,何尝无溃窜失陷之事?天下承平,兵革久息。曩时被坚执锐之徒,皆以伺候奔走,形势便利为事,刚心勇气,消铄殆尽,钝眊痿蹶,不可复振。故方事之初起,丧师失律者,比比皆是。及其久,而能者脱囊而出锥;不能者砥铅而磨钝。勇怯异观,工拙异形。此理之常,无足怪者。然则一胜何足喜,一败何足忧,转弱为强,在倡之何如耳?岂可为畏葸巽懦者,开藏拙之门,而令天下忠臣义士,椎心裂眦于无可柰何哉?

且夫人才之生,其气必有所聚。不在于上,必在于下。如山有虎豹,水有蝮蛇,其暴悍毒螫之气,非有所泄以杀其怒,势且不可以终日。今提镇大臣如冯子材、刘永福,其初固不尽为中国用者也。惟有过人之材,而不为中国用,故且彷徨山泽,屈身异域,以自见其才。昔雍正间,西虏未尽,世宗宪皇帝诏各省督抚保举技勇之士,得数千人。其最者能开二十四石弓,以鸣镝射其胸,铿然而返;又能开铁胎弓及举刀千斤者,号"勇健军"。命史贻直率之屯巴里坤。故其时海内无盗贼警,而边疆皆赳武之士。盖拔奇士以树军威,靖邪慝而清乱源,其道无便于此。今武臣进身,独有武科,所习非所用,沈葆桢尝罢之而未果。惟军功一途,尚可少收得人之效,而又以和议挢之。日者下诏征兵,湘楚燕秦之士,仗剑相从者,不下数万人。臣不知此数万人者,皆南亩力作之徒耶? 抑犹有枭桀大猾不甘蜷伏田里,而必欲借此进身者耶? 若犹有负枭桀之材,不甘蜷伏田里,而又不得借此进身,则一聚一散间,岂可不为之寒心哉?

今天下环海之国,以数十计。俄、德、英、法、美诸大国,皆有鲸吞虎视之志。特以连鸡之势,莫敢先动,故中国得以暂安,而其意固未尝须臾忘也。倭夷之在外洋,国小而俗贪,其地曾不能当中国一二行省之大,然而举朝鲜、跨鸭绿、迫辽阳、阻皮岛,已若是矣。况于挟强大之势,以因利乘便,其孰能御之? 洪潦暴霖集,而不思堤御之方,则溢江决河之穷于建筑也明甚。往者越入于法,缅入于英,琉球入于倭,皆数百年未有之变。而我中国无事不让人以先,而自处于后,彼见中国之易与也,习而安焉,迅雷发于中夜,卧者不及掩耳;烈火燎于平原,救者不及褰裳。迫胁我东藩,虔刘我边陲,固极吞噬之狂威,烧掇之凶焰矣。然而,兵力未尝不屈,人才未尝不穷也。倭夷所揭,商债至数万万之多。长崎口岸,已为法人所质。其国中不时有土寇窃发,商民嗟怒,情势危岌,少迟缓之,厚集其势,以待其敝。彼倭主者,不有人祸,当有天刑。金之海陵王,法之拿破仑,即前车之鉴也。

当事者胡为以和自误乎? 天下人才,方日趋于颓惰委靡,不可收拾。而上之人，乃更欲制其亢而挫其锐，使降心低首，惴惴不敢出气。独不思卧榻之侧，鼾睡者不止一倭夷。一倭得志，众倭效尤。今岁然，来岁又复然。罢兵议和，而我之兵可罢，敌之兵不可罢也。增兵置戍则为费甚大，惮费而不设兵，又无以止敌之人。已罢之兵，再动则扰，已停之饷，再增则怨。朝鲜已失，不可复得；藩篱已撤，不可复守。而且已失之地，倭不能守，必更折而入俄，而东藩长沦为异域，奉吉自此无安宁矣。

昔有宋南渡，宗、岳、韩、刘，百战抗金。秦桧主和，金牌遽召。陵夷以至孝宗，虽锐意恢复，而环顾朝端，无可任者。大业不振，职此之由。己酉天津款议，先臣彭玉麟尝言之矣，议和必出于赔款。夫以张挞伐雪仇耻之资，而乃借寇兵而赍盗粮，其失计孰大于斯？以一二人之偷安患失，而乃视大局如儿戏，兵竭饷耗，百无一成，黄金掷于虚牝，国事同于置棋，忠说灰心，豪杰丧气。将来寇警再闻，虽日下勤王之诏，频颁罪己之书，臣恐袖手不前，甘心坐视，虽有善者，无可如何，其不忠孰大于斯？

且今日议和者之心，非特畏葸退避而已。当兵端初开，孙毓汶、徐用仪、张荫桓之属，即以讲和为事，言战则目为张皇，募兵则斥为过计。彼不知为李鸿章所愚，而左右惟命，争之愈力，持之愈坚。既已误于前，更不悔于后。惟恐兵机渐利，捷奏时闻，将为清议所不容，王章所不赦。故必力排群言，其勇往者，无由见功；庸懦者，乐与同过。不惟一己之声名，在所不惜，即如宗社之安危，亦所不问，而又巧为脱卸，谓事事皆皇太后、皇上指授，其怀诈营私，幸灾乐祸如此！皇上为万世子孙计，岂忍事败垂成，功堕于末路？枢臣如恭亲王、李鸿章、翁同龢，皆负一时巨望，岂甘坐受北洋之指挥，而略无匡拂救正于其间，将何以上对君父，下对天下臣民，使万世后被以误国之恶名而不辞乎？夫乙酉之议和，犹战胜而和也。今一败即和，是我救成于敌，非敌求和于我也。至此以后，将赔兵费、割重地视为救急之良图，无复自强一日矣。其他得失，臣亦不复究论。惟大局所关，不敢苟安缄默。失今不言，后且言之而无及。披沥直陈，伏乞皇上圣鉴，训示施行。谨奏。

（《谏垣存稿》卷4，甘肃人民出版社1991年版，111—117页）

（3）李秉衡《奏力阻和议折》光绪二十一年三月二十五日

奏为与倭人议和，条约尚须斟酌，谨沥愚忧，恭折驰陈，仰祈圣鉴事。

窃自倭夷犯顺以来，我水陆各军节节挫败，以至陪都告警，京师震惊。皇上不忍生灵之涂炭，特命北洋大臣李鸿章前往东洋议款，本息兵庇民之心，非得已也。为臣子者，不能杀敌致果，纾庙堂宵旰之忧，苟和议于国体无伤而犹断断置辩，是以朝廷为孤注，徒快其议论之私，臣虽至愚，不敢出此。惟以臣所闻，和议条款有倭所得地方尽归倭有，暨辽河以东及台湾均割归倭，并赔银一百兆两之说。臣以为讹言，不足深信，即令倭以是要挟，皇上决不能允。而既闻此说，不觉忧愤填膺，有不得不披沥上达于君父之前者，敢敬陈之：

倭立国岛上，仅中华一二行省地耳。闻近来洋债日增，困穷已甚，非有长驾远驭之略也。其来中华者，劳师袭远，死亡相继，人数有日减无日增。观于荣成、威海等处得而不守，前以精锐萃于牛庄、营口，则海城以东久无动静；二月下旬，往攻澎湖，则旅顺一带倭船绝少；其大枝劲旅止有此数，已可概见。特以轮船飘忽海上，往来甚捷，故觉其势尚张。而中国先无坚忍敢战之将，望风披靡，彼愈得肆其猖獗耳。然自去秋至今，所失不过奉天数州县之地，至辽河以东，东三省版舆之大，彼自以力征经营，得不得正未可定；奈何以数省之地，敌所力争而未必能得者，遽拱手以让诸人，有是理乎？

东三省为我朝发祥之地，根本所关，与京师相维系；且陵寝所在，列祖列宗之灵爽实式凭焉，一旦付之犬羊之族，在天之灵必有愀然不安者。我皇上至仁大孝，其肯听此狂悖不经之议，以堕我万年不拔之基也哉？

　　台湾北连吴会，南接粤峤，幅员南北三千里，东西六百里，乃江、浙、闽、粤之要害。野沃土膏，物产蕃庶，为东西一大藩障。自巡抚改驻台湾，经营缔造又越数年。刘永福素骁果善战，敌即往攻，未必能克。倘割以畀之，东南数省无安枕日矣。

　　乃者泰西各国环布中土，皆大于倭数倍，通商者据我要津，传教者愚我黔首，其蓄志均甚深。倭一得志，诸夷谓吾华土地之可利也，必猖猖然环向而起，肘腋之患，有已时哉？且中国之与外夷议和者屡矣，或偿其兵费，或准其通商，固未尝以疆土与人也。今既赔以巨款，又许以割地，瘠中华而奉岛夷，直纳款耳，无所谓"和"也。中国息借洋款已数千万，此次赔款又须借贷，合之数将万万。若用此巨款以养战士，以二十万人计之，每月只一百余万，岁计亦不过一千数百万。如能战胜，则赔款可以不给，而中国可以自强。孰得孰失，固较然易明也。

　　或者谓倭兵精炮利，我不能战胜，则土地终不可保，此又不揣其本之论也。中国自发捻平后，久不见兵革，各处营勇皆积疲不振，淮军更将骄卒惰，畏贼如虎，故寇焰愈炽，莫之敢撄。自海上告警以来，召将征兵已遍天下，筹饷购械縻帑数逾千万。近已布置稍定，兵机可期渐利。即谓海军覆没，彼水师不能制，而曩者法越之役，全以陆师克复关、谅，法夷震慑乞款，是陆师得力，而彼水师亦不得逞也。关内外宿将，自宋庆、依克唐阿、唐仁廉而外，如聂士成、程文炳、董福祥、熊铁生、余虎恩各员，均素称敢战。以刘坤一之老成硕望，为之主持而指挥之，战事必大有转机。

　　于此而以和议曲徇其欲，则所用经费尽成虚掷，日后有事再仓猝召募，又蹈此时覆辙；而海内疲敝，势必不支，其祸有不可胜言者矣。同治之初，发捻蹂躏遍天下，东南数省郡县半陷于贼，赖曾国藩等持以坚忍之力，卒底于平。今所失之地，视彼时只什百之一二耳，但使各将帅有卧薪尝胆之诚，恢复固非难事，安得谓彼所得者，遂尽为其有哉？

臣伏愿皇上乾纲独断,如彼族要挟过甚,则绝其和议,勿为虚声所恫喝,勿为浮议所摇撼。畿辅以东,责成督师大臣,慎简将帅,若者为前敌,若者为接应,其不力者汰黜之,如有不遵,以军法从事。各省海疆战事,责成各督抚,有丧师失地者,重治其罪。上奋安民之怒,斯下励敌忾之忱。

臣虽老惫,愿提一旅之师,以伸天讨,即捐糜顶踵亦所不惜。迨彼族势穷力屈,就我羁勒,然后从容议和,则不至损威纳侮,亦可稍戢各国觊觎之心,大局幸甚!

臣迂直之性,罔识避忌,披沥上陈,不胜悚惕待命之至。谨缮折由驿驰奏,伏乞皇上圣鉴训示。谨奏。

(《李忠节公奏议》卷7,沈云龙:《近代中国史料丛刊》第一辑,第295册,台湾文海出版社1968年版,第601—607页)

(4) **李秉衡《奏再沥愚忱力阻和议折》光绪二十一年四月一日**,
奏为和议要挟过甚,万难曲从,再沥愚忱,恭折仰祈圣鉴事。

窃臣前以和议将成,条约尚须斟酌,于三月二十三、二十五等日先后电折奏陈在案。近闻李鸿章已回天津,和款展于四月十四日换约,条款内有割台澎及奉天辽河以南地,并赔兵费二万万两,南北两京、苏州、杭州、重庆、沙市等处通商,暨倭驻兵威海,每年付饷五十万各条。此事尚未明奉谕旨,以臣所闻,亦前后小有歧异。军国大计,朝廷自有权衡,臣何敢哓哓上渎?惟彼族要挟过甚,事事曲从,即无以为国。外间微闻此议,食毛践土之伦,无不切齿愤恨。臣受恩深重,若徒隐忍缄默,实觉幸恩负职,清夜难安,谨干冒斧锧,敬再为我皇上陈之:

辽河以南,自牛庄沿海至盖平、复州、金州、旅顺,转而东至凤凰城、鸭绿江,皆海防形胜之地,为京师左辅。卧榻之侧,岂容他人鼾睡?倭夷贪狠成性,引而纳之肘腋之地,而欲虎之无噬、蛇之无螫也,得乎?

　　台湾为东南藩蔽，无论要害一失，沿边各省不能安枕；且其地入版图者数百年，物产丰饶，户口蕃息，士农工商各安其所，一旦使之弃祖宗富骁之旧业，责令迁徙，必至流离失所，怨讟繁兴。谁非朝廷之赤子，而忍令罹此荼毒乎？况安土重迁，人所恒情，设有凭恃形势，铤而走险，以与倭相抗者，将遏其义愤，强令臣服于倭乎？抑责其负固不服，而加之罪乎？不然，倭又将与我为难也。

　　我朝深仁厚泽，无论如何为难，断不加赋。赔款二万万，非借洋债不可。照台湾成案，以八厘取息计之，岁需息银一千六百万两，息无所出，又将借本银以还息银。从前以海关抵偿，故取携甚便，设海关不敷坐扣，则借款未必可得，将取盈于丁赋。举中国有限之脂膏，尽以供其盘剥。即此一端，国势已不可支。况款议若此，则害切剥肤，各处防营不能撤兵，饷又从何出？国家岁入有常，安得有无穷之财力，以塞此漏卮哉？

　　金陵、苏州、杭州、重庆、沙市，向未准各国立通商口岸。京师重地，更非外省可比。若倭人一开此端，则各国条约向有"一律照办"之语，将接踵而至。利权尽为人所揽，况禁近之地。

　　彼族包藏祸心，设有仓猝不备之虞，其患何堪设想？夫中国之呕呕求和，欲苟图旦夕之安耳。闻倭自兴兵以来，借国债至一万五千万元，财力困穷，人民愁苦，不过强力偾兴，外实内虚。于此时而自谓战不能胜，偿之以巨款，赂之以土地。割辽河，而北洋为所据；割台湾，而南洋为所据；复驻兵威海，以扼中权之要。是倒持太阿之柄以授人，而使之厚其力以图我。即欲求旦夕之安，不可得矣！

　　方今泰西各国眈眈环向，俄人虎视于西北，英法狼顾于西南，皆视我与倭之事以为进退。如此次曲徇其欲，数年之内，俄必索我天山南北及吉林、黑龙江两省，英必索我前后藏地，英与俄必争索我乌梁海，法必索我云南、广西边地。祸变之兴，殆不旋踵。历观往代，割地和亲，卑礼厚币，偷安未久，覆亡随之。史册所垂，可为殷鉴。

　　伏望我皇上赫然震怒，立绝和议，布告天下臣民并各和好与国，声其欺侮要挟之罪,为万国所不容,神人所共愤;以偿兵费之款养战士;严饬各将帅督抚效死一战。半年之内,倭必不支。即令战而不胜,亦断不能于从前失地外,再失数千里疆土。况天威震叠,薄海同仇,果能万众一心,未有战而不胜之理。必待彼势绌求和,然后定约,则我国家威棱遐畅,自不敢肆其凭凌矣。

臣忧愤迫切,谨披肝沥胆,昧死渎陈,不胜悚惧屏营之至,谨专折由驿五百里驰奏,伏乞皇上圣鉴训示,立赐睿断施行,谨奏。

(《李忠节公奏议》卷8,沈云龙:《近代中国史料丛刊》第一辑,第295册,台湾文海出版社1968年版,第617—621页)

(5) 中日《马关条约》

A. 讲和条约

大清帝国大皇帝陛下及大日本帝国大皇帝陛下为订定和约,俾两国及其臣民重修平和,共享幸福,且杜绝将来纷纭之端。

大清帝国大皇帝陛下特简大清帝国钦差头等全权大臣太子太傅文华殿大学士北洋通商大臣直隶总督一等肃毅伯爵李鸿章,大清帝国钦差全权大臣二品顶戴前出使大臣李经方;大日本帝国大皇帝陛下特简大日本帝国全权办理大臣内阁总理大臣从二位勋一等伯爵伊藤博文,大日本帝国全权办理大臣外务大臣从二位勋一等子爵陆奥宗光为全权大臣。

彼此较阅所奉谕旨,认明均属妥善无阙,会同议定各条款,开列于下:

第一款　中国认明朝鲜国确为完全无缺之独立自主国。故凡有亏损独立自主体制,即如该国向中国所修贡献典礼等,嗣后全行废绝。

第二款　中国将管理下开地方之权并将该地方所有堡垒、军器、工厂及一切属公物件,永远让与日本:

一　下开划界以内之奉天省南边地区,从鸭绿江口溯该江以抵安平河口,又从该河口划至凤凰城、海城及营口而止,画成折线,以南地区,所有前开各城市邑,皆包括在划界线内,该线抵营口之辽东后,即顺流至海口止,彼此以河中心为界。辽东湾东岸及黄海北岸在奉天省所属诸岛屿,亦一并在所让境内。

二、台湾全岛及所有附属各岛屿。

三、澎湖列岛,即英国格林尼次东经百十九度起至百二十度止,及北纬二十三度起至二十四度之间诸岛屿。

第三款　前款所载及黏附本约之地图所划疆界,俟本约批准互换之后,两国应各选派官员二名以上,为会同划定疆界委员,就地踏勘,确定划界。若遇本约所订疆界,于地形或地理所关有碍难不便等情,各该委员等当妥为参酌更定。

各该委员等当从速办理界务,以期奉委之后,限一年竣事。但遇各该委员等有所更定划界,两国政府未经认准以前,应据本约所定划界为正。

第四款　中国约将库平银两万万两交与日本,作为赔偿军费。该款分作八次交完。第一次五千万两,应在本约批准互换后六个月内交清,第二次五千万两,应在本约批准互换后十二月内交清。余款平分六次,递年交纳,其法列下:第一次平分递年之款于两年内交清,第二次于三年内交清,第三次于四年内交清,第四次于五年内交清,第五次于六年内交清,第六次于七年内交清。其年分均以本约批准互换之后起算。又第一次赔款交清后,未经交完之款应按年加每百抽五之息;但无论何时将应赔之款或全数、或几分,先期交清,均听中国之便。如从条约批准互换之日起,三年之内,能全数清还,除将已付利息或两年半、或不及两年半,于应付本银扣还外,余仍全数免息。

第五款　本约批准互换之后,限二年之内,日本准中国让与地方人民愿迁居让与地方之外者,任便变卖所有产业,退去界外。但限满之后尚未迁徙者,酌宜视为日本臣民。

又台湾一省,应于本约批准互换后,两国立即各派大员至台湾,限于本约批准互换两个月内,交接清楚。

第六款　中日两国所有约章,因此次失和,自属废绝。中国约候本约批准互换之后,速派全权大臣与日本所派全权大臣会同订立通商行船条约及陆路通商章程。其两国新订约章,应以中国与泰西各国现行约章为本。又本约批准互换之日起,新订约章未经实行之前,所有日本政府官吏、臣民及商业工艺、行船船只、陆路通商等,与中国最为优待之国礼遇护视,一律无异。

中国约将下开让与各款,从两国全权大臣画押盖印日起,六个月后方可照办:

第一,现今中国已开通商口岸之外,应准添设下开各处,立为通商口岸,以便日本臣民往来侨寓,从事商业、工艺、制作。所有添设口岸均照向开通商海口或向开内地镇市章程一体办理,应得优例及利益等,亦当一律享受:

一、湖北省荆州府沙市。

二、四川省重庆府。

三、江苏省苏州府。

四、浙江省杭州府。

日本政府得派遣领事官于前开各口驻扎。

第二,日本轮船得驶入下开各口,附搭行客,装运货物:

一、从湖北省宜昌溯长江以至四川省重庆府。

二、从上海驶进吴淞江及运河以至苏州府、杭州府。

中日两国未经商定行船章程以前,上开各口行船,务依外国船只驶入中国内地水路现行章程照行。

第三,日本臣民在中国内地购买经工货件,若白生之物,或将进口商货运往内地之时,欲暂行存栈,除毋庸输纳税钞派征一切诸费外,得暂租栈房存货。

第四,日本臣民得在中国通商口岸城邑,任便从事各项工艺制造,又得将各项机器任便装运进口,只交所订进口税。

日本臣民在中国制造一切货物,其余内地运送税、内地税、钞课、杂派以及在中国内地沾及寄存栈房之益,即照日本臣民运入中国之货物一体办理,至应享优例豁除,亦莫不相同。

嗣后如有因以上加护之事应增章程、规条,即载入本款所称之行船通商条约内。

第七款　日本军队现驻中国境内者,应于本约批准互换之后三个月内撤回,但须照次款所定办理。

第八款　中国为保明认真实行约内所订条约,听允日本军队暂行占守山东省威海卫。又于中国将本约所订第一、第二两次赔款交清,通商行船约章亦经批准互换之后,中国政府与日本政府确定周全妥善办法,将通商口岸关税作为剩税并息之抵押。日本可允撤回军队。倘中国政府不即确定抵押办法,则未经交清末次赔款之前,日本应不允撤回军队。但通商行船约章未经批准互换以前,虽交清赔款,日本仍不撤回军队。

第九款　本约批准互换之后,两国应将是时所有俘虏尽数交还,中国约将由日本所还俘虏,并不加以虐待,若或置于罪戾。

中国约将认为军事间谍或被嫌逮系之日本臣民,即行释放。并约此次交仗之间,所有关涉日本军队之中国臣民,概予宽贷,并饬有司不得为逮系。

第十款　本约批准互换日起应按兵息战。

第十一款　本约奉大清帝国大皇帝陛下及大日本帝国大皇帝陛下批准之后,定于光绪二十一年四月十四日,即明治二十八年五月初八日,在烟台互换。

为此,两国全权大臣署名盖印,以昭信守。

大清帝国钦差头等全权大臣太子太傅文华殿大学士北洋通商大臣直隶总督一等肃毅伯爵李鸿章

大清帝国钦差全权大臣二品顶戴前出使大臣李经方

大日本帝国全权办理大臣内阁总理大臣从二位勋一等伯爵伊藤博文

大日本帝国全权办理大臣外务大臣从二位勋一等子爵陆奥宗光

光绪二十一年三月二十三日,明治二十八年四月十七日,订于下之关,缮写两份。

B.　议订专条

大清帝国大皇帝陛下政府及大日本帝国大皇帝陛下政府,为预防本日署名盖印之和约日后互有误会,以生疑义,两国所派全权大臣会同议订下开各款:

第一,彼此约明,本日署名盖印之各约,添备英文,与该约汉正文、日本正文校对无讹。

第二,彼此约明,日后设有两国各执汉正文或日本正文有所辩论,即以上开英文约本为凭,以免舛错,而昭公允。

第三,彼此约明,将该议订专条,与本日署名盖印之和约一齐送交各本国政府,而本日署名盖印之和约请御笔批准,此议订各款无须另请御笔批准,亦认为两国政府所允准,各无异论。

为此,两帝国全权大臣欲立文凭,各行署名盖印,以昭确实。

大清帝国钦差头等全权大臣太子太傅文华殿大学士北洋通商大臣直隶总督一等肃毅伯爵李鸿章

大清帝国钦差全权大臣二品顶戴前出使大臣李经方

大日本帝国全权办理大臣内阁总理大臣从二位勋一等伯爵伊藤博文

大日本帝国全权办理大臣外务大臣从二位勋一等子爵陆奥宗光

光绪二十一年三月二十三日,明治二十八年四月十七日,订于下之关,缮写两份。

C.　另约

第一款　遵和约第八款所订暂为驻守威海卫之日本国军队,应不越一旅团之多,所有暂行驻守需费,中国自本约批准互换之日起,每一周年届满,贴交四分之一,库平银五十万两。

　　第二款　在威海卫应将刘公岛及威海卫口湾沿岸,照日本国里法五里以内地方,约合中国四十里以内,为日本军队驻守之区。

　　在距上开划界,照日本国里法五里以内地方,无论其为何处,中国军队不宜逼近或驻扎,以杜生衅之端。

　　第三款　日本国军队所驻地方治理之务,仍归中国官员管理。但遇有日本国军队司令官为军队卫养、安宁、军纪及分布管理等事必须施行之处,一经出示颁行,则于中国官员亦当责守。

　　在日本国军队驻守之地,凡有犯关涉军务之罪,均归日本国军务官审断办理。

　　此另约所定条约,与载入和约其效悉为相同。为此两国全权大臣署名盖印,以昭信守。

　　大清帝国钦差头等全权大臣太子太傅文华殿大学士北洋通商大臣直隶总督一等肃毅伯爵李鸿章

　　大清帝国钦差全权大臣二品顶戴前出使大臣李经方

　　大日本帝国全权办理大臣内阁总理大臣从二位勋一等伯爵伊藤博文

　　大日本帝国全权办理大臣外务大臣从二位勋一等子爵陆奥宗光

　　光绪二十一年三月二十三日,明治二十八年四月十七日,订于下之关,缮写两份。

　　D. 停战展期专条

　　大清帝国大皇帝陛下所简大清帝国钦差头等全权大臣太子太傅文华殿大学士北洋通商大臣直隶总督一等肃毅伯爵李鸿章,大清帝国钦差全权大臣二品顶戴前出使大臣李经方;大日本帝国大皇帝陛下所简大日本帝国全权办理大臣内阁总理大臣从二位勋一等伯爵伊藤博文,大日本帝国全权办理大臣外务大臣从二位勋一等子爵陆奥宗光,会同订立和约,即妥行批准互换无碍,为此议定下开各款:

第一款　光绪二十一年二月初五日,即明治二十八年三月三十日,订约停战,从此约签订日起,得更展二十一日。

第二款　此约所订停战,于光绪二十一年四月十四日,即明治二十八年五月八日,夜十二点钟届满,彼此无须知照。如在期内,两帝国政府无论彼此不允批准和约,毋庸告知,即将此约作为废止。

为此,两帝国全权大臣欲立文据,即行署名盖印,以昭确实。

大清帝国钦差头等全权大臣太子太傅文华殿大学士北洋通商大臣直隶总督一等肃毅伯爵李鸿章

大清帝国钦差全权大臣二品顶戴前出使大臣李经方

大日本帝国全权办理大臣内阁总理大臣从二位勋一等伯爵伊藤博文

大日本帝国全权办理大臣外务大臣从二位勋一等子爵陆奥宗光

光绪二十一年三月二十三日,明治二十八年四月十七日,订于下之关,缮写两份。

(陈占彪编:《甲午五十年(1895—1845):媾和·书愤·明耻》,三联书店 2019 年版,第 91—98 页)

2. 戊戌变法前后相关上谕、奏折

(1) 张之洞《戒缠足会章程叙》光绪二十三年七月

今世士君子为中国谋富强、计安危者,会中国民数,率皆曰四万万人。乌乎! 中国果有四万万人哉? 山泽民数,阴阳不齐,以男女各半为通率,禹迹九州之内,自荒服狭乡极贫下户外,妇女无不缠足者。农工商贾畋渔转移职事之业,不得执一焉。或坐而衣食,或为刺绣玩好无益之事。即有职业者,尫弱顷侧,蹒跚却曲,不能植立,不任负戴,不利走趋。所作之工,五不当一(机器纺纱织布局,司机者一人,常管数机,须终日植立奔走,缠足者不能为也;机器缫丝局,其司盆者亦须久立,缠足者亦不便),与刑而废之、幽而禁之等。是此四万万人者,已二分去一,仅为二万万人。男子二万万,其吸洋药者,南北多寡相补,大率居半,又十分去五，仅为一万万人。此一万万人中，其识字读书、有德慧术智者，十人中止二人，又十分去八，仅为二千万人。以中国幅员之广，而所资以出地产，尽人巧，上明道术，下效职事，旁御外侮，其可用之民仅如此，裁足当日本之半，甚矣，其危也！

古之欲强国者，先视其民。一曰众其民，二曰强其民，三曰智其民。今日智民在兴学，强民在戒烟，众民在使男女皆可资国家之用。兴学之举，朝廷屡有明诏矣。戒烟之举，余于抚山西时，设两局力行于省会，官弁吏士，戒者日多，余去晋后，旋即废罢。今江、湖诸省，政令不如山西之易行，惟先于书院之士、挑练之兵、新募之勇行之，其余俟以渐变化之耳。若禁缠足之议，则同治初年，南海桂君文燿尝上疏言之而未行也。梁君卓如合南北之贤者数十辈，倡为此会，并为之说，其意美矣，其言创此事者之不仁，亦已痛切矣，然特言其拂乎天理也。请更言其害于家、病于国者：

不任职事，家食自窘，一也。贫者困于汲爨抱子，富者修饰愈甚，疾病愈多，终身若负械而行，不能自脱，家政废，医药繁，二也。水火兵乱，不良于行，不能逃免，三也。尤酷者，人子之生，得父母气各半，其母既残其筋骸，瘁其血脉，行立操作，无不勉强，日损无已，所生之子女，自必脆弱多病。嘻！吾华民之禀赋日薄，躯干不伟，志气颓靡，寿命多夭，远逊欧美各洲之人，病实坐此；试观八旗满蒙不缠足，广东沿海不缠足，其人体气之强，即胜各省，信而有征，四也。《洪范》六极，以弱终之，今以洋药弱之于既生之后，而又以母气不足弱之于未生之前，数十百年以后，吾华之民，几何不驯致人人为病夫，家家为侏儒，尽受殊方异族之蹂践鱼肉而不能与校也。

夫远不合古圣人礼经服舄之制，近不奉今圣人会典衣饰之法，而甘自同于雕题镂耳之蛮俗，以自蘦其类，《周礼》所谓"怪民"，《王制》所谓"异服"，《孟子》所谓"戕贼"，汉法所谓"不道"，兼而有之。此其可怪，殆有甚于吸洋药者矣。且夫父母非不慈其子也，为其戾俗则难嫁也。是故俗之可染，可以胜礼；俗之所锢，可以抗令。今欲请诸朝而禁革之,则必有以不知务沮之者。然非齐之以法,则私禁亦终不行。然则为之奈何? 曰:《记》不云乎,化民成俗,必由学。是惟志士仁人,日以强华族、化游惰、足民食为义,提倡海内,期年之外,十九省之广,感发必多。父兄傚其家,荐绅晓其乡,其俗已动于学,然后以法从之。于是各约同乡京官合词上请于朝,重申顺治十七年圣谕惩罚之条,罪其父母夫男,并著为令:自光绪二十年以后所生之女,凡缠足者不准给封为命妇;又缠足之妇女为人所欺者,以良贱相殴论。如是,则此俗革矣。

吾不惟伤此中华二万万妇女废为闲民、僇民也,吾甚惧中华四万万之种族从此尫琐疲薾,以至于澌灭也。今年七月初五日,湖北、湖南两省人服官广东者,潮州府知府李士彬、韶州知府陈武纯等二十二员,联名公禀,乞余下禁妇女缠足之令于两湖,事虽未能猝行,人心之憬悟振奋,已大有可见,是此会之效也。诸君子既为此会以救二万万之妇女,何不更举戒烟会以救一万万之男子? 除此两害,虽不能比于抑洪水、驱猛兽,其功当不在韩昌黎之下。愿梁君更播吾说于十九省,以吾之所惧者动之。光绪二十三年七月南皮张之洞书。

（《张之洞诗文集》卷9,上海古籍出版社2008年版,第349—352页）

（2）贵州学政严修奏请设经济专科折 光绪二十三年十一月二十三日

奏为时政维新,需才日亟,请破常格,迅设专科,以表会归而收实用,恭折仰祈圣鉴事。

窃近日内外臣工,屡以变通书院、添设学堂为请,均已上邀俞允,次第施行,钦仰圣明,天纲行健,本育才兴学之意,为穷变通久之谋,此诚更化之始基,自强之要义也。而臣窃反复推详,犹以为道有未尽,何也? 书院学堂,所以教之者至矣,然以二十余行省之大,四百兆人民之众,其在书院学堂内者,未必所教皆属异才,其在书院学堂外者,未必散居遂无英俊,既多方以成就后学,尤必使有志之士,翕然奋兴,此非迅设专科,布告海内,恐终无以整齐鼓舞而妙裁成也。

　　前岁军事甫定,皇上诏中外举人材矣,两年以来,保荐几人,录用几人,臣固无从悬揣。但既无期限,又无责成,设稍存观望之心,即难免遗贤之虑;而且擢用者未及遍晓,则风气仍多未开也;去取者未一章程,则才俊不免沦散也。为今之计,非有旷出非常之特举,不能奔走乎群才;非有家喻户晓之新章,不能作兴乎士气。伏查康熙乾隆年间,两举鸿词,一举经学,得人之盛,旷代所希,恩遇之隆,亦从来未有。彼时晏安无事,犹能破常格以搜才,岂今日求治方殷,不能设新科以劝士? 臣愚以为仿词科之例而变通之,而益推广之,谨就管见所及,敬陈数端,以备圣明采择:

　　一、新科宜设专名也。词科之目,稽古为荣,而目前所需,则尤以变今为切要。或周知天下郡国利病,或熟谙中外交涉事件,或算学律学,擅绝专门,或格致制造,能创新法,或堪游历之选,或工测绘之长,统立经济之专名,以别旧时之科举。标准一立,趋向自专,庶几百才绝艺,咸入彀中,得一人即获一人之用。

　　一、去取无限额数也。以今要政,在在需人,若果与试多才,虽十拔其五,亦不为过,即或中程者少,亦请十拔其一,以树风声。前者特达,则后者兴起。至于考试年限,或以一二年为期,参酌春秋闱之例,昭示大信,永定章程,庶天下争自濯磨,而人才将不可胜用矣。

　　一、考试仍凭保送也。不立科目,人终以非正途为嫌,然使但凭考试,不由荐举,恐滥竽倖进,复蹈前辙,前此科举之弊。词科之例,所为法良意美也。应请饬下京官四品以上,外官三品以上,与夫各省学臣,各举所知,无限人数,无限疆域,凡所保送,悉填注姓名籍贯,已仕未仕,并其人何所专长,按照道里远近,酌定期限,咨送总理衙门,请旨定期考试。本爵人与共之义，兼考言询事之谋，如是则人无倖心，而真才可以立见。

一、保送宜严责成也。天下之大，何时无才，若非膜视时难，自必留心蒐访。凡应送之大员，或以无才可荐为词，即非蔽贤，亦属尸位，应请严旨惩处，以戒泄沓。如有保者拔十得五，或人数虽少，而实系出类拔萃者，则荐贤上赏，自有明征，应请恩旨优予奖叙，以励其余。庶内外诸臣，皆知留意人才，不敢因循诿谢。

一、录用无拘资格也。词科之例，不以已仕未仕而拘，故布衣而受检讨，知县而擢编修，道员而迁翰林院侍读，其后典试衡文，概与进士出身者同例。有非常之才，即有不次之擢，理固然也。今请参考成案，而略为变通，凡京官自五品以下，外官自四品以下，与夫举贡生监布衣，均准保送与试。试取优等，已仕者授翰林院侍读至编修，未仕者授检讨庶吉士；次之授部属同通，或充出使参赞随员，或充总署章京，或发往海疆省分差遣；又次之给以五六品顶戴，令赴各省充当教习，或充各学堂领班学生，数年学如有成，仍归下届考试，其最下者黜之。凡录用由于此科，皆比于正途出身，不得畸轻畸重，如是则人无歧虑，而才自蔚然而兴矣。

一、赴试宜筹公费也。寒士或艰于资斧，边省或惮于跋涉，体恤不至，则难免向隅。应请酌分道里，参仿举人入京会试之例，量给公车之费，如在遥远省分，可否仰恳天恩，俯准给予火牌，驰驿北上，出自逾格鸿慈。

以上数端，微臣一得之愚，不敢自谓详备，如蒙俞允，请饬下部臣，逐加核议，请旨施行，似于大局不无裨益。

抑臣更有请者：本年安徽抚臣邓华熙筹议添设学堂折内，请四年后，取若干名作为生员，部议以为有妨学额。然则如臣此议，岂不更妨科举？而臣以为是虑之过也。以为无益，则不如其已；以为有益，岂其处今时势犹患才多？方今庠序如林，甲科相望，士如是其众也，然而中外大臣，犹朝夕议储才者，岂非已知其不足恃，将欲更张，尚无善法乎？今之以为旧日之士习，无补时用，转虑夫新学之位置，有妨旧额，似于目前求才之本意，未能符合。……今人才凋乏，患伏无形，而科举既未能骤变，学额中额，又未能遽裁，暂为并行不悖之谋，徐思整齐划一之法，以为权宜则有之矣，臣愚诚不见其犹有妨也。伏冀皇上奋独断之明，早定宸谟，以宏大业，天下幸甚！微臣愚昧之见，是否有当，伏乞皇上圣鉴训示。谨奏。

（《中国近代学制史料》第1辑下册，华东师范大学出版社1983年版，第61—64页）

（3）光绪二十四年正月初六日上谕

国家造就人才，但期有裨实用，本可不拘一格。该衙门所议特科岁举两途，洵足以开风气而广登进，著照所议准行，其详细章程，仍著该衙门，会同礼部妥议具奏。现在时事多艰，需才孔亟，自降旨以后，该大臣等如有平素所深知者，出具切实考语，陆续咨送，不得瞻徇情面，徒采虚声。俟咨送人数汇齐百人以上，即可奏请定期举行特科，以资观感。至岁举既定年限，各该督抚学政，务将新增算学艺学各书院学堂，切实经理，随时督饬院长教习，认真训迪，精益求精，该生监等亦当思经济一科，与制艺取士并重，争自濯磨，力图上进，用副朝廷旁求俊秀至意。

（《中国近代学制史料》第1辑下册，华东师范大学出版社1983年版，第66页）

（4）光绪二十四年四月乙巳上谕

谕内阁，数年以来，中外臣工讲求时务，多主变法自强。迩者诏书数下，如开特科、裁冗兵、改武科制度、立大小学堂，皆经再三审定，筹之至熟,甫议施行。惟是风气尚未大开,论说莫衷一是,或托于老成忧国,以为旧章必应墨守,新法必当摈除,众喙哓哓,空言无补。试问:今日时局如此,国势如此,若仍以不练之兵,有限之饷,士无实学,工无良师,强弱相形,贫富悬绝,岂真能制梃以挞坚甲利兵乎?朕维国是不定,则号令不行,极其流弊,必至门户纷争,互相水火,徒蹈宋明积习,于时政毫无裨益。即以中国大经大法而论,五帝三王,不相沿袭,譬之冬裘夏葛,势不两存。用特明白宣示:嗣后中外大小诸臣,自王公以及士庶,各宜努力向上,发愤为雄,以圣贤义理之学,植其根本;又须博采西学之切于时务者,实力讲求,以救空疏迂谬之弊,专心致志,精益求精,毋徒袭其皮毛,毋竞腾其口说,总期化无用为有用,以成通经济变之才。

京师大学堂为各行省之倡,尤应首先举办,著军机大臣、总理各国事务王大臣,会同妥速议奏,所有翰林院编检、各部院司员、大门侍卫、候补候选道府州县以下官、大员子弟、八旗世职、各省武职后裔,其愿入学堂者,均准入学肄业。以期人材辈出,共济时艰,不得敷衍因循,徇私援引,致负朝廷谆谆告诫之至意。将此通谕知之。

(《德宗实录》卷418,《清实录》第57册,中华书局1987年版,第482页)

(5)光绪二十四年五月初五日上谕

谕。我朝沿宋明旧制,以四书文取士。康熙年间,曾经停止八股,改试策论,未久旋复旧制,不时文运昌明,儒生稽古穷经,类能推究本原,阐明义理,制科所得,实不乏通经致用之才。乃近来风尚日漓,文体日敝,所试时艺,大都循题敷衍,于经义罕有发明,而谫陋空疏者,每获滥竽充选,若不因时通变,何以励实学而拔真才?著自下科为始,乡会试及生童岁科各试,向用《四书》文者,一律改试策论,其如何分场命题考试,一切详细章程,该部即妥议具奏。此次特降谕旨,实因时文积弊太深,不得不随时改变,以破拘墟之习。至于士子为学,自当以四子六经为根柢。策论与制义,殊流同源,仍不外通经史以达时务,总期体用兼备,人皆勉为通儒,毋得竞逞博涉,徒蹈空言,致负朝廷破格求材之至意。

(《光绪朝东华录》四,中华书局 1958 年版,第 4102 页)

(6)**掌山东道监察御史宋伯鲁折** 光绪二十四年五月十二日

奏为请将经济岁举归并正科,并饬各省生童岁科试迅即遵旨改试策论,以重抡才而节糜费,恭折仰祈圣鉴事。

窃本月初五日奉上谕,因时文积弊太深,不得不改弦更张,以破拘墟之习,总期体用兼备,人皆勉为通儒等因,钦此。臣伏读之下,仰见皇上天锡勇智,洞鉴积弊之原,力破迂拘之论,千年沉痼,一旦扫除,转弱为强,在此一举矣。

臣又读本年正月初七日上谕,有创行经济岁举,在各省学堂挑选高等学生应考,作为经济科举人贡士等语。臣恭绎前后两谕,用意实同。特前者因八股取士相沿既久,未便遽革,故别创一格,以待实学之士。今既毅然廓清积习,改试策论,则与经济岁举所试各项已大略从同,似宜合为一途,以一观听。

臣窃维中国人才衰弱之由,皆缘中西两学不能会通之故,故由科举出身者,于西学辄无所闻知,由学堂出身者,于中学亦茫然不解。夫中学体也,西学用也,无体不立,无用不行,二者相需,缺一不可。今世之学者,非偏于此即偏于彼,徒相水火,难成通才,推原其故,殆颇由取之之法歧而二之也。臣以为未有不通经史而可以言经济者,亦未有不达时务而可谓之正学者,教之之法既无偏畸,则取之之方当无异致,似宜将正科与经济岁科合并为一,皆试策论。论则试经义,附以蒙故;策则试时务,兼及专门。泯中西之界限,化新旧之门户,庶体用并举,人多通才。且并两科为一科,省却无数繁费,不然,则岁岁举行会乡试,国家财赋断不能支。如承采择,乞将臣所陈交部一并议复。

抑臣更有请者,新政之行,当如风行草偃,惟速乃成。恭绎谕旨,改试策论,自下科为始。臣窃思乡会两场试事才竣,自不能不待诸下届。若生童岁科试,现正随时按考,既定例下科始改,则现时自仍用旧章。彼生童若不习八股,则无以为应考之地,若仍习之,则明明为已废之制,灼然知其无益,两年之后即行弃置,又何必率天下之生童,枉费此两年之力,以从事于此?是令天下无所适从也。臣以为应试之人莫多于生童,故转移风气,改当自生童试始。既奉明昭变弊,以利实学,必使士子用心有所专注,庶学问不致两歧。伏乞再行明降谕旨,除乡会试自下科为始改试策论外,其生童岁科试,即饬各省学政随按临所到,一经奉到谕旨,立即遵照新章,一律更改,经史时务,两者并重,庶学者不必复以帖括分心,得以专心讲求实学。至下科会乡试之时,而才已不可胜用矣。

臣为速成人才搏节糜费起见,是否有当?伏乞皇上圣鉴训示施行。谨奏。

(《中国近代学制史料》第 1 辑下册,华东师范大学出版社 1983 年版,第 84—85 页)

(7) **光绪二十四年五月十二日上谕**

御史宋伯鲁奏,请将经济岁举归并正科,并各省生童岁科试,迅即改试策论一折。前因八股时文,积弊太深,特谕令改试策论,用觇实学。惟是抢才大典,究以乡会两试为纲,乡会试既改试策论,经济岁举,亦不外此,自应并为一科考试,以免纷歧。至生童岁科试,著各省学政,奉到此次谕旨,即行一律改为策论,毋庸候至卜届史改。

(《中国近代学制史料》第 1 辑下册,华东师范大学出版社 1983 年版,第 86—87 页)

(8) **张之洞、陈宝箴《妥议科举新章折》**光绪二十四年五月十六日

窃维救时必自求人才始,求才必自变科举始。《四书》《五经》道

大义精,炳如日月,讲明五伦,范围万世,圣教之所以为圣,中华之所以为中华,实在于此;历代帝王经天纬地之大政,宅中驭外之远略,莫不由之。国家之以《四书》文、《五经》文取士,大中至正,无可议者也。乃流弊相沿,主司不善奉行,士林习为庸陋,不能佐国家经时济变之用,于是八股文字,遂为人所诟病。今圣上断然罢去八股不用,固已足振动天下之耳目,激发天下之才智。特是科举一事,天下学术所系,即为国家治本所关,若一切考试节目,未能详酌妥善,则恐未必能递收实效,而流弊不可不防。

尝考北宋初创为经义取士之法,体裁只如讲义,文笔亦尚近雅。明成化时始定为八股之式,行之已五百年,文愈俗而愈卑,流愈久而愈弊。虽设有二场经文,三场策问,而主司简率自便,惟重头场时文,二三场字句无疵,即已取中,遂有三场实止一场之弊。今改用策论,诚足以破拘挛陈腐之习矣。然文章之体不正,命题之例不严,则国家垂教之旨不显,取士之格不一,多士之趋向不定。今废时文者,恶八股之纤巧,苛琐浮滥,不能阐发圣贤之义理也,非废《四书》《五经》也。若不为定式,恐策论发题,或杂采群经字句,或兼采经史他书,界限过宽,则为文者必至漫无遵守,徒骋词华,行之日久,必至不读《四书》《五经》原文,背道忘义。此则圣教兴废、中华安危之关,非细故也。

窃以为今日常详义者,约有数端:一曰正名,正其名曰《四书》义、《五经》义,以示复古,文格大略如讲经义、论经说;二曰定题,《四书》义出《四书》原文,《五经》义出《五经》原文,或全章,或数章,或全节,或数节,或一句,或数句均可,不得删改增减一字,亦不得用其义而改其词;三曰正体,以朴实说理,明白晓畅为贵,不得涂泽浮艳,作骈俪体,亦不得钩章棘句,作怪涩体;四曰征实,准其引征史事,博考群书,但非违悖经旨之言,皆得引用,凡时文向来无谓禁忌,悉与蠲除;五曰闲邪,若周秦诸子之谬论,释老二氏之妄谈,异域之方言,报馆之琐语,凡一切离经畔道之言,严加屏黜,不准阑入。则八股之格式虽变,而衡文之宗旨,仍与清真雅正之圣训相符。

顾犹有虑者,文士之能讲实学治古文者不多,改章之始,仅能稍变八股面目,不免以时文陈言滥调,敷衍成篇。若主司仍以头场为重,则二三场虽有博通之士,仍然见遗,与变法之本意尚未相符。若主司厌其空疏陈腐,趋重二三场,则首场又同虚设,其诡诞浮薄、务趋风气者,或又将邪诐之说解释《四书》《五经》,附会圣道,必致离经叛道、心述不端之士,杂然并进,《四书》《五经》本义全失。圣道既微,世运愈否。其始则为惑世诬民之谈,其终必有犯上作乱之事,其流弊尤多,为祸尤烈。且明旨开特科,立学堂,而学堂肄业有成之士,未尝示以进身之阶,经济虽并入乡会试,而未议及六科如何分考之法,若非合科举经济学堂为一事,则以科目升者偏重词章,仍无以救迂陋无用之弊;以他途进者,自外于圣道,适足以为邪说暴行之阶。今宜筹一体用一贯之法,求才不厌多门,而学术仍归于一是,方为中正而无弊。

昔朱子当南宋国势微弱之际,愤神州之多难,惧救世之无才,屡欲改变科举,尝考《语类》中力诋时文之弊者,不一而足,而究其救科举积弊之法,则曰更须兼他科目取人。欧阳修知谏院时,恶当时举人鄙恶剽盗、全不晓事之弊,尝疏请改为三场分试,随场而去之法,每场皆有去留,头场策论合格试二场,二场论合格者试三场。其大要曰鄙恶乖诞以渐先去,少而易考,不至劳昏,全不晓事之人,无由而进。其说颇切于今日之情事。朱子之拟兼他科目,犹今日特科经济六门也。欧阳修之欲以策论救诗赋,犹今之欲以中西经济救时文也。

又查今日定例,武科乡会小试,骑射步射、硬弓刀石分为三场,皆有去取,人数递删而递少,技艺递考而递精,而磨勘之例,尤以末场弓刀为重。窃为宜远师朱、欧之论,近仿武科之制,拟为先博后约,随场去取之法,将三场先后之序互易之,而又层递取之,大率如府州考复试之法。第一场试以中国史事,国朝政治论五道,此为中学经济。假如一省中额八十名者,头场取八百名,额四十名者,头场取四百名,大率十倍中额,即先发榜一次,不取者罢归,取者始准试第二场。二场试以时务策五道,专问五洲各国之政,专门之文艺,政如各国地理、学校、财赋、兵制、商务、刑律等类，艺如格致、制造、声光、化电等类；分门发题考试，此为西学经济。其虽解西法而支离狂悖、显背圣教者，斥不取。中额八十名者，二场取二百四十名，额四十名者，取一百二十名，大率三倍中额，再发榜一次，不取者罢归，取者始准试第三场。三场试《四书》义两篇，《五经》义一篇，取其学通而不杂，理纯而不腐者，合校三场均优者，始中式，发榜如额。磨勘之日，于三场尤须从严，如有《四书》义、《五经》义理解妄谬，离经叛道者，士子考官均行黜革。如是则取入二场者，必其博涉古今、明习内政者也。然恐其明于治内而暗于治外，于是更以西政西艺考之，其取入三场者必其通达时务、研求新学者也。然又恐其学虽博，才虽通，而理解未纯，趋向未正，于是更以《四书》义、《五经》义考之，其三场可观而中式者，必其宗法圣贤、见理纯正者也。

大抵首场先取博学，二场于博学中求通才，三场于通才中求纯正。先博后约，先粗后精，既无迂暗庸陋之才，亦无偏驳狂妄之弊。三场各有取义，以前两场中西经济补益之，而以终场《四书》义、《五经》义范围之，较之或偏重首场，或偏重二三场，所得多矣。且分场发榜，则下第者先归，二三场卷数愈少，校阅亦易，寒士无候榜久羁之苦，誊录无卷多错误之弊，主司无竭蹶草率之虞，一举三善，人才必多，而著重尤在末场，犹之府县试皆凭末复以为去取，不愈见《四书》《五经》之重哉？

其学政岁科两考生童，均可以例推之。岁科考例，先试经古一场，即专以史论、时务策两门发题。生员岁考正场，原系一《四书》文、一经文，即改以《四书》义、经义各一。生员科考，童子考试，一切均同。其童试《孝经》论、性理论，应仍其旧。难者或曰：主司罕通新学，则如之何？不知应试则难，试官则易。近年上海译编中外政学艺学之书，不下数十种，切实者亦当不多，闱中例准调书，据书考校，似不足以窘考官。且房官中通晓时务者尚多，总裁主考惟司复阅，尤非难事。至外省主考学政年力多强，诏旨既下，以三年之功讲求时务，岂不足以为衡文量才之资乎？惟是变法之初，兼习未久，其所研求时务者，岂能遽造深通？是宜于甄录之时，稍宽其格，以示骏骨招贤之意。两科以后，通才硕学，自必蔚然可观，且登科入仕者渐多，则京外考官房官自不可胜用矣。

抑臣等之愚，更有请者：百年以来，试场兼重诗赋小楷，京官之用小楷者尤多，士人多逾中年，始成进士，甫脱八股之厄，又受小楷之困，以至通籍二十年之侍从，年愈六旬之京堂，各种考试，仍然不免。其所谓小楷者，亦不合古人书法，姿媚俗书，贻讥算子，挑剔破体，察及秋毫。且同一红格大卷，殿试散馆、优拔贡朝考，字体之大小不同；同一白折，而朝考、大考、考差、考御史各项，字格之疏密不同，纷歧烦扰，各有短长。诏令并无明文，而朝野沿为痼习，故大学士曾国藩奏疏尝剀切言之。夫八股犹或可以觇理解之浅深，诗赋则多文而少理，诗赋犹可见文词之雅俗，小楷则有艺而无文，其损志气，耗目力，废学问，较之八股诗赋，殆有甚焉。由是士气销磨，光阴虚掷，举天下登科入仕之人才，归于疏陋软熟，以至今日，遂无以纾国家之急。今既罢去时文，则京官考试诗赋小楷之举，亦望圣明奋然厘定，一并扫除。

查乡会试之外，惟殿试一场典礼至重，自不可废。然临轩发策，登进贤良，自宜求得正谊明道如董仲舒、直言极谏如刘蕡者而用之，断不宜以小楷为去取。一经殿试，即可据为授职之等差，以昭郑重。朝考似可从省，及通籍以后，无论翰苑部堂一应职官，皆以讲求实学实政为主。凡考试文艺小楷之事，断断宜停免，惟当考其职业以为进退，则已仕之人才，不致以雕虫小技困之于老死，俾得汲汲讲求强国御侮之方，此则尤切于任官修政之急务者也。

至于词章书法，润色鸿业，乃馆阁撰述，应奉文字所必需，自亦不可偏废。如朝廷需用此项人员之时，特颁谕旨，偶一行之，不为常例，略如考试南书房、考试中书故事。严则止及翰詹，宽则无论翰詹、部属小京官，皆可与考。视其原有阶品，分别授官，应候请旨裁定，与二年会试殿试取士之通例，各不相涉。庶几文学政事，两不相妨。

难者又曰：本朝名臣出于翰林科举者多矣，安见时文诗赋小楷之无益？不知登进贵显，限于一途，固不能使贤者必出其中，抑岂能使贤才必不出其中？此乃偶然相值，非时文诗赋小楷之果足以得人也。且诸名臣之学识阅历，率皆自通籍任事以后始能大进，然则中年以前，神智精力，销磨于考试者不少矣。假使主文者，不专以时文诗赋小楷为去取，所得名臣不更多乎？

窃谓如此办法，博之以经济，约之以道德，学堂有登进之路，科目无无用之人，时务无悖道之患，似此切实易行，流弊亦少。此举为造就人才之枢纽，而即为维持人心世道之本原。臣等忧虑所及，不敢不效其一得之愚，事体重大，犹望敕下廷臣会议施行，不胜惶悚激切之至。

（《中国近代学制史料》第 1 辑下册，华东师范大学出版社 1983 年版，第 87—91 页）

（9）陶模《请变通武科折》光绪二十四年四月二十日

头品顶戴陕甘总督陶模跪奏，为变通武科，敬抒管见，恭折仰祈圣鉴事。

窃臣叠准兵部咨，会议荣禄、高燮曾等，请设武备特科，并黄槐森改试洋枪各节，备录两次，议复奏稿，行令各省熟察情形，各抒所见，陆续奏咨，等因。前来。窃维武科改制，系为造就人材起见，创法之始必须预防流弊，审慎出之，部咨所谓汇集众长，权衡一是，洵切当之论也。原奏至为周详，惟取中武生始挑入学堂，及武童生在家自行操演等情，再三详酌，似宜量为变通。臣查西人选兵之制，既建武备学堂以储心腹干城之用，必先由文法学堂学习书数，考有文凭，方能与于此选，故西国之兵，无一人不知书。其将领尤才识过人，数娴韬略。我之大弊，在文武分途，无论甲科行伍，大都目不识丁，专恃幕友，弊端百出。今议改制，而童试之初不问读书识字与否，只重枪炮，则游勇匪徒皆得侥幸于一试，其弊当更有甚于未改制之先者。进身之始，既未能正本清源,俟取中武生后,方令入学堂,肄习格致、地舆、兵法之学,是犹未经学步而欲其驰也。臣以为宜仿西人文法学堂之意,民间子弟愿应武试者,报由州县州县官查明身家清白、质性驯良者,先行扃试,必须文理粗通,方许送入学堂,作为学生,则初基端正,庶免莠民混入。此原奏之宜变通者一也。

时局益艰,日后文事亦将更张,势必倍难于旧制,如武试仍由学臣考试,恐材力不能兼顾。既设学堂,所有总、分教习等员,学问较专,久于其任,品评优劣,不敢大违公论;日课、月试,每季、每岁叠次合考,以屡列上等者为优,较之仅凭一日之短长者当更可信。至于水陆武事,判然不同,西人皆分门专习。今我议改法,但统言之曰:武生不分别水陆两途,是只以枪炮弋取衣顶,上与下皆不知储为何军之材?所取安能适用?臣窃以为水军、陆军当于童时分途肄习,沿江、沿海诸省兼设水师学堂。其水军学生由华洋教习督练天文、海道、御风、布阵、鱼雷、汽机诸法,阅若干年,奏派提镇大员,会同洋教习驾驶练船,游历外洋,亲试各生所学专门之技是否纯熟,详记分数。复由本省督抚试以水军兵法各论,亦详记分数。总核两项分数并优者,作为水军秀才,咨送办理海军大臣或南北洋大臣,再加考试,择其优者为水军举人。其陆军学生入武备学堂,由教习督练马步枪炮、整散起伏、测算遥击、沟垒工程、绘图治械各事,阅若干年,奏派司道会同教习,分场校试技艺,详记分数。复由督抚试以陆军兵法各论,亦详记分数。总核内外场分数并优者,作为陆军秀才咨送兵部或南北洋大臣,再加考试,择其优者为陆军举人。仍钦派大员覆校水军、陆军各举人,最优者作为进士,习之专,择之精,待之荣,庶几得济时之彦。此原奏之宜变通者二也。

西人弁兵之所以精强,不仅在枪炮,而在明于兵法、舆地、各国水陆军制及创械用械之理,非久居学堂讲习,必不能表里贯通。原奏章程准武童在家自行操演,未经挑入学堂之武生,亦准令回籍自行学习。黄槐森又奏称:由士子购买洋枪。如此是任令犷悍之徒卤莽从事,既无中西名师益友之指授,又无各国新书奇器之观摩,所能勉强习用者,惟枪弹一事,从此假公济私,漫无限制。虽于枪杆刻姓名,比邻具结,州县存案,徒增骚扰而已。况在上者惟求应试人多,在下者人人托名习武,隐济其奸。号称改变武科,于西国善法未得皮毛,转致家家购置火器,先召变法之祸。臣愚以为生童在家操演及自买枪炮二事断不可行,习武者必令入学堂,所用枪炮必由教习委员经管,非在学堂时不得私蓄。此原奏之宜变通者三也。

抑臣更有说者,凡议变法不得脱去旧日科臼,便多窒碍。今仍拘执旧章,欲处处有武童生应试,以饰观瞻。不得不令自买枪炮,在家操演,委曲迁就,诚属无可如何之事。然值此时艰,更张一政,只期足用,不必贪多,期于得真材,不必假名器以为悦人之具。窃意内而畿辅,外而沿边险要及濒临江海各省,建造武备水师学堂,秀才、举人选于斯,参、游、都、守取于斯。果有十余省得力之学堂,尽足备二十余省之用,免因蹭蹬改节,若泥定各省旧有中额,绌于财力,不能尽设学堂,则有自行操演之弊;纵能尽设学堂,而仓猝举行,难得良师教习,终归有名无实。此宜核实酌办,无庸袭前例以徇俗情者也。至于旧日武生武举,应准投营效力,量材录用。无论新章能否通行,旧例武科应一律停止,以归画一。微臣梼昧之见,是否有当?合无仰恳天恩,饬部核议施行。所有变通武科,敬抒管见缘由,谨会同甘肃学政夏启瑜,恭折具陈。伏乞皇上圣鉴。谨奏。

(《陶模奏议遗稿补证》卷九,商务印书馆 2015 年版,第 528—532 页)

人名字号音序索引

东院姨太太 1893.8.24,9.5
董福祥 1898.2.20
董鸣基 1893.10.27
董其昌(董、思白)1897.7.24,11.12;
　　1898.7.10
多宝璐 1892.12.31;1893.11.29
多吉云 1892.12.31;1893.11.29
多容甫(容甫、容)1892.10.20;1894.
　　8.21,8.25,8.26,9.28;1895.9.17,
　　10.6,10.8;1898.12.3
多树之 1895.1.8
多象谦 1892.1.17
多荫堂 1893.11.24
杜国勋(铭甫)1892.2.18,3.22,3.28
杜立德(文端公)1893.9.17
杜绍棠 1893.10.27
杜守礼(赠翁守礼)1893.9.17
杜秀林 1897.2.22
段洙 1893.10.27

E

恩顺(信斋)1893.5.4
额宜腾(承恩公)1893.9.17
萼邨 1893.4.1

F

方某 1893.2.25
方善亭 1892.6.5,6.10,6.14,6.20,
　　6.23,8.10,8.11,8.14,8.19,
　　8.27,9.7,9.13,9.16
方姓 1895.5.10

方杨 1898.12.11
樊榕 1893.10.27
范桂艺 1893.10.27
范奎垣(星桥、星樵、星樵少尉)1897.
　　2.4,2.23,3.3,3.9,3.15,6.7,
　　6.28,8.7,10.9,10.12;1898.1.24,
　　1.25,2.1,2.9,6.29,11.20;1899.
　　1.21
范永龄 1898.9.2
冯弇 1893.6.5
冯恩崐(伯岩、伯言)1894.5.16;1895.
　　3.25,5.5;1898.4.24
凤秀(辉堂)1893.5.26
凤洲 1892.12.27
傅伯梅 1894.4.9
傅澄源 1893.5.5
傅鼎(仲伊)1892.9.8
傅金砺 1892.1.27
傅抡秀(仙桥)1893.5.4
傅镕 1892.1.27
傅氏(砺云峰妻)1892.12.27
父亲(大人、老太爷、家严)1893.4.11;
　　1894.1.4,9.30,10.7,11.30;1895.
　　2.23,4.16,5.21,7.2,7.21,9.10,
　　9.12,9.13,9.14,9.15,9.17,
　　9.22,9.24,9.25,9.26,9.27,
　　9.28,9.29,9.30,10.1,10.2,
　　10.3;1896.3.30,8.7;1897.1.25,
　　2.2,2.4,2.24,4.21,7.4,8.27,
　　10.4,10.5,10.6,10.7,10.10;
　　1898.1.24,2.13,3.28,6.30,8.31,

李价卿 1892.4.17；1893.4.14,4.19

李金锡（子如）1892.1.4,1.10,1.11,
1.15,1.16,1.18,1.20,1.31,2.1,
2.18,3.15,3.16,4.23,6.8,7.26,
9.5,10.13,10.14,10.27,12.20,
12.26；1893.1.1,1.7,1.8,1.10,
1.11，1.12，1.25，1.27，1.28,
1.29，1.31，2.10，2.12，2.14,
2.15,2.19,2.22,3.4,4.7,4.29,
5.11,5.23,6.1,7.7,8.11,9.16,
10.7,10.18,10.19,10.28；1894.
7.17，11.25，12.6；1897.10.31；
1898.1.27

李菊人 1893.4.14,4.19,5.8

李楷庠 1892.2.18

李坤 1892.6.8,7.14

李兰亭 1893.10.27

李联第 1893.10.27

李廉正 1892.10.25

李妈（李万祥妻）1894.4.24；1895.
9.19；1897.1.25，3.14，3.31,
4.15,4.26,5.5,5.10

李明德 1893.10.27

李念诒 1893.10.27

李清华 1893.10.27

李青士 1892.4.30,5.25,6.27

李庆显 1893.11.29

李仁坡 1892.3.23

李荣 1893.6.13

李如彬 1893.10.27

李虹若 1893.7.11

李斯（斯）1895.3.20

李氏（侯振祥妻）1893.1.2

李氏（伊贞祥妻）1893.1.2

李世魁 1893.11.29

李太夫人 1897.8.1

李天植（蜃园先生）1897.3.27

李桐龄 1893.11.29

李廷馥 1893.5.5

李万祥 1894.4.24；1896.2.2年尾

李伟 1893.10.27

李汶（次溪）1892.2.21

李文东 1893.10.29

李文田（李若农宗师、李宗师、学宪）
1891.12.29，12.30；1892.9.6,
11.12,11.13,12.14

李秀峰 1893.1.11,11.29

李姨太太 1894.2.23

李姨奶奶 1895.12.28

李锡金 1893.10.27

李阳冰（冰）1895.3.20

李椅峰 1892.11.15

李缨朝 1893.10.27

李荫楷 1893.11.29

李漾 1893.10.27

李邕（北海）1892.2.12

李永 1896.5.20

李玉 1892.3.8,3.18

李云祥 1893.10.27

李泽园 1893.1.18,1.19,1.21,1.22,
1.23,4.7,9.6,9.8,10.15；1894.
5.12,11.16,12.7；1895.1.6,3.2

刘豫 1892.1.17

刘玉振 1898.1.6

刘玉振之女 1898.1.6

刘云寿 1893.10.27

刘赞元 1893.1.12,2.12

刘兆麒 1893.9.17

刘芝 1893.5.4

刘植(伯先)1892.1.17

刘宗海 1893.1.31

柳书屏 1892.9.30

柳书泰(书太)1892.2.18;1895.3.9;
1897.8.17，10.5，11.16；1898.
2.15,2.27,3.3,3.4,3.28,4.18,
4.19

柳彦林 1892.7.10,7.16,7.17,9.17

柳彦林之兄 1892.9.29

柳宗元(柳州)1898.7.9,7.12

六弟 1892.3.11

龙氏(额宜腾妻)1893.9.17

卢金镕(范亭)1892.1.21,2.10,2.12

卢菊生 1892.3.26

卢峻峰 1894.4.7

卢煜(炬臣)1893.5.5

卢玉奎 1898.8.13

鲁贯一 1892.3.17

鲁阳 1892.1.30

陆登瀛(廷洲)1893.8.12

陆申甫 1892.3.10,3.13

陆延 1893.10.27

鹿学尊(杏侪)1893.4.16,4.21,4.26,
5.4

罗德顺(咸)1899.1.9

吕军门 1895.1.24

吕蓉第 1892.3.10,3.11,3.14,3.15,
3.17,3.18,3.26,4.1,4.19,5.18,
6.29;1893.1.13,4.11,5.24,6.1,
6.11,8.9,11.7;1894.3.29,5.20;
1895.3.28，4.16，7.21，8.13；
1896.3.11,5.4

吕祖 1891.12.22

吕祖涛 1893.10.27

吕子衡 1892.2.28,3.9,4.3,8.18,
9.6

M

马滨 1893.10.27

马锦桐 1893.10.27

马九 1893.9.27

马君 1897.9.3

马玉昆(马军门)1895.1.24

马琪 1893.9.17

马骧云 1892.5.30,6.24;1893.4.29

马信侯 1892.3.9,3.10

马姓内监 1893.7.29

马援 1894.3.3

马元熙 1893.10.27

马育材 1893.9.27

马子尖 1892.5.16

毛祖模 1893.10.27

梅邨(梅邨亲家、梅)1891.12.24;
1892.1.6,2.25,3.8,3.18,4.19,
4.24，4.26，4.28，5.19，5.23，

祁德钦(祁月川子)1893.8.12

祁彭年(柱臣)1893.5.4

祁丕绪　1892.12.26，12.27；1893.
　1.11，2.8；1897.8.4；1898.2.28

祁氏(林秀廷妻)1892.12.27

祁世长(子禾)1892.3.28

祁月川(月川)1893.5.13，5.15，8.12

钱蔼庭（蔼庭）1891.12.22，12.23，
　12.25；1892.1.12

钱子良 1893.9.16

乔氏(吴禄妻)1893.9.17

秦栗庵 1898.5.10

秦王 1895.3.20

R

冉彬 1896.9.29

任金花 1893.10.27

如松（粮厅如、如、如太尊、太尊）
　1892.4.16；1893.5.9；1898.5.10，
　12.30；1899.1.2

瑞亭 1893.5.13

瑞图 1897.4.5，4.30，5.6

芮钊 1893.9.17

S

三弟 1895.3.21；1897.3.1

三奶奶 1893.8.24，9.5

三锡 1894.9.17，12.8；1898.11.28

桑世兄 1892.10.17，10.27

桑荫芝(桑年侄)1892.1.18，10.31

单氏(李春芳妻)1892.12.27

单元亭 1893.10.27

单园泉 1897.6.27

少爷 1894.1.4；1896.1.14

邵刚中 1893.10.27

邵景春 1893.5.4

邵晋涵(二云)1892.2.12

邵树铭 1893.10.27

沈冬魁(立斋、沈尚书)1892.1.17；
　1895.3.7

沈冬魁子 1895.3.7

沈鹤舫 1892.3.1，3.10

沈梅亭 1898.8.10；1899.1.27

沈锡晋(沈粮厅)1892.4.16

沈小裴 1898.12.15；1899.1.17

沈尧章 1891.12.22

笙陔 1892.8.1，8.8

施元泰 1893.5.4

师骏声 1893.10.27

十三旦 1895.4.13

史丙寅 1894.7.22；1897.6.5，6.6

史飞龙 1893.11.29

史虎 1892.9.23

史节妇 1898.2.13

史书麟 1898.1.6

史书云(祥甫)1894.2.21；1898.1.6，
　2.13，3.7，12.14

史式斌 1892.12.27

史闰生 1895.8.17，8.18；1897.2.1，
　6.10，7.6，7.9，8.1，8.9，9.2，
　11.9，11.11；1898.6.30，8.14；
　1899.2.9

T

太师母 1892.3.28

谭氏(张友曾妻)1897.8.4

谭嗣同 1898.10.7

唐俊贤(任卿)1893.5.4

陶春芳 1893.1.5

陶钧 1893.10.27

陶侃(士行)1897.6.30

陶模(陕督陶)1898.7.12

陶荣(欣皆、陶公车)1892.3.26,3.28

陶潜(渊明)1897.2.20

陶喆甡 1893.10.27

滕深 1898.2.7

滕时五 1892.12.26,12.29;1894.3.4,
8.11;1895.6.8,6.9

滕世卿(绂庭)1892.2.16,2.19,
10.19,10.20,12.27

滕竹溪 1892.2.16,10.3;1893.1.15

廷杰(廷方伯)1899.1.1

田凤仪 1893.1.29,7.16;1895.5.4,
12.4,12.28;1896.5.20;1897.8.4

田煜璠 1893.10.27

田润滋 1893.1.29

彤轩 1892.2.27,4.26,6.1;1893.
5.11,6.23,7.3,8.20,8.24,8.27,
8.29;1894.4.9,4.29;1895.5.3

W

外甥 1896.5.20

宛梅庵 1892.4.17;1893.4.14,4.15,
4.17,4.19

蜿农 1893.6.29

万程 1892.3.27

万青藜(万藕舲宗伯)1891.12.13

万英 1892.3.27

万振昌 1892.6.15

万执枢 1893.10.27

汪德敔(乐卿,汪少尉)1895.7.8,
7.9,8.3,8.10,9.15;1896.9.29

汪鸣銮(柳门)1895.3.23

汪乾斋(乾斋)1896.7.2,7.15

王蔼如 1892.2.3,2.4,12.28;1893.
4.4,4.5,4.6,4.13,7.23,7.24,
8.9,10.12,10.15;1894.4.2,4.7,
4.8,5.11;1895.12.28

王安石(半山、介甫)1898.7.9,7.12

王鏊(文恪公)1892.1.16

王宝杰 1893.10.27

王宝仪(紫澜、紫澜师、紫翁、紫澜夫
子)1892.1.6,2.2,2.28,3.8,
3.17,4.3,4.19,4.24,7.9

王伯鹅(晋羲、王大令、晋羲大令、晋
羲明府)1896.2.2;1897.2.7,3.3,
3.9,3.19,3.22,5.4,6.12,6.15,
11.8,11.16,12.10;1898.2.9,
2.20,3.15;1899.1.2,1.17,1.21,
1.25

王春生 1893.1.21

王德铭 1893.11.29;1897.3.5,8.4

王恩绥(印侯)1893.5.5

王二 1892.9.20;1893.6.17,10.31

王珍 1893.1.7,11.29

王政轩 1892.3.23

王钟年 1893.10.27

王子丹 1892.4.15

王子余(子余)1893.6.29,7.14;1895.
4.25

王卓生(卓生、卓)1893.4.5,4.13,
4.15,5.1

王卓生女 1893.4.13

卫玠 1893.2.24;1897.4.15

魏树棼(春芳)1893.5.4

魏兆麒 1893.10.26,10.27

温其玉 1893.10.27

文昌 1894.3.9、3.18、9.1;1895.
2.27;1898.2.23

文轩 1892.5.31

文钟 1893.1.31;1895.1.14、1.29、
1.31,12.28

翁同龢(叔屏)1892.3.28;1893.9.21

吴蔼仙(顺林)1895.5.1

吴稱陶 1897.6.10,6.11,9.3

吴大澂(吴清帅)1895.1.24

吴长钊(勉吾、吴大令、吴勉翁)
1892.1.6、1.7、1.14、2.13、2.17、
3.22、4.23、10.1、12.18;1893.
1.2、1.16、1.17、1.21、2.17、2.26;
1894.2.12

吴福麟 1893.5.4

吴国栋(云迟,吴云迟大令)1897.
5.17

吴和轩 1892.11.11;1898.12.30;

1899.1.6,1.13

吴莲盛 1893.10.27

吴禄(额宜腾子)1893.9.17

吴梦龄(芝亭)1893.5.5,5.19,10.31

吴绍孙(琴舫)1893.5.4

吴履福(祉山)1891.12.13

吴汝纶(质甫)1895.8.12

吴太尊(河间府、太尊)1895.10.7,
10.8,10.29、10.30;1896.10.12;
1897.2.22,5.16

吴贞女 1897.5.17,9.3

武弁管 1893.8.7

武弁杨 1893.8.7

X

熙彦(俊甫)1892.8.22,8.23

熙钰(乾若)1892.7.1,10.19,12.16

熙征(达甫)1892.8.23

锡剑波 1892.4.20

夏升(永和)1892.4.20,4.27,5.25

献王 1895.3.20

祥麟(仁趾、祥仓宪、祥仓帅、仓宪、仓
帅)1892.3.28、4.16、4.21、6.9;
1893.2.20、4.18、4.25、6.16、
7.19,7.22,8.13、8.14

象铭 1893.5.5

相禹 1893.6.18

相者 1893.4.15,4.17,4.19

萧殿臣 1894.4.8

萧士麟(厚庵)1893.5.4

孝圣宪皇后(皇太后)1893.9.17

杨履端 1893.10.27

杨庆桂 1893.10.27

杨锐 1898.10.7

杨声远 1892.3.23

杨深秀 1898.10.7

杨思远 1892.4.3

杨熙斋 1892.3.9，7.4，7.7；1893.
7.16，8.17

杨姓(外茶房)1891.12.30

杨姻伯 1893.8.22

杨雍 1893.9.17

杨振锷 1893.10.27

样子 1894.6.9；1898.11.25，11.27

姚殿筹（殿筹）1897.5.16；1898.
1.30；1899.1.13，2.5

姚骏卿 1892.7.10，7.19，7.20

伊介夫(伊介夫副宪)1892.1.17

伊贞祥 1893.1.2

奕䜣(恭邸)1898.2.20

易军门 1895.1.24

义永 1892.3.9

尹衡甫 1893.1.26；1897.5.18

尹仕汤 1893.11.29

殷诜(子和)1893.5.4

阴润斋 1891.12.23

荫农(荫农茂才)1891.12.24；1892.
1.6，2.2，9.16；1894.9.17，12.14

荫外甥 1893.4.7

颖诚(华珊)1893.5.4

永保 1893.5.13

友声 1893.4.10

佑卿 1892.3.31，4.20，5.27；1895.
7.21，12.28

于济川（际云）1893.5.22，5.23，
5.25，5.28，5.30，6.25，7.15，8.3，
8.6，8.21，10.31

俞寿慈 1893.10.27

俞寿璋 1893.10.27

虞世南(虞永兴)1892.2.12

玉大奶奶 1893.6.21

裕长（寿泉、裕方伯、藩宪）1891.
12.17；1893.2.20

裕德 1893.9.21

元后 1892.12.20

袁伯华 1892.8.26

袁枚(简斋、随园)1898.7.10

袁氏(阎廷基妻)1892.12.27

袁姻台（袁亲家）1892.6.27，1897.
10.7

约吾 1894.3.31

岳母 1892.9.17，11.23；1893.4.2，
9.2；1894.4.23，8.11；1895.1.30，
1.31，5.9，6.19，10.9，12.28；
1896.3.11，5.4，5.6，5.20，7.7，
10.31；1897.7.4，7.27，9.13，
9.26，10.7，10.22，10.23，10.26，
11.3，12.15，12.21，12.24，12.26；
1898.1.17，1.31，3.26，3.28，5.9，
7.25，7.28，11.28；1899.1.19，
1.31

岳香雨 1893.5.30

云阁 1892.6.10，6.12，6.13，6.19；

1894. 3. 29, 5. 10；1896. 1. 12

恽学基 1893. 5. 5

Z

臧良圻 1893. 5. 4

在姑娘 1893. 6. 21

泽甫 1892. 3. 25, 5. 22, 8. 21

曾国藩（曾文正、文正、曾）1893.
　2. 24；1895. 1. 27, 1895. 2. 1, 2. 2,
　2. 7, 2. 8, 3. 6, 3. 7, 7. 31；1896.
　3. 2；1897. 2. 2, 2. 22, 10. 14

曾树椿（怡庄）1892. 3. 28

翟诚 1891. 12. 29

翟姓 1893. 5. 13

占永　1895. 9. 10, 9. 11, 9. 19；1896.
　1. 26

张葆巽 1893. 10. 27

张楚峰 1895. 10. 29, 11. 1；1896. 6. 18；
　1897. 8. 10；1898. 12. 30

张辅臣（辅臣）1892. 2. 27, 6. 1, 7. 3,
　7. 20, 8. 17, 8. 27, 9. 12, 9. 17,
　11. 23, 12. 16；1893. 1. 13, 1. 31,
　2. 19, 3. 14, 4. 29, 5. 13, 6. 9, 9. 16,
　10. 25, 11. 7, 11. 20, 12. 20；1894.
　1. 4, 1. 18, 1. 19, 2. 10, 3. 5, 3. 28,
　4. 5, 4. 12, 4. 28, 6. 28, 7. 1, 7. 28,
　8. 3, 8. 26, 9. 17, 10. 28, 11. 16,
　11. 30, 12. 3, 12. 25, 12. 30；1895.
　1. 17, 2. 22, 2. 23, 2. 27, 2. 28, 3. 3,
　3. 6, 3. 21, 4. 17, 4. 23, 4. 24, 5. 1,
　5. 21, 6. 5, 6. 19, 7. 2, 7. 3, 7. 8,

9. 15, 10. 9, 10. 21, 12. 28；1896.
1. 12, 1. 27, 3. 11, 3. 25, 4. 1, 4. 10,
4. 25, 5. 6, 5. 20, 7. 2, 7. 7, 8. 9,
9. 5, 9. 12, 10. 14, 12. 17, 12. 31；
1897. 2. 18, 4. 15, 6. 10, 6. 26,
7. 27, 7. 28, 8. 26, 9. 26, 10. 10,
10. 15, 10. 26, 11. 3, 11. 7, 11. 20,
12. 21, 12. 26；1898. 2. 13, 2. 17,
3. 1, 3. 4, 3. 7, 3. 20, 4. 3, 6. 16,
7. 13, 8. 14, 9. 7, 11. 14, 11. 28,
11. 29, 12. 7, 12. 10, 12. 11, 12. 25；
1899. 1. 9, 1. 29, 1. 30, 2. 4

张辅臣子（世兄）1896. 7. 7, 8. 9

张拱辰 1895. 5. 6

张桂五 1892. 3. 9；1894. 4. 29, 5. 1

张鸿辰（小儿鸿辰，鸿辰、辰儿、辰）
　1891. 12. 24, 12. 28；1892. 1. 6,
　1. 22, 2. 2, 2. 27, 3. 8, 3. 14, 3. 19,
　3. 23, 3. 30, 3. 31, 4. 27, 5. 1, 6. 27,
　7. 15, 7. 31, 8. 1, 8. 24, 8. 25, 8. 30,
　9. 3, 9. 4, 9. 6, 9. 17, 9. 23, 9. 29,
　10. 19, 11. 11, 11. 14, 11. 23, 12. 1,
　12. 13, 12. 16, 12. 28；1893. 1. 13,
　1. 24, 1. 31, 2. 19, 3. 13, 3. 16,
　3. 18, 4. 7, 4. 13, 4. 15, 5. 16, 5. 23,
　5. 25, 6. 1, 6. 9, 6. 14, 6. 18, 6. 21,
　6. 25, 6. 27, 6. 28, 7. 11, 7. 14,
　7. 16, 7. 24, 7. 29, 7. 31, 8. 8, 8. 9,
　8. 14, 8. 22, 8. 26, 8. 30, 9. 16,
　10. 14, 10. 22, 10. 25, 10. 26, 10. 27,
　11. 4, 11. 7, 11. 12, 11. 20, 12. 7,

12. 20;1894. 1. 1,1. 18,1. 19,1. 22,
2. 10,2. 23,3. 5,3. 6,3. 14,3. 27,
3. 31,4. 1,4. 3,5. 26,7. 28,7. 30,
8. 3,8. 26,9. 17,9. 30,10. 8,10. 9,
10. 28,11. 16,12. 3,12. 8,12. 20,
12. 25；1895. 1. 15，1. 23，2. 6，
2. 13，2. 14，2. 22，2. 23，2. 24，
2. 27,2. 28,3. 3,3. 21,3. 23,3. 24,
3. 25,3. 27,3. 29,4. 19,5. 3,5. 5,
5. 28,6. 2,7. 2,7. 3,7. 21,8. 11,
8. 12，8. 13，9. 14，9. 16，9. 19,
12. 1,12. 14,12. 15,12. 28;1896.
1. 12,1. 26,1. 27,3. 11,4. 25,5. 6,
5. 20,6. 6,8. 10,8. 20,9. 5,10. 14,
10. 31，12. 31；1897. 1. 25，2. 24，
3. 1,3. 12,4. 2,4. 15,4. 21,4. 26,
5. 10,5. 12,6. 10,8. 9,8. 26,9. 1,
9. 2,9. 3,9. 13,9. 26,10. 4,10. 6,
10. 7,10. 10,11. 16,12. 15,12. 21,
12. 24，12. 26；1898. 1. 31，2. 10,
2. 12,2. 13,2. 17,2. 18,3. 1,3. 5,
3. 7,3. 18,3. 19,3. 20,3. 25,3. 26,
3. 28,4. 6,4. 22,4. 24,5. 2,5. 7,
5. 8,5. 9,5. 14,5. 18,5. 22,5. 24,
5. 27,6. 1,6. 16,6. 21,6. 24,6. 30,
7. 9,7. 12,7. 13,7. 16,7. 22,7. 24,
8. 3，8. 29，8. 31，9. 2，9. 6，9. 7,
11. 14,11. 26,11. 28,11. 29,12. 7,
12. 10，12. 11，12. 25；1899. 1. 9,
1. 24,1. 30,2. 4

张鸿辰妻(少奶奶、大少奶奶、辰妇)

1892. 12. 28；1893. 9. 24，9. 25；1894.
7. 28,12. 8;1895. 1. 30;1896. 5. 6,
5. 20，8. 10，12. 31；1897. 3. 1,
3. 11,4. 2,10. 7,10. 8

张鸿沅(鸿沅、沅儿、沅、乐哥)1892.
2. 27,3. 31,5. 7,9. 4,9. 7,10. 4;
1893. 2. 22,2. 24,4. 5,4. 11,4. 13,
4. 14，4. 18，4. 20，4. 30，5. 23，
6. 11,7. 15,9. 27,10. 22,11. 22;
1894. 1. 27,2. 11,3. 7,5. 20,8. 18,
12. 25；1895. 2. 11，2. 12，2. 13，
3. 8,3. 22,3. 28,4. 22,7. 15,7. 17,
7. 21，7. 25，7. 28，7. 30，8. 15，
8. 20，9. 14，9. 22，11. 5，11. 20；
1896. 4. 25,4. 29,5. 4;1897. 1. 25,
2. 4,2. 9,2. 10,2. 21,2. 26,2. 27,
3. 3，3. 4，3. 6，3. 11，3. 13，5. 14，
5. 15，6. 17，6. 19，7. 10，7. 18，
7. 26，9. 26，10. 3，10. 5，10. 6，
10. 7,11. 5,11. 20,12. 21,12. 24,
12. 26；1898. 1. 31，2. 13，2. 17，
2. 18,2. 19,3. 25,3. 26,3. 28,4. 6,
6. 16，7. 16，7. 22，7. 24，8. 29，
11. 14,11. 26,11. 28,11. 29,12. 11；
1899. 1. 24,1. 30

张鸿沅妻(阎竹斋女、新娘、新妇、妇、
　少奶奶、沅媳)1893. 4. 11；1894.
5. 20;1897. 1. 25,2. 24,2. 26,3. 3,
3. 6,3. 13,3. 14,3. 31,4. 2,5. 5,
8. 11,10. 7;1898. 2. 19

张鸿钧 1897. 12. 21

张金鋒 1892.12.27

张金铨(衡之)1892.1.20

张敬熙 1893.5.4

张奎甲(奎子、奎哥、甲子、甲格、甲、
    夔格、夔、夔哥）1893.10.22，
    10.31,11.7;1894.1.2,2.28,3.1,
    3.7,4.26,4.27,5.13,9.21,9.26,
    12.5,12.25;1895.2.22,2.23,
    3.5,3.6,3.14,3.29,4.23,6.2,
    7.11,7.21,12.1;1897.1.25,
    2.24,6.17,6.19,9.1,9.26,
    10.11,12.26;1898.2.12,2.17,
    2.19,2.27,3.3,3.4,3.5,3.14,
    3.15,3.19,3.27,3.28,3.29,4.4,
    4.8,4.18,4.22,7.24,8.31

张联笏(揓臣)1893.5.4

张良珍 1893.10.27

张麟瑞 1893.2.10

张令亲 1895.10.21

张妈 1898.2.2

张孟琨 1893.10.27

张梦云 1892.5.4,5.10;1895.9.6;
    1896.1.27

张南湖 1892.8.22;1898.6.29

张蓉镜 1892.1.8;1893.5.4

张蓉镜妻(内人、太太)1892.12.16,
    12.28;1893.3.27,4.2,10.22,
    11.10,11.15;1894.1.22,2.20,
    6.7,6.14,8.11,8.25,8.26,8.27,
    8.28,8.29,9.7,9.8,9.21,9.26,
    10.1;1895.2.9,2.17,2.18,2.19,

2.20,2.21,2.22,2.23,3.9,4.15,
    6.21,6.23,6.25,6.27,6.28,
    7.13,7.25,7.29,8.15,8.18,
    8.19,8.20,9.22,10.13;1896.
    3.26,3.30,8.7;1897.2.3,2.7,
    2.18,2.20,2.21,2.22,2.27,3.2,
    3.6,3.11,3.16,4.19,4.22,5.1,
    6.3,6.4,6.5,6.8,6.23,6.24,
    8.14,8.27,9.26,10.6,11.10;
    1898.2.5

张少燕 1895.1.7

张石(师黄)1895.7.23

张氏(高秀琼妻)1893.1.5

张漱 1893.10.27

张文彬 1894.5.28

张文标 1894.5.28;1898.4.20

张文灿 1893.10.27

张学鹄(子正)1893.5.4,5.6

张彦隽 1893.10.27

张一元(之均、子均、子钧)1892.1.6,
    2.17,2.19,3.17,4.23,10.7,
    10.9,10.10,10.22,12.19;1893.
    1.5,2.19,12.1;1894.2.12,9.22;
    1895.3.7,7.9;1897.2.24,6.14,
    6.16,7.8

张翼亭 1892.2.28;1893.3.13,7.11

张英麟(学宪、张文宗)1897.5.19,
    5.20;1898.10.16

张荫桓(张星使)1895.1.24;1898.
    10.7

张友曾 1897.8.4

后　记

　　偶然的因缘,接触到近代日记文献,一经开始,即被其深深吸引。在日记的引领下,我似乎隐约触摸到了百年前的历史,它会呼吸,有温度,跌宕起伏,丰富复杂,一扫既往自己对于近代历史的刻板想象。我常常感觉,历史并没有走远。

　　本书得以完成,首先感谢丛书主编之一、北京大学中文系教授张剑先生。因整理乡贤何宗逊日记,承渊寿兄居间介绍,有幸得识张老师,从此脱离暗中摸索、无人指导之困境。疑难之处,张老师每每片言即迎刃而解,不仅如此,张老师还从问题中,洞悉我知识结构的缺陷,指示我应读的书或文章,提升我的眼界和学养。我庆幸自己得遇良师,完成《何宗逊日记》整理工作之后,仍希望在张老师的指导下,继续从事近代日记文献的整理,借机学习和锻炼,在张老师的支持下,于是就有了本书《张蓉镜日记》的整理。相对于《何宗逊日记》,《张蓉镜日记》的整理难度更大。其困难主要有二:一是识字,张蓉镜日记原文是行书手稿,有时近草,对于完全没有书法基础的我来说,字的辨识无疑是极大的挑战;二是贯通,日记记载太过简略,时常缺少必要的交待,而作为“非名人”,其直接的背景材料又极度缺乏,以致人物关系及事件原委难以厘清贯通。因此,整理中需要请教之处更多,张老师一如既往,在百忙中答疑兜底,并给予重要指导。例如,日记中多次出现“迈”字,字形似乎清清楚楚,只是意思费解,第一次请教此字时,老师即说:“‘边’字可以说通,不过为谨慎起见,不改为好。”及至请教张蓉镜诗句“□宋筹迈计亦疏”时(□代表笔者未能辨识之字），张老师示知"□"当识为"笑"，"迈"实为"边"，全句应为"笑宋筹边计亦疏"，并进而指示："'迈'字可统统改为'边'字"。张老师不仅圆满解决这一句诗的辨识难题，更解决了包括"东边道"在内的一连串问题，意义重大。在日记文献的整理中，不能明白之处，依葫芦画瓢，尽管不能说"错"，但就整理质量而言，与张老师精准的校正相比，其高下差别则不可以道里计。类似的指导不胜枚举，本书的整理质量因此大为提升，我也深为获益。

感谢冯剑辉、潘定武两位先生在资料方面所给予的有力支持。冯教授热情厚道，与我同在一个教研室，又是邻居，相知多年，亦师亦友，长期以来一直慷慨地把他的资料分享给我；潘教授诚恳踏实，负责黄山学院戴震学会的工作，上任伊始，即毫无保留地将其个人海量数字资料的全部目录公内布在群里。承两位同仁慷慨无私的鼎力相助，使我在整理中，能够尽可能地利用档案、实录、方志等史料与日记对读互证，在一定程度上弥补了张蓉镜直接资料不足的缺陷。

感谢黄山学院及科研处等相关部门的领导、同仁，尤其是我所在的马克思主义学院刘春安书记、曾小保院长、刘芳正院长以及各位同仁长期以来的关心与支持。我先后两次脑出血，并一直受伽玛刀后遗症影响；近年来，又因腰椎间盘突出，时需卧床。如果没有学校及部门领导、同仁的照顾与支持，恐怕正常工作都难以坚持，更遑论本书的完成。

感谢杨琼、钱文丽两位老师的襄助。2021年安徽省教育厅推出高校古籍整理项目，"张蓉镜日记"有幸入选（gxgj2021014），我邀请杨琼、钱文丽两位同仁参加课题，意在为培养年轻后备力量稍尽绵力。在工作过程中，两位同仁对我颇有启发助益，杨琼老师还代赴合肥开会，解决了我因腰病不能亲自赴会之困难，她的热情稳练给我留下了很好的印象。

感谢凤凰出版社将本书列为《中国近现代稀见史料丛刊》系列之一种出版;感谢编辑黄如嘉女士的辛勤付出,本书最终的呈现质量,得力于她认真、细致的工作。感谢姜好女士及时而有温度的沟通协助。

一本小书,萦系着师友亲人与部门团队的支持,也受益于时代与技术带来的改变。我们个人就是这样与他人、与社会、与时代联系在一起,在 2023 年这个特别的新年之际,我更深刻地感受到这种联系的珍贵与温暖,感谢!

韩宁平于黄山学院晚翠阁

2022 年 5 月 26 日草稿,2023 年 1 月 3 日修改

《中国近现代稀见史料丛刊》已出书目